FAUVETTE

SUIVI DE

L'HÉRITAGE DE ROSÉLIAN

PAR

MARGUERITE LEVRAY

TOURS

ALFRED MAME ET FILS

ÉDITEURS

FAUVETTE

2ᵉ SÉRIE IN-4º

La baronne l'étreignit dans ses bras.

FAUVETTE

SUIVI DE

L'HÉRITAGE DE ROSÉLIAN

PAR

MARGUERITE LEVRAY

TOURS

ALFRED MAME ET FILS, ÉDITEURS

M DCCC XC

FAUVETTE

I

A l'une des extrémités de la rue Saint-Dominique s'élevait, en 1869, un hôtel à physionomie aristocratique dont la porte était ouverte par un suisse de cinq pieds, tout de rouge et d'or habillé. L'hôtel n'était habité que pendant la mauvaise saison. Alors on voyait sortir, presque tous les jours, un landau attelé de deux pur sang qui mordaient impatiemment leurs freins, et sur les coussins de satin bleu on apercevait une jeune femme dont les yeux veloutés brillaient sous la brune chevelure; un homme blond et distingué s'asseyait près d'elle, et entre eux se plaçait une mignonne créature de quatre à cinq ans, blanche et rose, ayant des boucles d'or pâle et des yeux de myosotis. Si le temps était clair et sec, l'équipage était dédaigné, l'enfant sautillait devant ses parents, se retournant à chaque minute pour jeter une question dont ordinairement elle n'attendait pas la réponse. Les passants regardaient ce groupe joyeux, et plus d'un murmurait à part lui : « Voilà des heureux de ce monde! »

Que de fois cette exclamation est menteuse! Que de fois l'opulence et le luxe servent de voiles aux plus cuisantes douleurs!

Il n'en était point ainsi pour la famille du Houdoy : pas une ride au visage du baron, pas une ride sur le front de la baronne; ils ne cachaient aucune plaie sous leur velours, aucun deuil sous leurs sourires.

Et, — chose non moins rare que la première, — ils savaient jouir de leur bonheur. Les fragiles satisfactions de la fortune et du plaisir n'étaient pour eux que l'accessoire; ils s'aimaient et s'unissaient dans une mutuelle tendresse; nous allions dire idolâtrie à l'égard de l'enfant.

Oh! l'enfant, leur petite Berthe chérie, toute pétrie de délicatesse et de grâce, c'était le sujet inépuisable de leurs entretiens, de leurs rêves, de leurs plus délicieuses émotions.

Au sein de cette union, de cette paix du foyer, de cette confiance qui n'a rien à dissimuler, comment n'auraient-ils pas été heureux?

La baronne ne formulait qu'une plainte : c'était de ne pouvoir vivre entièrement en dehors du tourbillon mondain dans lequel un grand nom et une belle fortune les lançait, bien peu, disait son mari, beaucoup trop, d'après elle. Il lui arrivait de dire :

« Assez de visites et de fêtes, je suis lasse, Landry. »

Il riait.

« A qui le feriez-vous croire, Marcelle? Tout le monde sait que vous avez une santé de fer. D'ailleurs, à moins de vivre en ermites, je ne sais ce que nous pourrions faire. Qu'est-ce que deux ou trois soirées par hiver? »

Cette réponse, dont la forme seule variait suivant les circonstances, ne satisfaisait pas la jeune femme; aussi voyait-elle venir les beaux jours avec une joie d'enfant. Avril sonnait le départ. Les salons parisiens étaient ouverts encore, bals et concerts se succédaient sans relâche; mais qu'importait à la baronne! Elle secouait ses chaînes dorées. La jolie villa des Glaïeuls, située à deux kilomètres de Fontainebleau, avait pris sa parure de fête, et la famille du Houdoy s'y blottissait comme dans un nid. Là Marcelle vivait pour son intérieur et les pauvres.

On s'arrachait bien, en juillet ou en août, à cette délicieuse retraite pour aller respirer l'air salubre des côtes; mais Landry, connaissant les goûts de sa femme, choisissait quelque plage peu fréquentée. La mère et l'enfant emplissaient leurs poumons de la brise saline sans subir la torture des toilettes compliquées et gênantes, puis on revenait à la villa, et souvent octobre touchait à sa fin, et les arbres avaient jeté une à une sur le sol leurs feuilles multicolores, lorsqu'on songeait à Paris.

C'est donc aux Glaïeuls que nous trouverons nos amis un matin de septembre. Ils sont réunis dans la salle à manger, que tapissent de belles verdures de Flandre et dont les fenêtres ouvertes laissent voir une autre verdure, plus riante encore parce qu'elle est vivante, celle-là : les tilleuls et les marronniers du jardin.

Le café est servi. Berthe en prend quelques gouttes l'hiver dans un joli verre de cristal taillé, mais en été elle ne l'aime pas : c'est trop brûlant, dit-elle. Déjà elle a quitté la table; assise dans un coin, elle s'occupe à déshabiller une poupée presque aussi grande qu'elle-même.

« Nous irons voir la vieille Jeannette, n'est-ce pas, petite mère?

— Certainement, ma fille, et nous lui porterons du vin et une aile de poulet pour son dîner.

— Ah! oui, puisqu'elle a mal au cœur. Tu veux bien que j'emmène ma fille, maman?

— Elle sera très embarrassante, ma Berthe; il vaudrait mieux la laisser à la maison. »

La petite bondit vers sa mère et passa un bras autour de son cou.

« C'est que, lui dit-elle à voix basse, je voudrais lui apprendre ce que tu sais bien.

— Mais non, je ne sais pas du tout.

— Si fait. L'autre jour papa disait : « Pourquoi emmener Berthe dans tes visites de charité? ce n'est guère réjouissant pour son âge. » Et tu as répondu : « Il faut bien lui apprendre à aimer les malheureux. »

La jeune mère eut un sourire ému.

« Ma chérie, dit-elle tendrement, ce n'est pas la même chose. Tu as un cœur pour aimer, ta poupée n'en a pas.

— Que de chuchotements! s'écria le baron. Il y a donc de bien gros secrets entre vous?

— De très gros, répondit Marcelle en embrassant sa fille, qui regagna son coin d'un air méditatif.

— Respectons-les. Berthe, je m'en vais à la chasse. Ne viens-tu pas m'embrasser? »

L'enfant se jeta dans ses bras. Il fit un pas vers la porte, puis se retournant :

« Je rencontrerai probablement Raoul des Albrays; il me parlera de son bal. Que lui répondrai-je, Marcelle?

— La simple vérité, mon ami. Nous n'irons pas à ce bal. Qui a jamais imaginé de danser en été?

— En automne, rectifia Landry.

— En automne si vous voulez. Mais avouez qu'il faut être un peu fou pour s'étouffer dans les salons quand les soirées sont si belles et si tièdes encore.

— Comptez-vous pour rien les jardins et la pelouse des Albrays? Ce sera enivrant de danser en costume d'un autre âge, — car vous savez que le travestissement est de rigueur, — dans les bosquets illuminés à giorno, de fouler sous ses pieds, au lieu d'un parquet vulgaire, un gazon fin comme la soie, et d'avoir pour plafond le ciel étoilé.

— Quelle éloquence! quel style fleuri! s'écria Marcelle en éclatant de rire. Qui vous a dit, Landry, que l'on dansera dehors?

— Vous êtes si méchante, que je devrais vous en faire un mystère, mais je consens à me montrer magnanime. Je tiens ces détails d'une source authentique, c'est-à-dire de Raoul lui-même.

— Je m'incline, ce qui ne veut pas dire : Je me rends.

— Vous le ferez par dévouement, ma chère Marcelle. Raoul, en fêtant sa femme, veut aussi accomplir une bonne œuvre, et la quête sera faite au profit des pauvres. »

La baronne secoua la tête.

« Est-ce vraiment satisfaire au divin précepte de la charité que d'aller, enrubannée et constellée de pierreries, mettre un billet dans la bourse que vous présente une dame non moins brillante, escortée par un monsieur quelconque? Non, Landry, croyez-moi; mieux vaut la visite des chaumières.

— Les chaumières n'y perdent rien, et l'industrie y trouve son compte. Combien de gens du monde ne connaissent pas d'autre manière de faire l'aumône!

— Il faut leur en laisser le monopole, mon ami.

— Allons, Marcelle, un peu d'indulgence pour les jolies mondaines. Tenez, je vais prendre l'avis de notre fille. Veux-tu que petite mère se fasse belle, mon ange?

— Oui, répondit l'enfant, mais pas pour aller au bal. Je veux qu'elle reste avec moi. »

Marcelle et Landry ne purent se défendre de rire à cette solution inattendue; Berthe rit aussi de tout son cœur, et les domestiques, entendant ces cascades joyeuses, se dirent comme les étrangers : « Qu'ils sont heureux! »

II

« On vient d'apporter le costume de madame la baronne. »

Marcelle s'occupait à cette heure de la toilette de sa fille; elle se réservait exclusivement ce soin.

« C'est bon. Déposez-le dans le cabinet, Esther, dit-elle avec indifférence.

— Quoi! madame la baronne ne veut seulement pas le regarder? » s'écria la femme de chambre.

Marcelle hocha négativement la tête. Nulle femme n'était plus insouciante de la parure. Mais Berthe leva son nez rose et ses yeux pleins de curiosité.

« Je voudrais le voir, moi, ton joli costume, petite mère. »

La baronne eut un sourire indulgent.

« Apportez-le, Esther. »

Elle acheva de rouler sur ses doigts les boucles épaisses qu'elle retint avec un ruban bleu, mais le temps lui manqua pour donner la perfection à son œuvre; la petite lui échappa et courut au lit sur lequel Esther étalait la plus gracieuse toilette Pompadour que l'imagination pût rêver.

La baronne allait au bal. Il l'avait bien fallu : Mᵐᵉ des Albrays était venue la réclamer aux Glaïeuls, et c'était assurément la plus tenace des petites femmes. Elle se fit pressante, suppliante, accablante. Pour s'en délivrer, Marcelle donna une promesse.

Berthe froissait du bout des doigts la jupe de satin semée de boutons de roses.

« Tu seras belle, maman, dit-elle. Est-ce que tu ne vas pas l'essayer?

— Madame la baronne ferait bien, appuya Esther. Il n'y a jamais rien à retoucher, mais on ne peut savoir...

— Allons, ce sera l'affaire d'un instant... » fit la jeune femme.

Elle se laissa habiller et jeta un coup d'œil sur l'armoire dont la haute glace lui renvoyait son image, puis haussant doucement les épaules :

« Folies que tout cela! murmura-t-elle. Comment une femme peut-elle, mon Dieu! attacher son cœur à ces bagatelles? »

Ses bras enlacèrent la petite fille qui la contemplait; elle baisa à pleines lèvres ce frais visage. Oh! comme elle comprenait bien le mot de la fière Cornélie! Une mère a-t-elle d'autres joyaux que ses enfants?

« Voici papa, » dit Berthe, qui depuis un moment prêtait l'oreille.

Un pas d'homme retentissait sur les marches de l'escalier. La petite fille courut ouvrir, et le baron, regardant sa femme d'un air satisfait :

« Charmant, dit-il, mais pas complet... »

Il défit un paquet qu'il avait apporté; deux écrins apparurent. L'un contenait une parure de grenats; dans l'autre, la blancheur laiteuse des perles ressortait sur le velours cramoisi.

« Choisissez, dit-il.

— C'est trop, Landry, fit-elle avec reproche.

— Tel n'est pas mon avis, répliqua-t-il gaiement. Croyiez-vous que j'oublierais votre anniversaire?

— Mon anniversaire! c'est vrai. Eh bien! n'est-il pas honteux d'apporter des parures à une vieille femme de vingt-trois ans? »

Le baron rit au nez de cette vénérable vieille femme; Marcelle s'appuya sur son épaule et lui dit à voix basse :

« Voulez-vous me causer un vrai plaisir, mon ami? renvoyez ces écrins. J'ai dix fois plus qu'il ne faut de ces inutilités. »

Il la considéra attentivement.

« C'est sérieux, ce que vous me dites là?

— Ne le voyez-vous pas? L'or ne nous a point été prodigué uniquement dans le but de satisfaire nos vains caprices. Landry, Dieu nous a fait une grosse part de bonheur; montrons-nous reconnaissants dans l'emploi de ses dons.

— De sorte que mon cadeau de fête...

— Nous en trouverons bientôt la destination, dit-elle avec un ravissant sourire.

— Vous êtes un ange, et je vous obéis, » fit le baron en lui baisant la main.

Au moment où il quittait l'appartement de sa femme, son valet de chambre l'arrêta et lui dit un mot presque bas.

Landry laissa échapper un geste de surprise.

« Vous en êtes sûr, Jacques?

— Très sûr. Je l'ai introduit dans le cabinet de monsieur le baron.

— C'est bien, j'y vais. »

Et Landry marcha lentement vers la pièce indiquée. Un homme qui l'y attendait vint à lui la main tendue.

Esther étalait la plus ravissante toilette.

Il était jeune, et cependant son visage avait perdu l'expression virile et ouverte qui sied à la jeunesse. Ses tempes prématurément dégarnies, son regard qui offrait un singulier mélange d'audace et d'astuce, le sourire forcé de ses lèvres minces, provoquaient un sentiment de froideur et de défiance.

Fut-ce cette impression qui empêcha le baron de laisser tomber sa main dans celle du visiteur? Nous ne le savons. Du geste il lui désigna un siège, et prenant place en face de lui :

« Je ne devais pas m'attendre, dit-il, à l'honneur de vous recevoir. Je vous croyais à Paris.

— Il n'est pas encore temps pour moi dé l'abandonner, répondit le jeune homme en tourmentant sa badine. Je comprends votre surprise; elle cessera quand vous connaîtrez le motif... impérieux de ma visite. »

Il s'arrêta. Le baron n'ouvrit pas la bouche.

« Savez-vous que vous êtes peu encourageant, Landry?

— Avez-vous besoin d'encouragement? J'attends que vous vous expliquiez.

— Soit, reprit l'étranger en faisant un brusque effort. Aussi bien mon parti était pris. J'ai contracté... une dette d'honneur; oh! une bagatelle. Mais il me manque vingt mille francs;... je ne suis pas en mesure actuellement. Voulez-vous me prêter cette somme? »

Il passa la main sur son front, où perlait la sueur. La physionomie du baron était de glace.

« Les prétendues dettes d'honneur, dit-il lentement, sont d'ordinaire les moins honorables. Vous connaissez mon opinion sur ce point, Hector.

— C'est possible, mais votre opinion aurait pu se modifier; d'ailleurs, elle importe peu à mon embarras. Je suis un mauvais suppliant. Une fois encore, consentez-vous à me rendre ce service? »

Le baron fixa sur Hector un regard calme et sévère comme celui d'un juge.

« Non, » dit-il.

Hector tressaillit, et ses traits devinrent livides. Landry ne lui laissa pas le temps de parler.

« Non, répéta-t-il avec énergie, et je vous en donnerai la raison sur-le-champ. Vous vous dites que je suis riche et que ma volonté seule est un obstacle à la réalisation de vos désirs; mais de cette fortune que je tiens de Dieu, pas une obole, je le jure, ne sera livrée aux honteuses folies dont les hommes de votre sorte se sont faits les esclaves. Cette somme que vous appelez un rien ferait le bonheur d'une honnête famille; jetée en pâture à vos passions, à quoi servira-t-elle? pas même à vous garder cet honneur dont vous parlez, car demain vous jouerez de nouveau, et de nouveau vous pourrez perdre. Ma conscience protesterait : voilà pourquoi je refuse. »

Un éclair de rage passa dans les prunelles sombres d'Hector.

« A merveille, dit-il avec un rire saccadé. Le sermon vient à point, et, s'il ne me convertit pas, ce sera ma très grande faute. Il est loin, qu'en pensez-vous? le temps où nous nous traitions en frères. »

En ce moment une voix d'enfant monta du jardin. Hector y jeta un coup d'œil. La baronne, un livre à la main, était assise à l'ombre d'un marronnier; mais sa lecture l'occupait moins que sa fille, dont elle surveillait les jeux. Berthe s'était tressé une couronne de verveines, et, les mains encore pleines de fleurs, elle accourait en chantant :

Nous n'irons plus au bois, les lauriers sont coupés.

Elle était vraiment séduisante sous le blanc nuage de sa robe, avec ses bras nus jusqu'au coude et des verveines sur ses cheveux d'or.

« S'il s'agissait de contenter une luxueuse fantaisie de la mère, un caprice de l'enfant, reprit Hector avec amertume, que de vingt mille francs vous dépenseriez sans regret!

— Hector! »

Le baron arrêta son visiteur qui s'éloignait.

« Écoutez-moi. J'ai été sévère tout à l'heure, c'était un tort. Vous avez rappelé d'un mot des souvenirs qui me sont chers. Oui, nous avons été frères, nous nous sommes aimés; ma mère, la sainte et noble femme, ne me chérissait pas plus que vous. Si elle avait vécu, jamais vous n'auriez suivi la voie qui mène à l'abîme, et pourtant est-ce par ma propre volonté que nous nous sommes séparés? Vous souvenez-vous de ce que je vous offris autrefois? Il en est temps encore; quittez Paris, il vous a été fatal. Plus d'une carrière honorable vous est ouverte en province ou à l'étranger; j'emploierai mon crédit en votre faveur, vos dettes seront payées; il ne me faut qu'une bonne parole. Le travail rachète beaucoup d'erreurs. »

Hector hocha la tête et froidement :

« Trop tard, dit-il. On ne recommence pas sa vie. »

Il descendit, et, en arrivant au jardin, il se dissimula derrière un massif pour éviter d'être vu par Marcelle. Le baron l'avait suivi. Berthe s'élança à sa rencontre un bouton de rose à la main.

« Voilà pour toi, petit père, » s'écria-t-elle.

L'ombre restée sur le front de Landry s'envola; il enleva sa fille dans ses bras et l'y serra passionnément en répondant :

« Merci, mon cher trésor. »

De la grille, où il s'était un instant arrêté, Hector entendit. Une expression haineuse contracta ses traits.

« Ton trésor, ricana-t-il, garde-le bien, Landry. La vie réserve d'étranges surprises. »

III

Le bal des Albrays se donnait le lendemain.

Le baron ne parla point à sa femme de la visite d'Hector, ce qui ne l'empêcha pas d'y songer une grande partie de la journée. Des liens très doux les avaient unis dans le passé. Orphelin dès son plus bas âge, Hector de Roqueplane fut élevé par la baronne du Houdoy, sa tante à la mode de Bretagne. C'était une chrétienne de la vieille roche, une âme à la fois tendre et forte. Elle fut une mère pour Hector, et peut-être lui eût-il fallu descendre jusqu'aux plus intimes replis de son cœur pour s'avouer à elle-même que, des deux enfants qui grandissaient à ses côtés, le plus aimé était encore Landry. Mais son affection, quelque profonde qu'elle fût, ou peut-être à cause de sa profondeur, n'excluait pas la clairvoyance. Le caractère de son pupille, en se dessinant avec les années, lui inspira de justes inquiétudes; il se montrait à la fois téméraire et cauteleux, ami du plaisir et surtout extrêmement tenace dans sa colère; tout ce qu'il considérait comme une offense excitait son ressentiment, et ce ressentiment, il le gardait, le concentrait en lui jusqu'à ce qu'il trouvât le moyen d'exercer sa vengeance. Plusieurs fois la baronne surprit chez Hector ces dispositions vindicatives; elle n'épargna rien pour l'en faire rougir et l'amener à se vaincre. Du reste, elle conservait sur lui une grande influence, et si Dieu lui eût laissé une plus longue vie, le malheureux enfant ne se fût point égaré.

La Providence en décida autrement. Hector et Landry sortaient à peine de l'adolescence quand la baronne mourut. Il sembla d'abord que leur union serait cimentée par cette commune douleur. Fidèles à ses recommandations suprêmes, ils poursuivirent leurs études. Landry, remarquablement doué pour les sciences, bien qu'il fît parfois une fugue vers les lettres, travaillait pour son propre plaisir. Son cousin se tourna du côté du droit, mais, ainsi que beaucoup de jeunes gens, il glissa sur une pente facile; l'étude fut négligée, puis sacrifiée au plaisir. Jusqu'alors, gardant les habitudes de leur enfance, ils avaient vécu sous le même toit. Landry s'aperçut forcément du changement d'Hector; il crut devoir l'avertir en frère; mais ses avis furent reçus avec hauteur, repoussés par des railleries. Une rupture s'ensuivit. M. de Roqueplane, abandonnant l'hôtel de la rue Saint-Dominique, se choisit un luxueux appartement dans l'avenue Gabriel.

Désormais il se livra sans contrainte à la fougue des passions, entièrement séparé de son cousin, qu'il affectait de traiter en étranger. Le mariage de ce dernier amena un rapprochement qui devait être peu durable. Dans ses épanchements intimes, le baron parlait à Marcelle de sa mère toujours regrettée, de sa joyeuse enfance. Le nom d'Hector revenait alors sur ses lèvres, et la jeune femme, ne consultant que son cœur d'ange, voulut tenter de ramener le prodigue au bien. Elle fit les premières démarches, invita gracieusement M. de Roqueplane à venir de temps en temps s'asseoir à leur table et à leur foyer; elle sut persuader à Landry qu'il avait manqué d'indulgence, qu'il faut être miséricordieux à l'exemple de Dieu même, que la sévérité ne trouve point le chemin des cœurs. Mais elle ne se doutait pas, dans sa candeur charitable, de la dégradation morale subie par certaines natures. Hector ne connaissait plus que de nom la foi et la vertu; il osa railler, en présence de la baronne, les plus nobles sentiments de l'âme. Un jour enfin elle ne put retenir son dégoût. Il ne revint pas, mais garda ce souvenir comme celui d'une sanglante injure.

L'abîme, un instant comblé, se creusa plus profond entre les deux cousins.

Depuis longtemps le patrimoine d'Hector fondait entre ses doigts comme la cire dans la flamme. Déjà il était la proie des usuriers et vivait d'expédients. Le jeu, les paris, dans lesquels il était heureux, lui fournissaient de quoi subvenir à ses besoins, factices pour la plupart, mais impérieux. A l'époque où commence notre récit, le baron savait la ruine de son cousin consommée; en se montrant inflexible, il n'avait pas suivi le penchant de son cœur, mais le sentiment de son devoir. Impuissant à sauver le malheureux, il s'efforça de l'oublier.

La folle gaieté de sa fille l'y aida. Toute cette journée et celle du lendemain, Berthe parla du bal; au dîner, elle déclara qu'elle aurait plus tard une belle toilette comme celle de sa mère. Ce mot rendit Marcelle sérieuse. Pendant que l'enfant dirigeait son cerceau dans les allées, la baronne dit à son mari :

« Décidément, mon ami, il faut enrayer notre vie de plaisirs. Tout cela trotte dans le cerveau de notre chérie, c'est d'un mauvais exemple.

— Quel enfantillage! répondit-il, Berthe voit le bal et la toilette du même œil que son cerceau. Regardez-la, comme elle bondit.

— Elle grandira, Landry. Chaque jour développe son intelligence. Ne faisons pas de notre fille une mondaine; renonçons aux fêtes, voulez-vous?

— Eh bien, oui, » dit-il, vaincu.

L'air fraîchissait, ils rentrèrent au salon. Berthe sauta sur les genoux de son père et supplia la baronne de chanter.

Cette dernière se mit volontiers au piano. Le baron aimait passionnément la musique, et déjà la petite fille partageait ce goût; on la voyait abandonner ses jeux favoris dès qu'elle entendait la voix de sa mère. Elle écouta religieusement l'air de la *Dame blanche* :

Pauvre dame Marguerite...

et la barcarolle qui suivit; puis voyant que la baronne se levait, elle s'écria :

« Encore un peu, un tout petit peu; rien que la chanson de papa. »

La jeune femme sourit. Cette chanson ou plutôt cette berceuse était un doux souvenir. Landry en avait écrit les vers près du berceau de sa fille; Marcelle les avait mis en musique et les chantait dans l'intimité. Berthe les savait par cœur, mais aimait toujours à les entendre.

La baronne commença :

Dors, petit ange aux lèvres closes,
Et que de rayons et de roses
Un doux rêve emplisse ton nid
		Béni !

Dors; j'aime, sur ton front candide,
Ainsi qu'en un beau lac sans ride;
Voir le reflet mystérieux
		Des cieux.

Dors, l'horizon est sans nuage,
Et, pour te garder de l'orage,
O ma fille! n'auras-tu pas
		Nos bras?

Dors ; sur toutes les innocences
Comme sur toutes les souffrances
Dieu veille en père, ô mes amours!
		Toujours.

Au dernier couplet la petite voix de Berthe s'était mêlée à celle de sa mère; quand il s'acheva, elle crut voir une larme suspendue aux longs cils de la baronne.

« Tu pleures. Qu'as-tu, maman chérie? s'écria-t-elle se jetant impétueusement dans ses bras.

— Chère Marcelle, souffrez-vous? demanda le baron, inquiet à son tour.

Elle resta un instant en contemplation devant elle.

— Non, vraiment non, répondit-elle. Mon cœur s'est serré tout à coup. Ne vous tourmentez pas, c'est bien fini.

« Viens maintenant, mon ange. Il est temps de te mettre au lit, je dois m'habiller.

— Oui, je vais me coucher; mais vous viendrez m'embrasser avant de partir. Je ne dormirai pas. »

Ils le promirent. Marcelle emmena l'enfant, lui fit sa toilette de nuit et passa dans son appartement, où Esther l'attendait.

La brosse d'ivoire lissa ses cheveux, dont un léger nuage de poudre ternit l'émail; la jupe aux boutons de roses se drapa sur ses paniers; le corsage de velours dessina admirablement sa taille élancée; un mélange

de plumes et de roses lui composa un splendide diadème; elle bou-
tonna ses gants, mit ses bijoux et laissa tomber sur la glace un morne
regard.

Jamais elle n'avait été plus belle.

Esther resta un instant en contemplation devant elle, puis avec un
affectueux respect :

« Madame la baronne est-elle souffrante ce soir?

— Non, répondit languissamment la jeune femme. Je me sens triste
sans savoir pourquoi. Le monde me lasse, ma pauvre Esther.

— Madame la baronne y est pourtant bien admirée, bien aimée, reprit la femme de chambre. Du reste, ça se comprend. »

C'était le cri du cœur, impossible de s'y méprendre. Qui n'admirerait
Marcelle? elle était si belle! Qui ne l'aimerait? elle était si bonne!

« Vous ne m'attendrez pas, dit très doucement la baronne. Je me
déshabillerai sans vous; dormez bien.»

Elle fit un effort pour appeler le sourire sur ses lèvres, voulant paraître gaie devant son mari.

Ils se rencontrèrent à la porte de Berthe, qui, selon sa promesse,
tenait bien ouverts ses yeux bleus et fredonnait :

> Dors; l'horizon est sans nuage,
> Et, pour te garder de l'orage,
> O ma fille! n'auras-tu pas
> Nos bras?

Elle tendit les siens.

« O papa, maman, que vous êtes beaux! »

Ses regards allaient de l'un à l'autre, ne sachant lequel admirer davantage.

Ils l'embrassèrent longuement.

« Bonsoir, cher ange, à demain.

— C'est ça, je vais rêver du bal. Au revoir, petite mère, papa
chéri. »

Du bout des doigts elle leur envoya un dernier baiser, la porte se
referma.

A la grille la voiture attendait. Il sembla au baron que Marcelle, en
y montant, devenait très pâle.

« Ma chérie, lui dit-il avec sollicitude, vous avez un air attristé qui
m'inquiète. Si ce bal vous contrarie trop, rentrons.

— Ce serait une folie, répondit-elle faiblement. Une fête est vite
passée, et celle-ci sera la dernière, vous me l'avez promis, la dernière. »

Elle répéta ce mot avec une sorte de sérénité, et cependant, au moment où les chevaux atteignirent le tournant de la route, elle se retint
pour ne pas crier :

« Oui, retournons, je souffre. »

Oh! pourquoi ne le poussa-t-elle pas, ce cri d'angoisse? pourquoi ne
revinrent-ils pas auprès du lit de leur enfant?

IV

Après le départ de ses parents, Berthe demeura l'oreille tendue afin de percevoir le bruit des roues dans le jardin. Bientôt, en effet, le sable cria, la lourde grille tourna sur ses gonds et retomba avec un bruit sourd. La petite fille s'arrangea commodément et ferma les yeux.

Elle les rouvrit pour regarder Esther, qui entrait sur la pointe des pieds.

« N'aie pas peur de me réveiller, va, dit-elle. As-tu vu comme papa et maman ont les cheveux blancs? Moi, je trouve ça joli. Y a-t-il de la poudre de reste?

— Certainement, répondit Esther.

— Tu m'en mettras demain, dis?

— Vous voulez donc paraître vieille?

— Mais non. Est-ce que petite mère a l'air d'être vieille, par hasard?

— Nous verrons, si Mᵐᵉ la baronne permet. Dormez maintenant, ma mignonne, il est tard.

— Je n'ai pas sommeil. Connais-tu la chanson de papa? Non, tu n'es pas au salon quand maman la chante. Je vais te la dire, attends.

— Si vous voulez, » répondit Esther, cédant à cette fantaisie.

Berthe répéta la berceuse d'une voix claire.

« C'est joli, n'est-ce pas? demanda-t-elle à la fin.

— Tout à fait joli.

— Tu vois bien. Bonne nuit, je sens que le bonhomme au sable va venir. »

Elle se blottit sous ses couvertures, murmurant encore :

Dieu veille en père, ô mes amours!
Toujours.

Ses paupières s'abaissèrent, un souffle régulier souleva sa poitrine ; elle dormait profondément.

Après avoir veillé quelques minutes, Esther arrangea les rideaux et sortit à pas étouffés.

Une heure après tout reposait aux Glaïeuls.

Au dedans il n'y avait d'autre lumière que celle de la veilleuse d'albâtre qui brûlait dans la chambre de Berthe, au dehors l'obscurité. C'était une nuit sans lune; de gros nuages gris couraient sur le fond bleu du ciel, et le vent, qui s'était levé avec violence, courbait en les faisant gémir les arbres du jardin.

Les douze coups de minuit tintèrent dans le silence.

Un point noir se dessina sur la route de Fontainebleau; il grossit en s'approchant, et bientôt on eût reconnu un homme couvert d'un manteau à capuchon.

Il courait.

Arrivé en vue de la villa, il ralentit sa course, puis se mit à marcher doucement en jetant autour de lui un regard soupçonneux.

Il fit le tour de la maison. Une seule lumière brillait, faible et voilée. L'homme haussa les épaules.

Revenant à la grille, il l'escalada sans peine; mais dans son ascension son capuchon tomba sans découvrir ses traits toutefois : il portait un masque noir.

L'homme traversa le jardin à petit bruit et se trouva devant une des fenêtres de la salle à manger. Là il tira de sa poche un objet qu'il appuya sur la vitre; le diamant mordit le verre. L'inconnu passa son bras par l'ouverture qu'il venait de faire; il fit jouer l'espagnolette et disparut à l'intérieur.

Deux minutes s'étaient à peine écoulées qu'il arrivait à l'entrée de la chambre de Berthe. Un rayon glissait sous la porte. Le personnage masqué tourna le bouton, s'empara de la veilleuse en jetant sur la petite fille un regard furtif, et, en homme qui connaît la disposition des lieux, se dirigea sans hésiter vers le cabinet du baron.

Dans un angle un secrétaire ancien étalait ses tiroirs ventrus et ses brillantes ferrures. Ce meuble avait appartenu à la mère de Landry, et, bien qu'il ne comportât aucun des perfectionnements actuels et n'eût pour défense que la solidité de ses serrures, le baron l'avait soigneusement conservé.

L'homme s'agenouilla, tira de dessous son manteau un poignard dont la lame jeta dans la demi-obscurité un éclair bleuâtre, et commença à tourmenter la serrure. Tout à coup il leva les yeux, et une sourde exclamation lui échappa.

Devant lui se tenait une femme de grande taille, vêtue de noir; ce costume sévère faisait ressortir la finesse des traits qui portaient la double empreinte de la douceur et de la fermeté.

L'inconnu tremblait sous ce regard, qu'il trouvait douloureux et sévère; une sorte de râle s'échappait de sa gorge, il laissa tomber son poignard.

Mais il se redressa soudain, et un rire aigu passa comme un sifflement entre ses lèvres.

« Idiot que je suis! ce n'est que son portrait; je l'ai vu là cent fois... Allons, à la besogne! »

Sa main, qui frisonnait, ramassa le poignard, et au bout de quelques instants le secrétaire forcé étalait son contenu aux yeux du voleur. Il fouilla le tiroir et compta douze rouleaux d'or.

« Une misère! fit-il; mais avec douze mille francs on en gagne quelquefois cent mille. »

Il dédaigna les papiers et les menus bijoux, repoussa les tiroirs et revint à la chambre de l'enfant.

Berthe tournait vers lui sa figure rose; son bras droit pendait hors du lit, l'autre reposait sur la fine batiste; une partie de sa chevelure s'échappait de la résille et couvrait d'or le blanc oreiller.

La vue de tant d'innocence et de grâce produisit sur le misérable une impression à peu près identique à celle qu'il avait précédemment éprouvée. Il hésita, frémit. Par malheur Berthe ouvrit les yeux.

Une figure noire était penchée sur elle; à travers les trous du masque elle vit briller un regard ardent.

La pauvre petite voulut crier, sa gorge ne put émettre un son; ses doigts se tordirent, une terreur sans nom dilata démesurément ses prunelles.

Qu'un seul cri jaillît de sa poitrine oppressée, c'était le salut.

L'homme masqué n'hésita plus : jetant son manteau sur la tête de l'enfant, il la roula dans ses plis et s'élança au dehors.

Une fois sur la route, il donna un peu d'air à la petite fille, qui avait perdu connaissance, et se mit à courir vers la forêt, à l'entrée de laquelle un cheval était attaché. Le ravisseur sauta en selle, et, tournant en sens inverse la tête de l'animal, lui fit prendre un galop effréné.

Deux heures après il débouchait sur la place principale de la petite
ville de M***.

La foire y avait attiré un certain nombre de saltimbanques; la place
était garnie de baraques qu'un réverbère éclairait de sa lueur fumeuse.
Le cavalier heurta à l'une d'elles, une voix grommela à l'intérieur : «Qui
est là ?

— J'ai besoin de parler sur-le-champ à votre chef, » articula l'inconnu d'un ton bas mais distinct.

« Voyez, voyez, » dit-elle d'une voix rauque.

La toile, en s'écartant, laissa paraître un homme d'une stature athlé-
tique; il fit un brusque mouvement, mais l'étranger ne lui donna pas
le temps d'ouvrir la bouche, et, pénétrant dans la baraque, il montra d'un
geste la petite fille qui était sortie de son évanouissement, et dont un
foulard comprimait les cris.

« Voilà, dit-il, une enfant qu'il s'agit de faire disparaître. La voulez-
vous ? »

La stupeur de l'athlète ne lui permit pas de répondre.

« Décidez-vous promptement, reprit l'inconnu. Un oui, et l'affaire est
conclue. Vous volez quelquefois des enfants ?

— Pas moi, interrompit le saltimbanque avec vivacité.

— En cette circonstance la besogne vous est épargnée, continua l'autre sans s'émouvoir. La petite est assez jeune pour être dressée à vos exercices, assez grande pour vous être utile tout de suite.

— Mais nous serions inquiétés..., la police...

— A été dépistée plus d'une fois, et sur ce point votre coup d'essai n'est pas à faire. D'ailleurs, vous n'avez qu'à vous tenir tranquille, vous êtes trop éloigné du théâtre de l'enlèvement pour qu'on vous accuse. Voyons, est-ce oui ou non ? »

Le saltimbanque réfléchit une seconde, puis d'un ton délibéré :

« Oui, » dit-il.

L'étranger ne se le fit pas dire deux fois. Il dénoua le foulard qui bâillonnait l'enfant, remonta à cheval et disparut.

Alors la toile qui séparait la baraque en deux parties se souleva, une femme brune et forte parut.

« Une trouvaille? dit-elle à voix basse.

— Oui, pourvu qu'on nous laisse en paix, répondit l'homme sur le même ton.

— Ce n'est rien, reprit-elle avec insouciance. Nous en ferons un garçon pour le moment. »

Elle prit dans ses bras la pauvre Berthe, dont la poitrine se souleva en un sanglot amer.

« Maman, maman, » appela-t-elle.

La femme arrêta sur elle ses yeux de jais.

« Silence, dit-elle d'une voix dure. Si tu cries, je te briserai les dents. »

L'homme, appuyant la menace, leva son poing énorme. Le sanglot expira dans la gorge de l'enfant, elle éleva ses mains frêles pour implorer la pitié.

« Des ciseaux, » demanda la femme.

Et, tandis que l'athlète lui maintenait la tête, le froid acier glissa sur la nuque de la petite fille, et les boucles dorées que tant de fois Marcelle avait peignées avec amour tombèrent en masse et jonchèrent les planches. Saisie d'une douloureuse honte, Berthe courbait son front humilié.

On la revêtit de méchantes loques, simulant tant bien que mal un costume masculin, et on la jeta dans un coin, sur un tas de paille, en lui disant : « Tais-toi et dors. »

La lumière s'éteignit, les saltimbanques causèrent quelques minutes, puis le silence se fit.

Berthe pleurait sans bruit, murmurant tout bas : « Maman, maman! »

Une fatigue extrême triompha enfin de la douleur et de l'effroi, elle s'endormit.

. . . .

Il était un peu plus de trois heures. La fête des Albrays était dans tout son éclat. La châtelaine admirait le spectacle vraiment féerique que présentaient la pelouse et les bosquets rayonnants, splendides, pleins de groupes animés. Danseuses et cavaliers rivalisaient d'élégance. Là-bas une Grecque à l'antique costume dansait une danse très moderne avec un seigneur vénitien; plus loin un Turc, dont le turban vert étincelait de pierreries, offrait le bras à une blonde fille des Magyars. Toutes les époques, toutes les nationalités se croisaient, se saluaient et valsaient avec un entrain sans égal.

Néanmoins une des femmes les plus charmantes et les plus entourées laissait passer de temps à autre sur ses traits une expression de lassitude et de souffrance.

A la fin d'une danse polonaise, elle dit à son cavalier, un don Juan d'Autriche à l'air martial :

« Seriez-vous assez bon, Monsieur, pour me conduire à mon mari, que j'aperçois près de ce massif? »

Don Juan s'inclina avec empressement et arrondit son bras. Le baron du Houdoy s'était, en effet, réfugié en cet endroit un peu solitaire.

« Landry, ne voulez-vous pas partir? demanda la jeune femme.

— J'attendais votre bon plaisir, » répondit-il.

Ils effectuèrent rapidement leur sortie. Bientôt la voiture roula vers les Glaïeuls.

« Quel soulagement, mon Dieu! » murmura la baronne quand la grille s'ouvrit devant elle.

Comme elle mettait le pied à terre, un craquement se fit entendre; elle se baissa et pâlit.

« Qu'est-ce que cela? une vitre brisée!

— Une vitre de la salle à manger! s'écria le baron; la fenêtre est ouverte!

— Ma fille! » bégaya Marcelle.

Elle s'élança dans la chambre de Bertho et poussa un tel cri, que les domestiques s'éveillèrent en sursaut.

Landry accourait; elle se dressa devant lui, et, tendant le bras vers le lit vide :

« Voyez, voyez, dit-elle d'une voix rauque. Nous dansions tout à l'heure, et... nous n'avons plus d'enfant! »

Elle porta la main à sa gorge et s'affaissa sur le parquet.

V

... ET L'ESPÉRANCE!

Nous sommes au mois de septembre 1870, à l'hôtel de la rue Saint-Dominique.

La baronne du Houdoy est assise dans sa chambre. Est-ce bien la baronne? Une longue robe noire l'enveloppe de ses plis rigides, une mantille de dentelle espagnole couvre ses cheveux. Où sont les opulentes torsades, les boucles légères? A leur place on aperçoit des bandeaux lisses dans lesquels brille plus d'un fil d'argent.

Elle travaille à un tricot grossier, mais parfois les aiguilles retombent sur ses genoux, et ses yeux se lèvent sur un tableau suspendu devant elle, image admirable de la Mère de douleurs, serrant dans ses bras le corps sans vie de son fils.

La magnifique peinture rayonne dans le cadre d'ébène tout uni. On la dirait vivante, cette vierge, fille de Sion, dont la douleur est vaste comme la mer. Quelle expression sublime dans son regard!

Marcelle en savoure toute l'amertume.

« O Mère! dit-elle soudain, vous fûtes véritablement heureuse. O Mère! je vous envie. On vous rendit au moins votre fils inanimé, et moi, je ne presserai jamais, jamais sur mon cœur ma fille vivante ou morte. »

Sa tête accablée s'incline.

« Pardon, reprend-elle avec une douceur pénétrante; pardon, Marie, le désespoir m'égare. Nulle souffrance ne saurait être comparée à la vôtre, je le sais bien. »

Elle relève, par un courageux effort, la brassière abandonnée.

Qui pourrait exprimer les sensations que lui fait subir ce travail?

Il est bien heureux, le petit être qui portera ce chaud vêtement. Il n'a qu'un berceau d'osier, ni broderies ni dentelles ne rehaussent sa beauté; mais les bras maternels sont là pour le bercer, les chants maternels apaisent ses larmes. Et Berthe... qu'est-elle devenue, la belle enfant rieuse, insouciante, adulée? quelle voix lui parle avec douceur? quelle tendresse veille à son chevet? qui lui répond quand elle appelle sa mère?

Malheureuse mère! elle dansait pendant qu'on lui prenait son trésor.

Cette pensée, torture incessante, ronge, ainsi qu'un vautour, le cœur de la baronne.

Et près d'elle vit une autre douleur, amère comme la sienne, comme la sienne cuisante à l'égal d'un remords.

Aucune recherche n'a été épargnée; durant des semaines, des mois, ils ont espéré. Puis la désillusion est venue.

Quel est le coupable? mystère. La baronne n'a pas même tenté de le découvrir. Landry, en constatant l'adresse déployée par le misérable, a senti un soupçon le mordre au cœur : Hector!...

Mais non, ce serait épouvantable. Hector a dissipé sa fortune et jeté aux quatre vents de l'horizon les principes qui font la dignité de la vie; mais il n'a pu renier les pures traditions de sa race, les droits de la justice, de la parenté, de la pitié, plus que cela, les lois du plus vulgaire honneur, au point de se faire voleur d'or et d'enfant. Est-ce que l'ombre de sa mère adoptive ne se fût pas mise entre lui et le berceau? Cette sainte n'aurait-elle pas défendu la fille de son fils?

D'ailleurs, le baron prit en secret des informations, et voici ce qu'il sut. En quittant les Glaïeuls, M. de Roqueplane se rendit chez un sien ami, le vicomte de B***, dont le château est situé à douze kilomètres de Fontainebleau. La veille de l'enlèvement, il chassa à courre, et après le souper, harassé et même un peu ivre, il se jeta tout vêtu sur son lit, où le valet de chambre le retrouva le lendemain à neuf heures, dormant encore à poings fermés. Le soir, il risqua au jeu une cinquantaine de louis que lui avait prêtés le vicomte. La chance le favorisa, il gagna une somme considérable.

Landry s'accusa d'injustice, et ne songea plus à son parent.

Marcelle serait volontiers demeurée à la villa. Elle goûtait une âpre volupté à s'enfermer dans cette chambrette blanche, nid de l'oisillon disparu; mais les médecins déclarèrent qu'il fallait l'arracher à un lieu qui lui rappelait de si cruels souvenirs. « Elle en mourrait, » dirent-ils. Le baron la ramena à Paris.

Depuis son retour, elle ne sortait que pour se rendre à l'église, ou visiter des crèches et des asiles d'enfants. Entre toutes les œuvres de charité, elle avait choisi celle-là. Pourtant, lorsqu'elle pénétrait dans les salles remplies de bébés, ses genoux fléchissaient, son cœur se serrait, ses nerfs se contractaient; mais elle luttait, elle allait au-devant de cette agonie morale en se disant : « C'est l'expiation. »

Quatre heures sonnèrent; un pas retentit dans le corridor, et le baron entra.

Qu'il était changé, lui aussi! Ses épaules, courbées sous un invisible fardeau, sa physionomie affaissée, le vieillissaient de vingt ans.

Il s'assit près de sa femme.

« Les nouvelles sont de plus en plus mauvaises, dit-il après un silence; les Prussiens marchent sur Paris. »

Le visage de Marcelle demeura impassible. Les phases de cette horrible guerre semblaient lui être indifférentes; il n'y avait rien pour elle en dehors de son morne désespoir.

« Ah! fit-elle simplement.

— Le blocus est un fait prochain, reprit Landry; vous ne pouvez y rester plus longtemps.

— Pourquoi? interrogea-t-elle, étonnée.

— Vous ne savez pas combien un long siège est cruel. Paris s'apprête à la résistance; il est imprenable, mais l'ennemi sera patient; il s'obstinera à réduire la ville par la famine et peut-être, mon Dieu, il y réussira si la province ne vient à notre secours. Pour quelle raison vous exposeriez-vous à ces dangers? »

Elle se tut, il continua :

« Vous y songerez, n'est-ce pas, mon amie? et nous déterminerons le lieu de votre retraite pendant ces jours mauvais. L'Ouest ne sera pas envahi sans doute; il faudra se tourner de ce côté.

— Désirez-vous donc si ardemment vous éloigner? demanda-t-elle en relevant la tête.

— Moi? non, Marcelle; ce serait une insigne lâcheté. Je prétends vous mettre en sûreté et revenir à Paris.

— Revenir?

— Et combattre, dit-il avec chaleur. Ma place est marquée parmi les défenseurs de la place. Il m'en coûtera beaucoup de vous abandonner, ma chère Marcelle, mais la France a besoin de tous ses fils; c'est le devoir.

— Vous dites le devoir, Landry? Si c'est le vôtre, c'est aussi le mien. »

Il la regarda, surpris.

« Il y aura des morts à ensevelir, des blessés à soigner; cette tâche est dévolue aux femmes.

— Marcelle, dit le baron, profondément ému, cette résolution est trop grave pour être prise à la hâte. Vous ne connaissez pas le bruit des batailles : les canons qui grondent, les obus qui sifflent, la crépitation de la fusillade, tout cela est affreux; et puis supporterez-vous la vue des mourants? aurez-vous la force de panser des plaies horribles? »

Un sourire navré glissa sur les lèvres de la baronne.

« Soyez tranquille, dit-elle, je m'y accoutumerai. Les plaies les plus profondes saignent moins abondamment que la blessure de mon cœur.»

Les larmes vinrent aux yeux de Landry; il prit et garda dans les siennes les mains brûlantes de la jeune femme.

« Pardonnez-moi, murmura-t-il.

— Taisez-vous, mon ami. C'est à moi de réclamer votre indulgence, je vous fais tant souffrir! » fit-elle avec une tristesse déchirante.

Les nouvelles apportées par le baron n'étaient que trop vraies. Le 19 septembre, les armées allemandes avaient investi Paris.

Nous ne voulons pas narrer les péripéties de ce siège, qu'on regarde à distance comme un effroyable cauchemar. Marcelle en subit toutes les horreurs.

Après les premiers combats, les hôpitaux se trouvèrent insuffisants à contenir les blessés. Alors la charité privée prit une admirable extension; de toutes parts des ambulances s'organisèrent, et des femmes du monde, converties en sœurs de Charité, prodiguèrent les soins les plus assidus à nos héroïques soldats.

Le baron du Houdoy était aux remparts. Marcelle fit arborer à son hôtel le drapeau à croix rouge de la convention de Genève, et, un long tablier de cotonnade recouvrant sa robe noire, elle se mit au service des blessés avec un entier dévouement.

Ils trouvaient doux de voir glisser près d'eux cette gracieuse créature; ils éprouvaient un soulagement quand ce charmant visage se penchait à leur chevet. Les mots tombés de sa bouche avaient cet accent de compassion et de tendresse qui fait tant de bien aux cœurs endoloris; ses mains effleuraient leurs plaies avec une telle délicatesse, qu'ils disaient : « C'est du velours. »

Mais à quoi songeait-elle devant ce grand spectacle : tout un peuple luttant et souffrant sans se plaindre, chacun comptant pour rien ses propres privations, ses fatigues personnelles, pour s'absorber dans une commune et patriotique douleur?

La première fois qu'elle assista un mourant, elle sentit s'opérer dans son être moral une sorte de résolution. C'était un pauvre mobile, un enfant de vingt ans. Dans son délire il parlait de sa mère; il suppliait le chirurgien de ne pas le laisser mourir. Cependant, après que le prêtre lui eut apporté les consolations suprêmes, le calme revint dans cette âme, et plus d'une fois pendant la nuit la baronne entendit le jeune soldat murmurer : « Mon Dieu, que je souffre! mais je le veux bien, j'accepte le sacrifice de ma vie... pour la France. Sauvez-la et... veillez sur ma mère. »

Et Marcelle se sentit fortifiée par ce courage, et elle s'accusa d'égoïsme et de lâcheté. Elle promit au mobile d'écrire à sa mère dès que ce serait possible, et de lui envoyer des secours. Il mourut à l'aurore, paisible et résigné.

D'autres souffrants réclamaient la baronne; elle alla vers eux, et, gardant le souvenir de cette mort héroïque, elle évita les retours sur elle-même. Un enfant lui avait donné l'exemple, pouvait-elle moins faire que de le suivre? Quelque lourde que fût sa croix, devait-elle se laisser accabler sous le fardeau?

Désormais elle fut plus consolante, plus affectueuse encore; elle eut même la force d'appeler un doux sourire sur ses lèvres pâlies.

Le soir du 28 octobre on lui amena un garde national grièvement blessé; ses mains étaient soignées; ses traits dévastés avaient gardé leur finesse. Il sembla à Marcelle qu'elle l'avait connu autrefois, bien qu'au premier abord elle ne pût mettre un nom sur cette figure. Tout à coup il ouvrit les yeux, la regarda et balbutia : « Vous! vous! ô malheur! »

Ce fut un trait de lumière.

« M. de Roqueplane! » s'écria-t-elle.

Il détourna la tête.

« Docteur, un coup d'œil à ce blessé, dit Marcelle au chirurgien qui s'avançait; c'est un de mes parents. »

L'homme de l'art s'inclina, mit l'épaule à nu et sonda la blessure, ce qui arracha un gémissement à Hector, puis se releva sans mot dire.

« Je suis perdu, n'est-ce pas? bégaya le malheureux.

— Bah! bah! il ne faut jamais désespérer.

— Allez-vous extraire... cette balle?

— Impossible en ce moment; plus tard nous aviserons. »

Et s'adressant à la baronne :

« Je n'ai rien à tenter, dit-il à voix basse, demain tout sera fini. »

Marcelle, très émue, se rapprocha d'Hector, qui se plaignait sourdement.

« Mon cousin, fit-elle en lui prenant la main, qu'il retira brusquement, Dieu est le maître de la vie; il peut vous la conserver, mais il est toujours bon d'être en paix avec lui. Vous voulez bien voir monsieur l'abbé, n'est-il pas vrai? »

Il répondit par un signe négatif.

« Ce n'est pas possible! reprit-elle avec chagrin; vous avez été si chrétiennement élevé! Rappelez-vous la foi de votre enfance. »

M. de Roqueplane gardait le silence. La jeune femme continua à parler doucement, de la façon la plus persuasive; soudain il fit un geste d'impatience et murmura :

« Vous vous méprenez sur le motif de mon refus. Ne savez-vous pas qu'il est des crimes irrémissibles?

« Leur nom, leur nom? »

— Que dites-vous? s'écria-t-elle. Dieu est la bonté même; le plus grand coupable peut et doit espérer en sa miséricorde.

— Non, répliqua Hector, s'il a brisé la vie d'un ange tel que vous. »

Elle ne répondit pas, croyant que le délire le saisissait; il devina sa pensée.

« J'ai toute ma raison, dit-il d'un ton âpre. Écoutez-moi. Si vous pouvez me pardonner, je croirai à la clémence divine. »

Un frisson involontaire secoua le corps de Marcelle.

« Vous êtes bonne, continua Hector, oui, bonne et douce comme une

3

sainte, et néanmoins vous avez mille fois maudit sans doute l'infâme qui vous enleva votre enfant. Cet infâme, c'est moi! »

Ce mot siffla dans sa bouche et cingla le visage de la baronne comme un coup de cravache. Un cri lui échappa, elle tomba lourdement sur les genoux.

Il reprit d'un accent incisif, et avec plus de force qu'on n'en eût attendu de lui :

« Vous souvenez-vous? un jour vous m'avez accablé de votre mépris. La blessure fut cruelle... Je suis..., j'étais de ceux qui n'oublient point. Pourtant, me venger d'une femme!... quelque chose en moi répugnait à cette pensée. Landry se chargea de faire taire mon dégoût... J'avais beaucoup perdu sur parole... Cela s'appelle une dette d'honneur dans notre monde; on ne peut s'y dérober sans être noté d'infamie. Je vendis mes chevaux, mais il me manquait vingt mille francs. Le nom de mon cousin me vint alors à l'esprit; j'allai le trouver aux Glaïeuls, il me refusa.

« Une folle colère s'alluma dans mon cœur; cette fois il me fallait la vengeance, une vengeance sûre et terrible... Le vicomte de B*** m'avait invité à chasser sur ses terres, je m'y rendis et j'y ourdis mon plan. Vous alliez au bal des Albrays, cette nuit-là était propice... Après une journée passée à la chasse, je bus beaucoup au souper; les domestiques remarquèrent ma démarche chancelante; en réalité, je conservais toute ma raison. Je me jetai tout habillé sur mon lit, et, dès que le silence régna au château, je descendis aux écuries et sellai le meilleur cheval du vicomte. Je connaissais une petite porte dont peu de personnes se servent; on laisse ordinairement la clef à la serrure : c'est par là que je sortis. Pourquoi dirais-je le reste?

— Mais ma fille? ma fille, qu'en avez-vous fait? dit Marcelle en se tordant les mains.

— Je.... je la donnai à des saltimbanques, sur la place de M***.

— Leur nom, leur nom!

— Je ne le demandai point. Plus tard, je les cherchai sans pouvoir retrouver leurs traces. C'est que le remords affreux, indicible, me déchira dès le lendemain. Ma vie de plaisirs apparents m'était devenue une torture au milieu des fêtes; que je fusse assis à une table de jeu ou que le champagne pétillât dans ma coupe, toujours, toujours devant mes yeux passait la même vision : une enfant affolée, tendant ses petits bras et levant sur moi un regard suppliant... Ah! vous pouvez me maudire, il y a longtemps que je me suis maudit. »

Marcelle suffoquait. O mystère d'iniquité! elle avait tenté de sauver ce misérable, et lui, il avait sans pitié marché sur son cœur. Des

sanglots inarticulés lui brisaient la poitrine; elle tordait nerveusement
ses doigts sans songer qu'elle n'était pas seule. Quelques blessés se
soulevaient sur leur couche, effrayés, se demandant quel était cet
homme qui faisait ainsi couler ses larmes.

« Je savais bien, dit Hector, que vous ne me pardonneriez pas. Levez-
vous donc, accusez-moi devant tous. Ne voyez-vous pas que, si vous
vous taisez, on dira : « Il est mort en brave, c'est le rachat de ses
folies? » Et l'on honorera ma mémoire. C'est à vous de parler, afin que
les hommes me marquent du stigmate de la honte avant ma répro-
bation éternelle. »

Il parlait d'une voix entrecoupée, fixant sur elle des yeux hagards.
Elle tressaillit.

Quoi! elle tenait dans ses mains le salut de cette âme, elle pouvait à
son gré la jeter dans le sein de Dieu ou la précipiter dans l'abîme!

Marcelle ferma les yeux pour savourer son agonie. La mère et la
chrétienne luttaient, mais la chrétienne vainquit.

Regardant le crucifix suspendu dans le salon, elle imposa silence à
son cœur meurtri et se courba sur le malheureux.

« Hector, dit-elle, s'il vous faut mon pardon pour que vous imploriez
celui de Dieu, je vous pardonne. »

Il jeta un faible cri et joignit les mains.

« Vous êtes une sainte! » balbutia-t-il; puis, sans lever les yeux :
« Où est Landry?

— Aux remparts, dit-elle, et la mort qui vous frappe aujourd'hui
peut l'enlever demain.

— Je n'obtiendrai pas son pardon, à lui, gémit le misérable.

— Je vous l'accorde en son nom, répondit-elle généreusement; il ne
me démentira point.

— Par pitié, supplia le mourant, oh! par pitié, mon ange, donnez-moi
votre main. »

Elle tendit en frémissant sa main froide; les lèvres d'Hector s'y col-
lèrent dans un suprême effort, il murmura :

« Maintenant j'espère. »

Un prêtre s'avançait, la baronne s'éloigna. Il était temps, les forces
lui manquaient. Pourtant, après avoir pleuré et prié, elle revint à ce lit
d'agonie et recueillit le dernier soupir d'Hector.

Dans la journée du lendemain, le baron, profitant d'une heure de
liberté, accourut à l'hôtel. Marcelle avait puisé dans la prière une
vaillance nouvelle; elle répéta le terrible aveu de M. de Roqueplane et
exposa son repentir. Une effroyable indignation souleva l'âme de
Landry; mais en présence de cet ange qui était sa femme, devant la

mort qui le menaçait à chaque moment, il eut enfin le courage de prononcer une parole de miséricorde.

Dès lors une sorte de calme s'établit en Marcelle, Dieu récompensait sa charité; il devait cependant la frapper encore.

Le 2 décembre, après le combat de Champigny, Landry mourant lui était ramené sur un brancard.

De telles souffrances ne s'analysent pas.

Comme la baronne pleurait sur le front du blessé en murmurant : « A mon tour de mourir, » il lui répondit :

« Non, tu vivras... pour la revoir. Je vais le demander à Dieu. »

Ce fut sa dernière parole.

Marcelle ne s'ensevelit point sous ses crêpes de veuve; on la vit, pâle mais douce, triste mais sereine, traverser l'ambulance, panser les mutilés, consoler les agonisants. Elle subit les privations des derniers jours avec le même héroïsme, assista au bombardement de Paris, vit sans pâlir les obus éclater à ses côtés et demeura, après cette ère de sang, comme un arbre épargné par la foudre, debout au milieu des ruines de tout ce qu'elle avait aimé.

« Seule, seule pour toujours! » se dit-elle avec un frémissement; mais se redressant aussitôt, le cœur vaillant :

« Seule, non. Il me reste Dieu, les pauvres et l'espérance! »

VI

Il était, ce matin-là, de fort joyeuse humeur le docteur Grandvallon, en se promenant dans le jardin de sa maison, la plus simple assurément des maisons bourgeoises de Blanzay. Il humait l'air tiède en poussant de grands « Hum! hum! » ce qui était chez lui l'indice d'une satisfaction très vive; il donnait du bout de sa canne de légers coups sur les arbustes, et caressait ses favoris grisonnants de l'air d'un homme qui a fait une trouvaille ou une conquête.

« Je l'avais bien dit, s'écria-t-il en s'arrêtant soudain. Il croyait me prendre en défaut, ce savant tout frais échappé de l'école, il prenait des airs dédaigneux et semblait dire : « Ce pauvre Grandvallon a fait son temps. » Un instant, mon ami; on n'a pas passé trente ans au milieu des malades sans se connaître en maladies, et le grand docteur de Paris a bien prouvé que j'avais raison. Ah! ah! cette leçon vous apprendra la modestie qui sied au jeune âge. Ces étourneaux, en vérité, ne doutent de rien! »

Un frais éclat de rire qui retentit derrière le docteur interrompit son monologue.

« Quel discours tu fais à ces pauvres hortensias, père! » dit une voix claire, et une fillette de onze à douze ans lui sauta au cou.

« Un discours... Hum! hum! petite, je leur conte une amusante aventure. Tu sais bien, M. de Villecour? Le docteur Cardin ne voulut jamais s'entendre avec moi dans la consultation que nous dûmes lui donner de concert. Il assurait que je me trompais, comme si je ne connaissais pas une gastro-méningite; si bien que la famille de mon malade, déroutée par ces opinions contraires, se décida à consulter une sommité de Paris, un prince de la science, — c'est ainsi qu'on les appelle; — et, ma foi, qui fut attrapé, mon contradicteur. Je l'ai appris dans ma tournée matinale : le grand médecin a tout uniment prescrit ce que prescrivait le docteur Grandvallon, le bon à rien de Blanzay.

— Si ce monsieur te donnait ce vilain nom, il était bien malhonnête, dit la fillette en faisant une petite moue; mais personne n'a pu le croire : chacun sait qu'au lieu d'être un bon à rien, tu es le plus savant des docteurs et le meilleur des papas de Blanzay et du monde; c'est entendu, quoique ce ne soit pas une raison pour casser toutes les feuilles des hortensias à coups de canne. Regarde, quel massacre! »

Le docteur baissa les yeux. Dans ses gesticulations il avait, en effet, brisé plusieurs feuilles et même une belle touffe d'hortensia bleu. Il prit l'air marri.

« Je ne remarquais pas..., commença-t-il. Je suis bien fâché, ma petite fille...

— Ça n'en vaut guère la peine, répliqua-t-elle en riant. Si c'étaient des roses, à la bonne heure. Quant aux hortensias, je n'y tiens pas; c'est une sotte fleur.

— Ceux-ci sont pourtant jolis, Noëlla.

— Heu! si l'on veut. Que peut-on trouver de si agréable dans ces grosses boules pâles, sans grâce et sans odeur? Je n'aime que les fleurs parfumées.

« Mais, père, ne recevrons-nous pas aujourd'hui une lettre de Didier? Les examens doivent être finis, et je grille de savoir s'il est reçu.

— Je l'espère, dit le docteur. Depuis son entrée à Saint-Cyr il a eu les meilleures notes, et dernièrement il tenait la tête de l'école. Il aurait fallu qu'il jouât de malheur pour échouer au pas décisif. Je compte même sur un rang honorable. Le voir soldat n'était pas mon rêve; non, j'aurais préféré qu'il suivît ma carrière; intelligent comme il est, il serait devenu célèbre. »

Noëlla plissa un peu dédaigneusement les lèvres.

« Ce n'était pas son goût; et d'ailleurs, vois-tu, père, je suis très contente de ne pas te voir aller à la guerre; mais c'est si joli, un uniforme, et celui de Didier lui va si bien! Quel bel officier il fera!

— Petite folle! voilà quelque chose d'important, faire un bel officier; l'essentiel est d'en faire un bon.

— Nous n'avons pas à nous préoccuper de ça, père; mon frère ne manquera jamais à son devoir: il est le fils du docteur Grandvallon et le neveu du colonel Tréban...

— Et noblesse oblige, » acheva le bon docteur avec le tranquille sourire de l'homme de bien qui a le sentiment d'avoir suivi la ligne droite tracée par sa conscience.

Noëlla s'était suspendue à son bras, babillant avec la liberté d'une enfant gâtée; il l'écoutait ravi.

La vie du docteur Grandvallon s'était presque entièrement écoulée dans cette petite ville poitevine dont il était un des citoyens les plus respectés. Issu d'une bonne souche, ainsi qu'il le rappelait volontiers, il s'efforça de soutenir dignement le vieux renom d'honorabilité de sa famille. Jeune homme, il préféra la faculté de médecine de Poitiers à toutes les séductions de Paris. Après de bonnes études, il revint à Blanzay. Son unique sœur avait épousé un officier et habitait à cette époque le midi de la France; le docteur se maria à son tour et jouit d'un bonheur complet mais éphémère. Mme Grandvallon mourut quelques mois après la naissance de Noëlla.

Désormais le docteur vécut pour ses enfants et la science, et, bien qu'il éprouvât à l'égard de celle-ci une véritable passion, ceux-là gardèrent la meilleure place dans son cœur. Il les gâta même un peu, ce pauvre père, et sa faiblesse aurait eu de fâcheuses conséquences pour des natures moins droites. Heureusement Didier se montra le plus docile des garçonnets, le plus studieux des écoliers; et si Noëlla était parfois légèrement capricieuse, elle restait une excellente enfant, chérissant de toute son âme son père, Didier, son oncle le colonel, Fanchine, la vieille servante, tout le monde enfin, à l'exception de sa tante Clémence.

La sœur du docteur avait eu la mauvaise fortune de recevoir au baptême ce nom significatif, qu'elle portait, hélas! assez mal. Ne devait-il pas symboliser la douceur, l'égalité d'humeur, l'indulgence, toutes qualités parfaitement étrangères au caractère de la bonne dame!

Elle était bien la vivante antithèse de son frère, aussi grincheuse qu'il était facile, aussi turbulente qu'il se montrait paisible. Les langues charitables de la ville assuraient que les servantes ne mangeaient pas un boisseau de sel dans sa maison; il fallait l'impassibilité de Grosjean pour y rester.

En prenant sa retraite, le colonel avait amené à Blanzay ce brave garçon, son ordonnance depuis quatorze ans, qu'il savait dévoué à la façon d'un caniche. Bien lui en prit, car un nouveau domestique aurait eu peine à s'acclimater chez lui; mais Grosjean connaissait à fond sa maîtresse, et, tout en écoutant respectueusement ses reproches hargneux, il ne s'en préoccupait guère.

Chaque visite de Mme Tréban au docteur était ordinairement l'occasion d'un discours sur la déplorable éducation de sa nièce, sa pétulance insupportable, ses manières peu distinguées, etc. etc. Ces aigres répri-

mandes, faites le plus souvent mal à propos, n'étaient pas, on le con-
çoit, du goût de Noëlla : d'où il suit que cette dernière n'éprouvait qu'une
très médiocre sympathie à l'égard de sa tante.

En ce moment Mme Tréban est loin de sa pensée. Elle lutine son père,
l'oblige à se baisser pour respirer le parfum des héliotropes, puis le
laisse tout à coup.

« Eh bien, eh bien, où va-t-elle? dit le bon docteur, la voyant courir avec des bonds de gazelle vers la porte à claire-voie. Qu'a-t-elle vu
par là? »

Ce qu'elle avait vu, il ne tarda pas à l'apprendre. Elle revint à lui,
élevant une enveloppe blanche et poussant un hourra triomphal.

« Je le savais bien qu'il écrirait aujourd'hui, dit-elle en arrivant comme
un ouragan. Lis vite, papa. Il est reçu, c'est certain : on n'est pas si
pressé d'annoncer les mauvaises nouvelles. »

Et tandis que le docteur ouvrait la lettre, Noëlla abaissait son bras
d'autorité et lisait à haute voix :

« Cher père,

« Je sors premier de Saint-Cyr... »

Elle n'en vit pas davantage, et, sautant de joie :
« Premier! Entends-tu, père? Tu seras fier de ton fils, je pense.
Et mon oncle, il en dira des mille bombes! Cher frère, cher Di-
dier, va! »

Là-dessus Noëlla courut à la cuisine, où Fanchine s'agitait placide-
ment.

« Pour être beau, c'est beau, dit la servante lorsqu'elle eut entendu
le récit de la petite fille. Faut qu'il soit savant pour avoir damé le pion
à tous les autres; mais, dame! il a toujours été le premier au collège. En
rapportait-il de ces couronnes et de ces livres dorés sur tranche! Dites
donc, Noëlla, est-ce qu'il ne revient pas tout de suite?

— Si fait, mais je ne sais pas au juste le jour; papa me le dira, il a
lu la lettre entière, lui. Ah! nous passerons de bonnes vacances, Fanchine.

— Vous n'êtes pas encore en vacances, vous, Noëlla.

— Ça ne tardera guère, on achève les grandes compositions; après
nous ne ferons plus grand'chose, et père ne refusera pas de me garder
à la maison. Nous ne voyons pas si souvent ce pauvre Didier, c'est bien
le moins que nous en jouissions un peu. »

Fanchine trouvant ce raisonnement sans réplique, Noëlla s'envola à la recherche du docteur, qu'elle trouva se frottant les mains dans le salon.

« Tu sais que le train de dix heures nous l'amène demain? dit-il en voyant sa fille.

— Bon! je ne tiendrai pas en place jusque-là. Nous sortirons tantôt au moins, papa? il faut porter la nouvelle à mon oncle.

— Ce n'est pas la peine de nous déranger; nous verrons sûrement le colonel dans la soirée,

Une femme de quarante à cinquante ans vint ouvrir.

— Comment! dans la soirée! Aurais-tu des projets pour l'après-midi?

— J'ai tout simplement le projet d'étudier, Noëlla, une question... hum! très importante, très intéressante... Tu ne comprends pas?

— Non, certes, je ne comprendrai jamais. Étudier, par exemple! Est-ce qu'on étudie la veille du retour de son fils, surtout quand ce fils est sorti premier de Saint-Cyr?

— Mais, ma fille...

— Il ne peut y avoir de mais, père chéri, dit-elle en lui fermant la bouche sous ses baisers. Tu ne voudrais pas me rendre malade en me laissant enfermée toute une journée de jeudi, et dans une circonstance comme celle-là, encore ! »

Le docteur ne fit plus d'objections. Il était un peu conduit en laisse par ce diablotin aux yeux brillants et aux joues fraîches, mais Mme Tréban n'était pas là pour s'en indigner.

En conséquence, aussitôt après le déjeuner, le docteur reçut des mains de Noëlla sa canne et son chapeau, et, donnant un soupir de regret au bel après-midi qu'il avait rêvé de consacrer à la lecture d'un vieux bouquin intitulé : « Traité sur la médecine en usage au moyen âge, » il se résigna de bonne grâce à sortir avec sa fille.

Et il eût été difficile s'il n'eût été fier de sa vive et gracieuse Noëlla, dont les passants admiraient la démarche légère et les yeux bruns toujours en éveil.

Le colonel Tréban demeurait au centre de la ville, assez loin du faubourg où habitait son beau-frère; mais les fortes chaussures du docteur et les fines bottines de la fillette eurent bientôt dévoré la distance. Au son du timbre, une femme de quarante-cinq à cinquante ans, rouge comme une betterave, un bonnet de dentelle posé de travers sur ses cheveux gris de poussière, vint ouvrir.

« Vous arrivez dans un bon moment! répondit-elle avec humeur à l'amical bonjour de son frère. Ma servante est partie hier, il me faut faire le ménage. C'est agréable, je vous assure.

— Comment! Geneviève vous a quittés? dit posément le docteur. Tu paraissais cependant satisfaite de son service. »

Mme Tréban leva les yeux au ciel.

« Satisfaite! tu en parles à ton aise, toi qui as la même domestique depuis vingt-cinq ans. Quant à moi, je n'en puis plus. Geneviève était propre et bonne cuisinière, je ne dis pas non, mais quelles répliques! Elle aurait eu le dernier mot si je l'avais gardée plus longtemps. Je suis trop bonne; elles s'y fient, les fines mouches. »

Noëlla retint un malin sourire, mais elle n'était pas venue pour écouter les doléances de sa tante, et elle se hâta de s'éloigner.

« N'entre pas au salon, lui cria Mme Tréban, tout y est sens dessus dessous. Cette Geneviève a fait exprès de m'abandonner un mercredi, n'ignorant pas que le jeudi est mon jour de grand nettoyage. Quelle besogne pour moi seule!

— N'as-tu pas Grosjean? demanda le docteur.

— Grosjean est stupide; d'ailleurs, le colonel ne sait pas s'en passer : il a besoin de ceci, de cela. Tenez, en ce moment il l'a envoyé aux bureaux du journal pour je ne sais quelle réclamation; sans cela vous comprenez que je ne serais pas venue ouvrir.

« — Ma tante, de quel côté trouverai-je mon oncle? dit Noëlla, qui piétinait d'impatience.

— Dans son fumoir probablement; mais il est inutile d'entrer, le vestibule a été lavé, et il est encore tout humide. Tes pas marqueraient. Appelle le colonel sous sa fenêtre. Ah! surtout recommande-lui de descendre en pantoufles. »

La petite fille s'élança vers un superbe magnolia dont le sommet atteignait l'une des fenêtres et, levant le nez, elle appela d'une voix claire :

« Mon oncle! »

Une haute stature et des moustaches blanches apparurent dans la baie.

« C'est toi, Noëlla. Pourquoi ne montes-tu pas?

— Mon oncle, c'est défendu à cause du vestibule. Descendez, s'il vous plaît, et n'oubliez pas vos pantoufles. »

Ces derniers mots furent perdus pour le colonel, dont le pas sonore se faisait entendre sur l'escalier; au seuil de la maison il se rencontra avec sa femme.

« Louis, à quoi pensez-vous? s'écria-t-elle en montrant d'un doigt indigné les pieds du colonel. Voilà le cas que vous faites de mes recommandations. Ne vous ai-je pas dit cent fois que vos bottes laissent des traces sur les carreaux humides?

— Des traces! des traces! Allons, Clémence, où en voyez-vous? Du reste, avec une goutte d'eau, elles disparaîtront en un clin d'œil. »

Et, sans plus se préoccuper des aigres récriminations de Mme Tréban, il serra la main de son beau-frère et embrassa sa nièce sur les deux joues.

« Devinez ce que j'ai à vous dire, » fit Noëlla en adressant au docteur un signe d'intelligence.

Le colonel eut l'air de se creuser profondément le cerveau.

« Il s'agit de Didier?

— Peut-être, mais il faut en dire plus long si vous tenez à montrer votre perspicacité.

— Bon! il a passé l'examen avec succès.

— Ça mérite un point, mais il y a autre chose.

— Diantre! je ne sais plus; je donne ma langue au chat pour le reste.

— Il est sorti premier; oui, premier, mon oncle. »

Le colonel était radieux.

Il avait bien un peu secondé la vocation militaire de son neveu, qu'il regardait comme un fils. Puisque Dieu lui avait refusé les saintes joies de la paternité, n'était-il pas juste qu'il se dédommageât par son affection envers les enfants de son beau-frère?

« Ce garçon ira loin, je vous l'ai prédit, Adolphe, disait-il. Mille bombes! quel dommage c'eût été de lui mettre une trousse à la main! Une épée, à la bonne heure!

— La trousse a réparé plus d'un désordre causé par l'épée, » répondait le docteur avec un fin sourire.

On comprend que le succès du Saint-Cyrien fît toute la matière de la conversation. Noëlla y mettait de temps en temps ses vives saillies, tout en marchant sagement dans les allées, sans se baisser pour cueillir un brin de gazon, ce qui eût été péché grave chez Mme Tréban.

Grâce à son grand nettoyage, celle-ci ne les fit pas jouir de sa présence; elle reparut juste à temps pour dire au revoir au docteur et poser ses lèvres sèches sur le front de Noëlla.

Il n'était que trois heures. La petite fille supplia son père de faire le tour des boulevards; au retour ils passèrent sur la place Saint-Paul, rendez-vous des marchands forains, des charlatans et des bateleurs. On y construisait une assez grande baraque, et, bien qu'elle ne fût pas totalement achevée, une affiche flamboyante s'y étalait déjà. Noëlla s'arrêta et lut :

THÉATRE DES PREMIERS ARTISTES DU MONDE

Demain vendredi, à huit heures précises du soir, représentation extraordinaire.

Le spectacle commencera par

LES LIONS DE CALIGULA,

Drame antique en un acte, dans lequel paraîtra la troupe entière; on y verra des lions du Sahara combattre contre des gladiateurs. Puis viendront

LES FLEURS D'ORIENT,

Pièce à grandes transformations, en sept tableaux. Les intermèdes seront remplis par des exercices variés. La jeune Fauvette, légère comme son nom, dansera sur la corde, jonglera avec des poignards, et, pour finir, exécutera

LE PAS DES CERCEAUX,

Danse ravissante qui fait les délices des têtes couronnées d'Europe et d'Asie.

Prix inouï des places :

Les premières, 75 centimes; les secondes, 50 centimes; les troisièmes, 20 centimes.

« Père, c'est superbe, s'écria Noëlla. Tu me conduiras à cette représentation.

— Mon Dieu, ma petite fille, quelle idée !

— Il faut bien rire un peu ; tu verras que Didier sera de mon avis. Quand j'étais petite, Franchine me menait souvent aux marionnettes, et ça m'amusait beaucoup. Je t'en prie, papa.

— Nous verrons, » répondit le bon docteur, espérant que le lendemain la fantaisie de Noëlla serait passée.

VII

Le docteur, sa fille et le colonel étaient à la gare vingt minutes avant l'arrivée du train de Paris. Noëlla mordillait impatiemment le bout de son ombrelle et consultait à chaque instant une montre microscopique, cadeau de son oncle aux dernières étrennes.

« Vous verrez qu'il y aura quelque retard, s'exclamait-elle au moment où les aiguilles indiquaient dix heures. Ces choses-là n'arrivent qu'à nous. »

A peine achevait-elle qu'on entendit un coup de sifflet, et la machine, soufflant et fumant, fit son entrée dans la petite gare.

Nos trois personnages sortirent précipitamment de la salle d'attente et reparurent presque aussitôt avec un très jeune homme aux moustaches naissantes, qu'un étranger même eût deviné être le frère de Noëlla. Brun comme elle et comme elle élégant dans sa démarche, il avait cependant une physionomie différente, plus sérieuse et plus douce.

Heureux de se retrouver en famille, il répondait de son mieux aux questions multiples qui lui étaient adressées. Le colonel surtout ne tarissait pas; il voulait connaître les plus infimes détails de l'épreuve glorieusement subie par son neveu, et son expression favorite : « Mille bombes ! » revenait sans cesse à ses lèvres.

« Beau début, mon garçon, à condition que tu ne t'arrêtes pas là, dit-il enfin.

— Telle n'est pas mon intention, répondit le jeune homme. Au contraire, je travaillerai de plus en plus, et d'autant mieux que je n'aurai pas à me contraindre, puisque je suis la carrière de mon choix.

— Ah! Dieu, ne parle pas déjà de travail, se récria Noëlla. N'as-tu pas assez pioché pour cette année ?

— Si fait, petite sœur, et je me mets corps et âme à ton service pendant ces vacances.

— Pour commencer si tu m'offrais le bras. »

Didier s'inclina.

— Ce sera un honneur inappréciable. Vous êtes une si grande personne, Mademoiselle, que je n'osais...

— Vous savez que nous vous attendons pour déjeuner, Louis, dit le docteur. Clémence n'a rien voulu me promettre hier.

— Bah! un caprice. Nous sommes à deux cents pas de la maison, je cours la chercher et vous rejoins. Allez toujours.

— Didier, tu devrais suivre ton oncle, » reprit le docteur, qui savait à quel point Mme Tréban tenait aux prévenances.

Le jeune homme obéit. Sa tante ne s'en montra pas plus aimable, l'embrassa froidement et leva les épaules avec une intraduisible expression de pitié quand le colonel parla du déjeuner.

« Voilà bien les hommes! dit-elle; vous trouveriez très naturel que j'abandonnasse ma maison aux soins de Grosjean. Par bonheur, je n'ai pas tout à fait perdu la tête. Allez, allez chez mon frère si cela vous fait plaisir; grâce à Dieu, vous n'êtes pas nécessaire ici.

— Ce déjeuner est l'affaire d'une couple d'heures, Clémence. Il me semble que la maison ne sera pas emportée en notre absence.

— C'est assez probable, mais j'attends aujourd'hui une servante dont m'a parlé Mme Beauchamp; vous voyez que ce n'est pas le moment de fermer ma porte. Allez, vous dis-je, je me passerai de vous. »

Ainsi congédié, le colonel rejoignit son beau-frère.

« Il faut au moins que Clémence vienne ce soir, dit le docteur. Rien ne s'y opposera, je suppose.

— La soirée sera complète, ajouta gravement Noëlla, car nous irons au théâtre.

— Au théâtre? répétèrent le colonel et Didier avec un grand point d'interrogation.

— Des premiers artistes du monde, acheva-t-elle d'un ton emphatique.

— Une idée fixe de cette petite folle, dit le docteur. Elle veut à tout prix nous traîner à la représentation des « Lions de Caligula ».

— Et vous m'en remercierez. Songez donc, un spectacle qui fait les délices des têtes couronnées! Je n'ai jamais vu de vrais lions d'ailleurs, et rien que pour ça...

— C'est juste, fit Didier; je vote pour le théâtre, et vous, mon oncle ?

— Parbleu! moi aussi, dit le digne homme, qui aurait été bien fâché
de causer un déplaisir à sa nièce.

— A l'unanimité des suffrages le théâtre est adopté, conclut Noëlla,
triomphante.

— Tu oublies ta tante, » fit remarquer le docteur.

Cette observation refroidit l'enthousiasme de la fillette. Cependant,
chose étonnante! Mᵐᵉ Tréban se trouva de l'avis général; elle ne détes-
tait pas ce qui rompait quelque peu la monotonie de l'existence : le
spectacle serait une diversion.

Beaucoup d'habitants de Blanzay pensaient de même, car il y avait
foule au théâtre des premiers artistes du monde : des enfants avec leurs
bonnes, des soldats, des collégiens, des désœuvrés surtout.

Le colonel avait passé plusieurs années en Afrique; plus d'une fois il
y avait rencontré le *Seigneur à la grosse tête*. Ce souvenir le fit rire de
bon cœur au nez des lions du Sahara, représentés par une vieille lionne
boiteuse, dont la face débonnaire inspirait moins d'épouvante que de pitié.

On ne courait qu'un risque à cette représentation : celui de s'y ennuyer mortellement. Le drame, par bonheur, fut court. Mᵐᵉ Tréban
n'avait bâillé qu'une fois lorsqu'une femme brune, qui semblait diriger
la troupe, annonça l'entrée de la jeune Fauvette.

L'attention à demi assoupie de Noëlla se réveilla.

La toile du fond, se soulevant, avait livré passage à une enfant à peu
près de son âge, mais si maigre, si frêle, si aérienne en quelque sorte
que son aspect excita une curiosité mêlée d'intérêt. Sa chevelure, d'un
admirable blond vénitien, s'épandait négligemment sur sa robe blanche;
de grands yeux bleus et limpides illuminaient cette jolie figure, dans
laquelle les pommettes seules se teignaient de rose. Elle s'avança sur le bord
de la scène et s'inclina avec une grâce exquise; puis, saisissant une corde
qui pendait du plafond, elle s'enleva à la force des poignets. On voyait
les veines bleues de ses bras se gonfler, mais pas une goutte de sueur ne
perla sur ses tempes. A la hauteur de six pieds environ une seconde
corde était horizontalement tendue. La petite fille grimpa jusque-là avec
une légèreté d'écureuil, s'y élança et se mit à danser, d'abord presque
nonchalamment; puis, les pas changeant de nature, s'animèrent et se
transformèrent en une course bizarre, vertigineuse, tourmentée, dont
elle ne semblait pas se lasser. Les spectateurs haletants suivaient cette
espèce de vol, qui rappelait la danse des ondines allemandes, et quand
la fillette s'arrêta, des bravos, des trépignements, des cris lui prouvèrent
son succès.

Elle n'en parut ni intimidée ni satisfaite, et se laissa glisser jusqu'aux
planches, salua et disparut.

Ce fut pour revenir au bout de quelques minutes. Cette fois elle joua avec des couteaux, les lançant et les rattrapant avec adresse. Les lames tourbillonnaient autour d'elle sans qu'elle s'en effrayât, tant l'habitude avait émoussé le sentiment du péril. Cet exercice terminé, elle remonta sur la corde, à laquelle on avait fixé des cerceaux, passa en courant dans chacun d'eux et bondit par-dessus. A la fin elle les détacha, les chassa devant elle et les enfila dans son bras droit jusqu'au dernier. On l'applaudit frénétiquement.

La petite danseuse parcourut les rangs.

La femme brune annonça alors que la jeune Fauvette allait faire la quête. Chacun était si content, que les porte-monnaie furent tirés de bonne grâce. La petite danseuse prit une bourse de velours fané et parcourut les rangs; les gros sous pleuvaient de tous côtés et l'enfant remerciait par un sourire. Lorsqu'elle fut devant Noëlla, celle-ci se leva impétueusement, laissa tomber une pièce d'argent dans la bourse et mit un baiser retentissant sur la joue de Fauvette.

Un frémissement secoua la petite quêteuse; elle jeta sur la fille du docteur un regard brillant d'une indicible gratitude, mais cette émotion lui fut fatale : la bourse échappa à ses doigts tremblants, et les sous roulèrent de toutes parts.

4

Pauvre Fauvette! une imprécation se fit entendre, la femme brune lui donna deux soufflets et la poussa derrière la toile avec un geste de menace.

Un murmure courut dans la foule, et ce blâme universel suffit pour ramener la douceur sur la figure de la femme brune; elle s'excusa d'un mouvement de vivacité dont elle n'avait pu se défendre et attendit la sortie pour ramasser les sous.

Mme Tréban morigénait sa nièce, qui ne l'écoutait guère.

Embrasser en public une petite danseuse, quelle inconvenance! Comment ne rougissait-elle pas de honte?

Noëlla baissait la tête, non qu'elle éprouvât le moindre sentiment de confusion, mais elle regrettait d'avoir été la cause du châtiment de Fauvette..

Au moment où sa tante, remarquant son air contrit, la croyait pénétrée de la justesse de ses remontrances, Noëlla l'interrompit pour s'écrier :

« Mon Dieu! pourvu qu'ils ne la battent pas encore!

— Eh! que t'importe? dit Mme Tréban avec indignation. Tu places bien tes sympathies, en vérité : une fille de saltimbanques! »

Les yeux bruns de la fillette étincelèrent.

« Les saltimbanques sont des créatures du bon Dieu, ma tante, répliqua-t-elle chaleureusement. Du reste, connaît-on ses parents? Ces gens-là volent des petits enfants, on me l'a dit. Est-ce vrai, père?

— Le fait a été plusieurs fois constaté, répondit le docteur.

— Et Fauvette est trop gentille pour être la fille de cette horrible femme qui l'a frappée. Je parierais qu'elle a été volée. Qu'en penses-tu, Didier?

— Tu parais si ardemment le désirer, petite sœur, que je ne demanderais pas mieux que de t'en donner l'assurance. Malheureusement ce serait difficile.

— Qui sait? reprit Noëlla, poursuivant sa pensée. En cherchant bien...

— Je ne me fie pas en ces bateleurs, dit le colonel de sa voix de basse taille. Je dirai plus : si l'on exigeait de chacun d'eux un état civil en règle, on découvrirait d'étranges choses.

— Vous avez bien raison, mon oncle, fit Noëlla, se rapprochant avec câlinerie.

— Naturellement le colonel est de l'avis de sa nièce. Deux têtes dans le même bonnet, » riposta Mme Tréban d'un ton moqueur.

L'entretien prit un autre cours, mais Noëlla resta silencieuse. En souhaitant le bonsoir à son oncle, elle lui dit quelques mots à l'oreille; le colonel ouvrit des yeux stupéfaits et murmura.:

« Quoi! petite, tu voudrais...

— Une chose très juste, très sage. Vous ne me refuserez pas ce plaisir, mon bon oncle, dit-elle avec un irrésistible sourire.

— Mais... c'est impossible.

— Le mot impossible n'est pas français, souvenez-vous-en, mon colonel, » s'écria-t-elle en riant.

Elle s'en alla, satisfaite d'avoir lancé ce dernier trait à la façon des Parthes, tandis que le colonel se grattait l'oreille et demeurait décontenancé, le pauvre homme, en regardant Mme Tréban mettre la clef dans la serrure.

VIII

La mission à lui confiée par sa nièce n'était pas facile sans doute pour le colonel, car en montant à son appartement il grommelait dans sa moustache blanche :

« Diantre de petite fille! C'est qu'elle est pétrie de caprices, mille bombes! »

Ce mécontentement très accentué ne l'empêcha pas de se mettre l'esprit à la torture afin de trouver le moyen de satisfaire son tyran. Le résultat de ses méditations fut celui-ci : le lendemain, vers huit heures, le colonel appela Grosjean d'une voix de stentor.

Le brave garçon parut au port d'armes, la main droite à la tempe.

« Tu as vu sur la place Saint-Paul le théâtre des premiers artistes du monde? lui demanda son maître.

— Oui, mon colonel.

— Écoute-moi bien. J'ai besoin de renseignements exacts sur une fillette de onze à douze ans qui danse sur la corde, et qu'on appelle Fauvette. Je ne sais rien de plus, tu tâcheras d'apprendre le reste : par exemple, si elle est la fille de quelqu'un de la troupe, et, au cas contraire, s'il y a longtemps qu'elle est avec ces gens-là, et comment elle y est venue. Quant aux moyens d'acquérir toutes ces connaissances, ce n'est pas moi qui te les fournirai; arrange-toi comme tu voudras. Tu n'es pas trop sot quand tu veux.

— Suffit, mon colonel, » dit Grosjean, dont un sourire de naïf orgueil fendit la large bouche.

Il ne se représenta qu'après le déjeuner.

« As-tu trouvé? interrogea le colonel.

— Je crois avoir pas mal réussi. Faut-il narrer la chose en gros ou donner des détails?

— Si ces détails sont nécessaires...

— Dame! mon colonel, pour vous indiquer la manière dont je m'y suis pris.

— Ah! oui, tu veux des éloges. Je t'en ferai si tu les mérites. Donne donc des détails, mais en restant aussi bref que possible. »

Grosjean prit une pose quelque peu suffisante.

« Vous saurez pour lors, mon colonel, qu'en vous quittant je me dirigeai tout de suite du côté de la place Saint-Paul. Soit dit sans vous offenser, votre commission n'était pas des plus commodes. Je me grattais l'oreille en me disant : Grosjean, mon ami, ces renseignements-là ne te sauteront pas aux yeux; il s'agit de montrer du flair.

— Abrège, interrompit le colonel.

Grosjean sursauta.

« Donc, pour ne plus parler de mes réflexions, je rôdais sur la place, le nez au vent, guettant une inspiration. L'inspiration vint, ou plutôt ce fut le pitre, qui déclamait un drôle de boniment, disant que des princes, des banquiers, des marquis, des empereurs avaient pris un plaisir infini à leurs représentations et les avaient suppliés à deux genoux de hausser le prix des places, mais que, par amour de l'humanité, les *artisses* n'ont jamais voulu y consentir. Il faisait avec ça des contorsions à se démantibuler les membres, et les gamins riaient, fallait voir! Quand il se fut bien égosillé, il songea, comme de juste, à s'humecter la gorge et descendit au cabaret de mère Nobleau, vous savez? au coin...

— Abrège, mille bombes!

— Je le suivis sans en avoir l'air, reprit Grosjean en précipitant ses paroles. Puisqu'il faut abréger, je ne peux pas tout dire. Le fait est que je lui payai à boire et que, le verre en main, nous devînmes bientôt les meilleurs amis du monde. Il me conta ses étapes, les troupes par lesquelles il avait passé; j'en profitai pour amener la conversation sur la petite Fauvette, et finalement je lui demandai si elle appartenait à quelqu'un de chez eux.

— Elle appartient à la Rosalba, qu'il me dit.

— Qu'est-ce que c'est que la Rosalba?

— C'est comme qui dirait la maîtresse, puisqu'elle est la femme du Balafré, qu'est le chef.

— Et Fauvette est sa fille?

— Sa fille? que non point. Elles se ressemblent pas assez pour ça. C'est pas d'aujourd'hui que je connais la Rosalba; elle n'a jamais eu d'enfants, quoiqu'elle en soit à son troisième mari. Je ne sais d'où lui vient cette petite. Ça doit dater du temps de Timour, son second, celui qui avalait des sabres et qui jonglait avec des haltères. Je n'étais pas avec eux à cette époque; mais une fois que le Balafré, — nous l'appelons de ce nom-là à cause d'une cicatrice qui lui barre la figure, — la querellait et menaçait de la planter là, elle lui dit : « C'est bon. La voiture et les costumes t'appartiennent, tu peux les emporter; mais Fauvette est à moi, et je la garde. » Ce fut ce qui les raccommoda, car Fauvette est le meilleur sujet de la troupe, et, au lieu de la payer... *motus*, je m'entends.

— Tu aurais dû te faire expliquer ces derniers mots.

— C'est fait, mon colonel, mais ça n'a pas été sans peine; mon homme était devenu quasi muet comme un poisson. A la fin, j'ai compris que la petite est maltraitée tout en travaillant beaucoup. Le pitre n'a pas un mauvais cœur, il la plaint... Et voilà tout, mon colonel.

— Très bien. Tu es un habile garçon, Grosjean; prends ceci pour payer les bouteilles. »

Il mit un louis dans la main du domestique et le congédia.

Dans la soirée il se rendit chez son beau-frère et trouva le moyen de faire à Noëlla un signe mystérieux; la petite fille le suivit à l'écart.

« Vous savez quelque chose, mon oncle?

— Oui. Ta Fauvette n'est pas la fille des saltimbanques; elle appartient, — à quel titre? je l'ignore, — à l'espèce de bohémienne qu'on nomme la Rosalba, et qui la maltraite, paraît-il. »

Les yeux de Noëlla devinrent humides.

« Voyez-vous, mon oncle, je ne m'étais pas trompée. Pauvre petite Fauvette! si mignonne, l'air si doux! Mon Dieu! on devrait s'occuper d'elle; il faudrait l'enlever à cette méchante femme.

— Comme tu y vas, Noëlla! Qui voudrait se mêler de ces choses? Bien d'autres enfants ont eu le sort de Fauvette; c'est triste, mais je n'y puis rien changer.

— Oh! ne parlez pas ainsi, dit la fillette en détournant la tête. Quand je pense que la pauvre Fauvette a peut-être encore des parents qui la pleurent... Si l'on avait volé votre Noëlla, n'auriez-vous pas eu beaucoup de chagrin? dites, mon petit oncle. »

Le petit oncle, ne sachant que répondre, tirait sa moustache d'un air lamentable et fixait sur le parquet un regard si piteux, que l'enfant terrible en eut compassion. Elle appuya sa tête sur le bras du colonel, sa taille ne lui permettant pas d'atteindre plus haut.

« Je ne vous demande pas l'impossible, reprit-elle; je sais bien que vous ne pouvez pas faire le gendarme, mais le bon Dieu nous enverra peut-être un moyen de venir au secours de Fauvette. Promettez-moi seulement que vous ne reculerez pas si l'occasion se présente.

Heureux d'en être quitte à si bon compte, le colonel promit ce qu'exigeait son vainqueur et reçut un baiser pour gage de la paix.

Voyons cependant ce qui se passait au théâtre des premiers artistes du monde.

La troupe était réunie dans la partie la plus reculée de la baraque. Rosalba, accroupie devant un fourneau allumé, surveillait le souper, qui cuisait dans une marmite de terre. Lorsqu'elle agitait ce ragoût en ébullition, il s'en exhalait des parfums étranges dont ne semblaient nullement s'offusquer les narines de trois hommes qui fumaient en causant à sa droite. Plus loin, deux femmes et le pitre, assis sur des caisses, regardaient Fauvette, qui, le balancier en main, s'exerçait à marcher sur une corde obliquement tendue d'un bout à l'autre de cette espèce de chambre, l'une des extrémités fixée au plancher, l'autre attachée à un mètre du plafond. Malgré la sûreté de pied de la petite fille, elle glissait à chaque instant.

Parvenue à mi-hauteur, elle chancela, comme saisie de vertige; le pitre s'élança pour la recevoir dans ses bras, mais déjà elle s'était cramponnée à la corde en fermant les yeux.

« Tu n'en es que là depuis le temps! lui cria aigrement la Rosalba. Peste! mademoiselle prend ses aises. Au train dont tu y vas, tu ne seras pas en haut avant une demi-heure.

— Je n'irai pas plus loin, répondit Fauvette.

— Tu dis...? fit la Rosalba, qui s'avança le geste menaçant.

— Je n'irai pas plus loin, répéta l'enfant, dont l'œil bleu se voila. Frappez-moi si vous le voulez, je ne peux pas marcher là-dessus. »

Elle n'avait pas achevé, que Rosalba lui lançait une lourde cuiller à la tête. Fauvette esquiva le coup en baissant vivement son cou flexible et se laissa glisser à terre. La bohémienne courut à elle.

« Paix donc, paix, dit le pitre en la retenant. Ce n'est pas sa faute, à cette mioche. Donne-lui le temps de s'accoutumer à la corde oblique, et ne la force pas à savoir dès le premier jour. »

Rosalba se calma un peu, et, revenant à Fauvette :

« Écoute, dit-elle, tu ne remonteras pas ce soir; nous avons le temps, puisque la dernière représentation est pour samedi.

— Je ne remonterai jamais, répliqua la petite fille d'un ton doux, mais résolu.

— Encore! c'est un peu fort, s'écria Rosalba, dont la face s'empourpra de nouveau.

— Ce n'est pas pour désobéir : mes pieds glissent, la tête me tourne ; si je faisais un pas de plus, je tomberais. »

Un soufflet lui répondit. Elle resta insensible en apparence, aucune lueur de révolte ne passa dans ses yeux.

« Retiens ce que je vais te dire, siffla la bohémienne : Qui refuse de travailler ne doit pas manger ; tu n'auras plus de pain jusqu'à ce que tu te soumettes. »

Elle revint à la marmite, l'enleva et dit :

« C'est cuit, qui veut souper ? »

Tous s'approchèrent, moins Fauvette, qui, de son coin solitaire, assista au repas sans en avoir sa part. On connaissait la Rosalba, et personne, pas même le Balafré, n'aurait enfreint sa défense en invitant la petite fille. Celle-ci détourna les yeux d'un air indifférent. La nuit était tombée ; une chandelle répandait des flots de suif sur la table des saltimbanques. Rosalba déclara qu'il était l'heure de s'habiller ; elle poussa Fauvette devant elle en lui disant d'un ton cruellement ironique :

« Tu seras leste ce soir, ton souper ne t'alourdira pas. »

IX

Cette scène ne fut que le prélude de la persécution. Rosalba s'était mis en tête de faire danser Fauvette sur la corde oblique, et rien au monde ne l'eût détournée de ce dessein. La petite fille s'était montrée jusqu'alors si docile, elle avait acquis une telle agilité dans ses différents exercices, que la bohémienne était bien décidée à briser son incompréhensible résistance.

Mais elle se heurtait à l'effroi de l'enfant, qui ne pouvait voir la corde sans que le cœur lui manquât; aussi préféra-t-elle rester attachée à un poteau, recevoir des soufflets et se passer de nourriture pendant deux jours.

Il est vrai que le pitre, touché de compassion pour cette fillette si douce, profita d'une absence de Rosalba pour lui donner un morceau de pain; mais à peine Fauvette y mordit-elle à belles dents, que la bohémienne la surprit et entra dans une effroyable colère.

Désormais elle surveilla le pitre et ne le laissa plus seul avec l'enfant.

Le troisième jour, Fauvette, à bout de forces et de courage, demanda grâce. Puisqu'il fallait mourir, autant se tuer en tombant que de subir les horribles tortures de la faim.

Rosalba triompha.

Il fallait se hâter d'exercer Fauvette. Tant que la journée dura, elle monta sur la corde, se résignant avec l'énergie du désespoir. A quoi sert-il de combattre contre l'inéluctable fatalité? Peu à peu elle s'enhardit, ses pas devinrent plus assurés, et, le samedi venu, Rosalba crut qu'il n'y avait rien à craindre.

Le spectacle fut annoncé à grand renfort de grosse caisse et de tam-
tam; le pitre, se démenant comme un beau diable, attirait les passants,
les excitant à pénétrer à l'intérieur du théâtre.

Derrière la scène, les acteurs revêtaient leurs costumes. Le Balafré,
sous les vêtements de Caligula, s'efforçait de prendre la mine majestueuse qui sied au maître du monde; Rosalba, la reine des Fleurs
d'orient, attachait sa jupe rose semée de paillettes ternies; les gladiateurs se poursuivaient de lazzis d'un goût douteux; le cheval étique
de l'empereur romain dévorait sa maigre pitance, et la vieille lionne
captive s'amusait à mordiller les barreaux de sa cage. Fauvette, ayant
mis sa robe blanche, s'accouda sur une caisse, le front dans sa main,
l'œil perdu dans le vague. A quoi songeait-elle? A la corde sur laquelle
elle exécuterait tout à l'heure une danse hardie?... peut-être, car un
frisson secouait par moments ses frêles épaules; ou bien à un lointain
passé, si lointain qu'il se fondait dans une brume épaisse? Qui sait?
Il y avait sur ses lèvres un pâle sourire et dans ses yeux un rayon
humide.

Depuis longtemps la représentation était commencée, et Fauvette
restait perdue dans sa rêverie; les acteurs rentrèrent bruyamment.

« A ton tour, dit Rosalba, et pas de maladresses. »

L'enfant se leva en silence et parut sur la scène.

Il y avait beaucoup de monde. Au premier rang se trouvait Noëlla,
qui, désolée de son impuissance, avait voulu revoir une dernière fois la
petite danseuse; Didier l'accompagnait.

Le regard de Fauvette, embrassant l'ensemble des spectateurs, rencontra ce regard ami; soudain encouragée, elle commença ses exercices
accoutumés.

Ce soir-là, elle se surpassa. On lui prodigua les bravos enthousiastes,
on lui jeta des fleurs; elle s'inclina avec un sourire qui s'éteignit quand
elle vit tendre la corde fatale. Son effroi renaissait, les couleurs aban-
donnèrent ses joues, ses dents claquèrent, et les premiers pas qu'elle
hasarda furent si incertains, si timides, que des voix lui crièrent :
« Descends, descends! »

Ce mot la ramena au sentiment de la situation. Descendre, impossible! mieux valait s'exciter elle-même, cette méthode lui ayant déjà
réussi.

Elle fit un effort et dansa avec une grâce étrange, ne regardant personne, bondissant en avant, en arrière, se soutenant par sa propre
témérité. Pour la troisième fois elle avait atteint l'extrême hauteur de
la corde, lorsque son pied glissa; elle étendit les bras, oscilla et tomba
sur les planches.

Un cri s'échappa de toutes les poitrines, et, avant que les saltimbanques fussent accourus, la scène se trouva envahie par les spectateurs. Noëlla saisit en sanglotant la main de Fauvette et repoussa Rosalba, qui s'approchait.

« Laissez-la, laissez-la. Vous l'avez fait monter là-dessus, vous êtes la cause de son malheur, cria-t-elle.

— C'est vrai, appuyèrent plusieurs voix. Ne lui touchez pas, vous lui feriez mal. C'est un médecin qu'il faudrait.

— Je demande dix minutes pour en amener un, fit Didier. Il y a des voitures sur la place. »

On s'écarta avec empressement pour ouvrir un passage au jeune homme, et, en attendant l'arrivée du médecin, on baigna d'eau et de vinaigre les tempes de Fauvette; pourtant elle n'était pas sortie de son évanouissement quand parut le docteur Grandvallon.

Elle restait étendue sur le plancher; une mortelle pâleur couvrait ses traits délicats; le sang s'échappait d'une blessure qu'elle s'était faite au front, et, tombant goutte à goutte sur sa blanche robe, lui donnait l'aspect d'une jeune martyre. Le docteur écarta un peu les curieux, l'examina avec une scrupuleuse attention. Au premier abord il ne remarqua que de légères contusions; mais lorsque, sous l'influence des sels qu'il lui fit respirer, Fauvette revint à la vie et tenta de se soulever, elle ne put retenir un cri de douleur. Le docteur reconnut alors qu'elle avait le bras droit cassé.

« Il est urgent de transporter cette enfant à l'hôpital, dit-il; là seulement elle recevra les soins indispensables.

— Ne puis-je les lui donner? fit Rosalba.

— Vous? répliqua le docteur en abaissant sur elle un regard sévère; je vous souhaite de n'avoir pas à répondre de l'accident.

— Ça serait drôle, dit Rosalba, surprise et effrayée. Est-ce ma faute si elle a perdu l'équilibre? On ne peut pas donner à ses enfants un autre métier que le sien.

— Vous mentez, fit nettement Didier. Fauvette n'est pas votre fille. »

Rosalba ouvrit la bouche pour protester; mais on la regardait avec indignation, elle n'osa proférer un mensonge.

« Fauvette n'est pas ma fille, avoua-t-elle, mais elle est à moi tout de même.

— C'est ce que vous devrez prouver sans doute, reprit Didier. En attendant, donnez-nous la paix.

— Oui, oui, la paix, et laissez soigner cette pauvre petite, » s'écria-t-on.

La voiture qui avait amené le docteur attendait. Didier y déposa

Fauvette avec d'infinies précautions, et Noëlla s'assit près de sa petite protégée, qui essaya de lui sourire.

La pauvre enfant ne se rendait pas un compte exact de ce qui s'était passé, mais elle n'entendait plus la voix de Rosalba, des visages compatissants l'entouraient, c'était un paradis.

La voiture s'arrêta dans la cour de l'hôpital. Fauvette fut transportée dans un lit blanc, et le docteur remit le membre fracturé, qu'il maintint au moyen d'éclisses; l'enfant subit cette opération avec une patience qui touchait au stoïcisme : elle était habituée à souffrir.

« Tu es une brave petite fille, lui dit le docteur. A présent reste tranquille et tâche de dormir. »

Docilement elle ferma les yeux.

« Père, je reviendrai la voir? demanda Noëlla en sortant.

— Deux fois par semaine si tu le veux, ma fille.

— Sera-t-elle longtemps malade, papa?

— Il faut compter sur une couple de mois, même en tenant compte des soins assidus qui lui seront prodigués. »

Noëlla soupira. Deux mois, c'est bien long; oui, mais à côté de cet inconvénient, il y avait un splendide avantage : Rosalba ne resterait pas deux mois à Blanzay. Si la Providence avait résolu de lui arracher aussi la petite fille, mon Dieu, quel bonheur!

Là-dessus Noëlla se lançait dans un monde de chimères : Fauvette était libre et guérie, on recherchait sa famille, et naturellement on finissait par la découvrir, etc. etc. Magnifique édifice dont la base, par malheur, s'appuyait sur des nuages!

Néanmoins la première partie de ce rêve se réalisa. Rosalba s'étant présentée à l'hôpital, on refusa de la recevoir, et, comme elle menaçait, on l'engagea prudemment à se taire et à ne revenir qu'avec des papiers qui prouveraient la légitimité de ses droits sur Fauvette.

Le lendemain, à midi, le colonel se présenta au théâtre des premiers artistes du monde et demanda Rosalba; elle l'accueillit d'un air insolent, mais ne tarda pas à baisser les yeux et le ton.

« Je désire, dit-il, connaître vos intentions au sujet de Fauvette.

— Mes intentions ne regardent personne, répondit-elle. Puisqu'on me l'a ôtée, j'attendrai sa guérison pour la reprendre.

— Je doute que vous le puissiez, répliqua le colonel d'un ton froid.

— Et qui m'en empêcherait?

— Qui? La justice, si vous n'établissez clairement vos droits. »

Rosalba paya d'audace :

« Fauvette est ma nièce, dit-elle.

— Prenez garde, fit sévèrement le colonel, la justice ne se laisse pas tromper ainsi, elle a des yeux de lynx; il lui faudra des preuves authentiques, et, si vous ne pouvez lui en fournir, savez-vous ce qu'elle croira? »

Rosalba garda le silence, mais son regard sournois trahissait une secrète inquiétude.

« Elle croira avec raison que vous avez volé cette enfant. »

La bohémienne se redressa brusquement.

« Ce n'est pas moi! s'exclama-t-elle.

Pour la troisième fois elle avait atteint l'extrême hauteur de la corde.

— Vous n'avez pas commis le vol, soit; quelqu'un l'a fait à votre place.

— Je n'y suis pour rien, pour rien!

— On ne vous croira pas sur parole, je vous l'ai dit déjà. Vos réticences constituent un demi-aveu; soyez entièrement franche, il vous en sera tenu compte. »

Rosalba se rongeait les ongles d'un air farouche; des pleurs de rage s'amassaient dans ses yeux.

« Vous ne voulez pas répondre? poursuivit le colonel. J'en suis fâché pour vous. Attendez-vous à la visite des gendarmes. »

Ce mot épouvanta la bohémienne.

« Qui les enverra?

— Moi. »

Elle se sentit vaincue, et, se résignant tout à coup :

« Je parlerai, puisqu'il le faut, dit-elle, et vous verrez que je ne suis pas coupable. Il y a de ça sept ans; c'était au mois de septembre; nous étions à M***, dans le département de Seine-et-Marne, moi et mon second mari Timour. Nous venions de perdre notre unique sujet, le petit Gringalet, qui montait sur la corde raide et grimpait au poteau le plus lisse rien qu'à l'aide de ses genoux. Les recettes étaient mauvaises, nous étions sur le point de partir, quand, au milieu de la nuit, nous entendons heurter aux planches. C'était un homme masqué; il avait attaché son cheval à un réverbère, et il nous apportait une petite fille de quatre à cinq ans, enveloppée dans son manteau, disant qu'elle était destinée à disparaître et que nous pouvions la prendre sans crainte. Pourquoi Timour aurait-il refusé? je vous le demande. Nous n'étions pas seuls sur la place, et, résolu comme il l'était, l'homme au masque s'en serait débarrassé bien vite. Autant valait profiter de l'occasion.

«Pourtant nous avions un peu de crainte, ce qui fit que je coupai les cheveux à la petite et l'habillai en garçon; plus tard je lui remis des vêtements de fille. C'est moi qui l'ai élevée, qui lui ai appris à danser, et, puisqu'on ne connaît pas ses parents, il est bien juste qu'on me la rende. »

Quelque invraisemblable que parût ce récit, le colonel se sentit convaincu par l'accent de sincérité de la bohémienne. Malheureusement l'origine de Fauvette restait enveloppée dans l'obscurité.

« Votre histoire demanderait des éclaircissements, dit-il en conservant son ton sévère. Du reste elle prouve un fait : depuis sept ans vous retenez injustement cette enfant, que vous pouviez rendre à ses parents en faisant, dès le lendemain, un sincère aveu aux magistrats; vous êtes de plus responsable du terrible accident qui a failli lui coûter la vie, et vous osez supposer un instant qu'on la remettra entre vos mains? Malheureuse! craignez plutôt le châtiment.

— Les gendarmes viendront tout de même? balbutia Rosalba.

— A moins que vous ne partiez sur-le-champ. Je vous donne jusqu'à demain pour vous décider. »

Sur quoi le colonel, sûr de l'effet produit par ces menaces, sortit d'un pas tranquille. La suite lui apprit qu'il ne s'était point abusé : une heure plus tard on démontait à la hâte le théâtre des premiers artistes du monde, et le soir il n'en restait aucune trace. Les saltimbanques avaient quitté Blanzay.

X

OU MADAME TRÉBAN PREND UNE NOBLE DÉTERMINATION

Peu s'en fallut que le colonel ne fût étouffé sous les baisers de sa nièce. De tout temps le digne homme l'avait gâtée; cependant il ne se rappelait pas avoir jamais provoqué une telle explosion d'enthousiasme.

Fauvette était l'inépuisable sujet des discours de Noëlla; celle-ci surveillait avec soin les progrès de la guérison de sa petite protégée, nous ·allions dire de son amie, malgré la distance que mettaient entre elles les convenances sociales.

La pauvre mignonne allait mieux. Après la fièvre des premiers jours, elle était redevenue d'autant plus calme qu'on lui avait appris le départ des saltimbanques. La fille du docteur lui assura qu'elle ne reverrait jamais Rosalba; on ne saurait exprimer le ravissement de Fauvette.

« Comment ferai-je pour vous remercier? dit-elle en levant sur Noëlla ses prunelles bleues.

— Tu m'aimeras, répondit l'impétueuse enfant. Je t'aime tant, moi! Oh! si tu étais ma sœur... »

Cette parole remonta souvent de son cœur à ses lèvres. Certes, elle chérissait Didier, mais Didier était un grand garçon, un officier; on ne pouvait jouer avec lui. Puis il partirait un jour, bientôt peut-être. Le docteur était souvent hors de chez lui, et, les jours de congé, Noëlla se trouvait réduite à la société de Fanchine. Au lieu qu'avec une sœur, quelle différence! L'imagination de la fillette entrevoyait des horizons infinis. Une sœur, c'est si doux, si aimable! On dit tout à une sœur, même ses pensées les plus intimes, même les folles idées qui vous traversent le cerveau et qu'on ne peut raisonnablement confier au papa dont la barbe grisonne. Et quelle joie de tout mettre en commun, de rire sans cause et d'entendre, comme un écho, un autre rire frais et vibrant; de lutter d'agilité, de cueillir des fleurs, de marcher les bras enlacés, les cheveux confondus.

Noëlla n'avait pas d'amie; bien qu'elle se montrât aimable et bonne envers ses nombreuses compagnes de classe, elle n'avait jamais éprouvé pour l'une d'elles l'irrésistible élan qui la poussait vers Fauvette.

La tante Clémence en fit un jour la découverte et avertit incontinent le docteur de ce danger, qu'il ne soupçonnait point, et qui le plongea dans un naïf embarras.

Tandis que Mme Tréban se livrait à des commentaires sans fin sur l'originalité de sa nièce, sur sa mauvaise tête, qui ne tenait pas compte des réprimandes, etc. etc., le père réfléchissait sans découvrir, avouons-le, le plus petit remède à ces maux.

Comment démontrer à Noëlla l'inconvenance de sa familiarité avec une enfant pauvre et sans éducation, « une ex-danseuse », prononçait dédaigneusement la femme du colonel? Depuis cinq semaines le docteur voyait Fauvette chaque jour, et il s'était laissé prendre au charme, à la grâce, à la patience de la petite fille. Après tout, était-elle responsable de son malheur? Quelle raison plausible alléguer pour défendre à Noëlla de l'aimer?

Mme Tréban l'avait quitté qu'il y rêvait encore; sa fille elle-même vint l'arracher à sa méditation.

« A quoi songes-tu, bon père? demanda-t-elle.

— A toi, répondit-il en la baisant au front.

— Bon! Pourquoi prendre cet air soucieux? Je ne suis ni morte ni malade, ajouta-t-elle avec un rire franc qui fit briller deux rangs de perles entre des lèvres éclatantes de fraîcheur.

— Chère petite folle, est-ce que les pères ont besoin de voir leurs filles malades ou mortes pour avoir des soucis?

— Il ne faut pas t'en créer à mon sujet, cher papa; je me trouve très, très heureuse. Je souhaite cependant une chose, mais tu ne sauras pas quoi maintenant; ça me mettrait en retard.

— Où vas-tu donc? dit-il, remarquant alors seulement qu'elle avait son chapeau.

— A l'hôpital. C'est jeudi aujourd'hui, méchant père; tu fais exprès de l'oublier. »

Le docteur se gratta l'oreille.

« Mais... je croyais que Fanchine...

— Ne pouvait abandonner sa lessive, bien sûr; aussi Didier va me

conduire chez mon oncle, qui m'a promis de m'accompagner toutes les
fois que ça me ferait plaisir.

— Quelle corvée pour ce pauvre Louis! Tu le tyrannises.

— Lui! Il est très content, au contraire. Te figures-tu qu'il s'ennuie
là-bas? Pas du tout : il a sa pipe d'abord, et puis ses vieux soldats qu'il
va voir; il leur porte du tabac, quelquefois une petite pièce, et ces bons

Noella se jeta en pleurant au cou du docteur.

vieux sont enchantés. Mais je ne fais que babiller, et Fauvette trouve le
temps long, j'en suis sûre. Au revoir, père. »

Elle l'embrassa et sortit en fredonnant.

« C'est vrai, se dit *in petto* le docteur, elle n'a que Fauvette à la
bouche. Si j'avais prévu... eh bien! qu'aurais-je fait? rien de plus, rien
de moins sans doute. La pauvre petite a dansé sur la corde, on n'a pas
autre chose à lui reprocher. Mon Dieu, non. »

Ici le docteur se sentit attendri et aussi un peu perplexe. La guérison
de Fauvette avait marché plus vite qu'il ne s'y était attendu; elle se
servait de son bras fracturé; il ne lui restait qu'une faiblesse qui dispa-
raîtrait à la longue, et voici qu'une épidémie de petite vérole, sévissant

5

avec violence, emplissait tout à coup l'hôpital. La petite fille y était de
trop, impossible de se le dissimuler.

Le docteur avait accepté en quelque sorte la tutelle de Fauvette, il se
sentait obligé de s'en occuper.

Après s'être bien creusé le cerveau, il résolut de prendre l'avis de sa
sœur. Mme Tréban avait parfois de bonnes idées.

L'occasion se présenta le jour même; le colonel et sa femme étant
venus passer la soirée chez lui, il leur exposa la situation.

« Te voilà bien embarrassé pour un rien, dit Mme Tréban. Cette petite
est orpheline, ou du moins regardée comme telle, par conséquent elle
a droit à l'hospice.

— L'hospice! s'écria Noëlla suffoquée.

— Personne ne demande ton approbation, déclara nettement la tante
Clémence. Autrefois les filles de ton âge s'occupaient de leur poupée, et
laissaient aux grandes personnes le soin de délibérer sur les matières
sérieuses.

— Pourquoi parler d'hospice? dit le colonel. Ce serait bon s'il
s'agissait d'une jeune enfant; mais cette pauvre fillette, allons donc!

— Une fille de saltimbanques?

— Une enfant volée, Clémence, une enfant qui appartient peut-être
à une famille honorable.

— Je vous trouve bien sensible, Louis; mais que voulez-vous qu'elle
devienne? Elle n'est pas assez robuste pour faire une petite servante.

— Certainement non, fit Didier; mais ne pourrait-on la mettre en
apprentissage?

— Voilà ce qui me conviendrait le mieux, dit le docteur. Qu'en
penses-tu, Clémence?

— Mon Dieu, c'est faisable, mais il y a bien à réfléchir. Elle ne
gagnera rien pendant deux ans au moins, pas grand'chose les années
suivantes, c'est-à-dire qu'elle te restera entièrement sur les bras, et
encore je ne parle pas de la tutelle morale. Sois bien assuré que tu te
mets une grosse épine dans le pied; toutefois si le cœur t'en dit...

— Je comprends, mais... je ne saurais me désintéresser de cette
enfant. Je ne vois qu'un obstacle... momentané à l'exécution de ce
projet : Fauvette souffre encore, on ne peut l'astreindre à un travail
assidu; puis elle est si frêle! Il lui faudrait quelques mois de repos, de
bonne nourriture, de promenades. Comment la placer dans ces con-
ditions?

— Oh! père, c'est tout simple : il faut la prendre chez nous. »

Et Noëlla, n'ayant plus la force de se contenir, se jeta en pleurant au
cou du docteur.

Il demeura interdit, sans parole, tandis que Mme Tréban levait les mains au ciel avec indignation.

« Chez nous, continua Noëlla, elle aurait le repos, le bon air, la nourriture fortifiante, et je serais si heureuse! Dis oui, père chéri, supplia-t-elle en couvrant de baisers les joues du docteur. J'y pense depuis qu'elle va mieux.

— Noëlla, tu deviens positivement folle, s'écria Mme Tréban.

— Non, ma tante. Ce que je dis là est très sensé, au contraire. Fauvette ne peut rester à l'hôpital, et elle n'est pas capable de travailler encore : où voulez-vous qu'elle aille, si ce n'est chez nous. Tu comprends bien mon raisonnement, papa?

— Oui, oui, ma petite fille. »

Il s'arrêta. Au fond il se sentait tout disposé à céder au désir de Noëlla; mais le souvenir des observations de sa sœur le tiraillait en sens contraire : s'il allait, dans sa compassion pour l'enfant abandonnée, causer un préjudice à sa fille chérie!

« Père, pourquoi refuserais-tu ce plaisir à ma sœur, reprit Didier. Pour ma part, je n'y vois aucun inconvénient.

— Vraiment, mon fils?

— Ce sera une bonne action de plus, et personne ne s'en plaindra, puisque nous nous intéressons tous à Fauvette.

— Mon neveu, tu parles en franc étourdi, répliqua Mme Tréban ; il s'agit moins de Fauvette que de Noëlla.

— Bah! bah! Noëlla ne court aucun danger, que je sache, dit le colonel. Elle va bien voir Fauvette à l'hôpital.

— Elle n'y serait pas allée si l'on m'eût écoutée. »

Le colonel fit un geste d'insouciance.

« Chacun a sa façon de considérer les choses, dit-il; pour moi, je partage l'opinion de Didier.

— Vous me conseillez de prendre Fauvette, Louis?

— Mon cher, vous êtes assez grand pour vous conseiller vous-même; mais à votre place j'y consentirais volontiers.

— *Alea jacta est,* dit le docteur en embrassant sa fille.

— Traduction libre : Nous irons chercher Fauvette, » expliqua Didier. Noëlla serra de toutes ses forces le cou de son père.

« Assez, petite fille, assez, tu m'étouffes, » murmura-t-il en cherchant à se dégager.

Mme Tréban le regarda avec une pitié bien sentie.

« Tu feras cette sottise, Adolphe?

— Mon Dieu, oui. Tu vois, Clémence, tout le monde s'est réuni pour me tenter.

— Tout le monde, moi exceptée; mais on s'inquiète peu de mes objections. Une dernière cependant, pour l'acquit de ma conscience : il te
sera très difficile, je devrais dire impossible, de surveiller dans la
stricte mesure les rapports de ta fille avec cette petite.

— Fanchine n'est-elle pas là? »

Mme Tréban éclata d'un rire ironique.

« Fanchine, le beau mentor! Les hommes sont trop naïfs, il faut leur
pardonner bon nombre d'extravagances. Enfin, puisque te voilà décidé
à commettre celle-ci, je vais te proposer un moyen qui sera du moins
une sauvegarde pour Noëlla : je recueillerai ta protégée chez moi. »

Il y eut un tel ébahissement, une stupeur si générale, que personne
n'ouvrit la bouche.

« Cette décision ne laisse pas de me coûter énormément, poursuivit
Mme Tréban d'un ton pénétré, mais l'intérêt de ma nièce prime tout.
Ce sera plus convenable, je n'ai pas d'enfants. »

Les auditeurs s'étaient remis de leur première surprise, les .excla-
mations plurent de tous côtés. Noëlla se débattit contre le malen-
contreux caprice de sa tante, des larmes de dépit mouillèrent ses yeux;
elle avait envie de crier : « Fauvette est à moi, vous ne me la volerez
pas. »

Mme Tréban avait le caractère ainsi fait, que l'opposition, loin de
l'ébranler, la fortifiait dans ses résolutions; le combat lui plaisait
naturellement; elle en avait besoin pour vivre, comme l'oiseau a besoin
d'air pour voler. On se récriait; excellente raison pour persister,
aplanir tous les obstacles, trancher les nœuds gordiens qu'elle ne
pouvait défaire. Elle s'exalta, parla de charité, de dévouement, jura
qu'elle ne céderait, sur ce point, sa part à personne, déploya une véritable éloquence et ne se tut que lorsqu'elle fut assurée du triomphe.

La pauvre Noëlla pleura dans son lit, mais prit avant de s'endormir
une décision qui lui rendit le calme : que sa tante le trouvât bon ou
mauvais, elle saurait bien s'arranger pour passer chaque jour plusieurs
heures avec Fauvette.

XI

« Papa, dit Noëlla en rentrant chez le docteur, il faut que tu m'emmènes à l'hôpital ce matin.

— Tu n'y penses pas, ma fille! T'emmener à ma visite, c'est tout à fait impossible.

— Je vais te prouver le contraire, cher papa. Fauvette sort à présent; tu me laisseras au jardin, et tu prieras sœur Thérèse de me l'envoyer; ainsi nous aurons le temps de causer.

— Tu as vu Fauvette hier, ce n'est donc pas suffisant?

— Ma tante doit aller la chercher dimanche, dit la petite fille en détournant la tête, et sa voix s'altéra.

— Cela te fait donc bien du chagrin, ma Noëlla? fit le bon père tout ému.

— Ah! papa, j'espérais...

— C'est pourtant mieux ainsi; un bonhomme comme moi n'a que faire de s'occuper des fillettes, tandis que ta tante... Vois-tu, mon enfant, Fauvette sera très bien chez elle. »

Noëlla secoua mélancoliquement la tête; elle n'était pas convaincue.

« Enfin, mon bon père, il est urgent d'avertir Fauvette. On ne peut arriver dimanche et lui dire : « Viens. » Au moins elle s'y attendra.

— Va t'habiller, dit le docteur vaincu. Nous donnerons une entorse au règlement, mais pour une fois on me le passera. »

Sœur Thérèse s'étonna beaucoup en voyant paraître Noëlla au bras de son père; l'explication la fit sourire.

« Prenez patience une minute, ma chère enfant, dit-elle, Fauvette va
venir. »

La petite fille s'assit sous un berceau de vigne vierge et croisa ses
mains d'un air méditatif qui ne lui était pas habituel.

« Bonjour, Noëlla chérie. Est-il possible que j'aie une si grande joie
ce matin! » dit près d'elle une voix douce.

Et Fauvette l'entoura d'un bras caressant, et elles s'embrassèrent
comme deux sœurs.

C'était sans doute étrange; mais leur intimité avait fait de tels
progrès! De prime abord Fauvette se renferma dans la réserve, mais
Noëlla ne l'entendait pas ainsi; promptement elle rompit la glace,
déclarant qu'elle ne voulait plus entendre ce vilain « mademoiselle »
qui la glaçait.

« Votre papa sera mécontent, objecta Fauvette.

— Il n'y a pas de danger, papa veut tout ce que je veux. »
Fauvette céda.

Elles étaient assises côte à côte sur le banc et présentaient un saisissant contraste : l'une, brune et vive, un chapeau de paille orné de
fleurs des champs sur ses nattes, qu'attachait un ruban cerise,
agitant en parlant son ombrelle au manche d'ivoire; l'autre, en robe de
toile, ses pieds fins perdus dans des sabots trop grands, sa belle chevelure cachée sous un bonnet d'où s'échappaient quelques boucles
rebelles, ses grands yeux où le ciel semblait se peindre. Ainsi rap-
prochées, elles eussent fourni à un artiste le sujet d'un charmant
tableau de genre.

« Tu dois t'ennuyer, ma Fauvette, commença Noëlla, maintenant que
te voilà guérie.

— Pas trop, répondit sa compagne. Je cherche à me rendre utile,
voyez-vous. J'aide à sœur Florence à préparer ses tisanes; je fais de la
charpie avec sœur Thérèse. Tout en travaillant, elle m'apprend à connaître le bon Dieu. Je sais déjà bien mes prières; quand j'arrive au
passage où il est question des bienfaiteurs, je dis votre nom, Noëlla, et
ceux de votre père, de votre frère, de ce bon colonel qui m'apporte des
gâteaux et des fruits. Je n'ai que ce moyen pour vous marquer ma
reconnaissance, sœur Thérèse me l'a dit.

— Ne parle pas toujours de reconnaissance, Fauvette; j'aime mieux
l'amitié pour ma part. Mais avec tout ça le temps te dure quand même,
n'est-ce pas? »

Fauvette hocha la tête.

« Non, dit-elle, au contraire; j'ai presque peur en me voyant guérie.
Que deviendrai-je? qui voudra de moi?

— C'est précisément pour te parler de cela que je suis venue aujourd'hui. Il y a une épidémie; l'hôpital va regorger de malades, il faut que tu leur cèdes la place. Écoute bien : mon oncle, comme tu le disais tout à l'heure, est très bon; ma tante Clémence n'est pas... mauvaise non plus. Ici Noëlla toussa, son mensonge la prenait à la gorge. Ils veulent te prendre chez eux.

— Me prendre..., répéta Fauvette saisie.

— Chez eux, te dis-je, et tu y resteras plusieurs mois, le temps de réparer tes forces; j'irai jouer avec toi tous les jours. »

Fauvette osait à peine croire aux paroles de son amie; elle la regardait avec des yeux brillants, et soudain fondit en larmes.

« C'est trop, trop de bonté. » Voilà tout ce qu'elle put articuler.

Noëlla la calma par ses caresses, et, ne pouvant parler beaucoup de sa tante, elle se rabattit sur le colonel, dont elle fit l'éloge avec feu.

« A dimanche, lui dit-elle en la quittant, et après à tous les jours. »

Si Noëlla, ainsi que vous le pensez sans doute, ami lecteur, rêva jusqu'au dimanche de Fauvette et de son installation, le colonel n'y songea pas beaucoup moins. L'excellent homme était ravi de la décision de sa femme, bien qu'il se gardât de le témoigner en sa présence.

« Voyez-vous, Adolphe, disait-il à son beau-frère, cette petite fille adoucira l'humeur de Clémence; ce qui lui a manqué, c'est d'avoir été mère. Il lui semblera qu'elle l'est devenue tout à coup, et vite elle en prendra les sentiments; les femmes sont toutes ainsi. »

En attendant qu'elle prît des sentiments maternels à l'égard de Fauvette, Mme Tréban se donnait beaucoup de peine pour se disposer à la recevoir. Cette bonne œuvre à sensation flattait singulièrement sa vanité. Elle eut soin d'en informer ses nombreuses amies et se donna, en cette circonstance, un air à la fois modeste et pénétré de son mérite.

« Que voulez-vous ! on ne peut jeter cette enfant sur le pavé. Puisque nous l'avons arrachée à sa triste condition, il nous faut achever notre ouvrage. »

Sur quoi les amies s'extasiaient et prodiguaient à la femme du colonel l'encens dont elle était avide, quittes à se dédommager après son départ en plaignant la pauvre Fauvette.

« Elle en verra de belles, se confiaient ces bonnes âmes. Une servante peut se défendre, et, si la place n'est pas tenable, elle s'en va; mais l'enfant devra tout supporter, et sans murmure, encore : on la traiterait d'ingrate. »

Dans la soirée du samedi, Mme Tréban acccourut chez son frère.

« Adolphe, rends-moi un service, lui dit-elle. Figure-toi que je viens

de songer aux vêtements de Fauvette. Le colonel ne s'imaginait-il pas
que je la ferais monter en robe d'hôpital dans ma voiture! On n'a pas
idée d'une pareille candeur! Il est trop tard pour parler à ma coutu-
turière. Donne-moi, je te prie, un des costumes de Noëlla, le plus fané,
une robe de tous les jours; elles doivent être à peu près de la même
taille.

— Je croyais, fit observer le docteur, que tu voulais habiller très
simplement ta protégée.

— Oui, sans doute, mais j'ai réfléchi. Tu as prescrit les promenades,
n'est-il pas vrai? Eh bien, c'est moi que ce soin regarde; je ne puis ni
la confier à d'autres personnes, ni l'emmener ridiculement vêtue. Je
m'en tiens donc à une mise convenable pour le temps qu'elle passera
chez moi. »

Le docteur opina du bonnet et députa vers Fanchine, qui était chargée
de la garde-robe de Noëlla. Volontiers cette dernière eût donné à Fauvette son plus joli costume, mais Mme Tréban choisit une modeste robe
grise et un chapeau entouré seulement d'un ruban bleu.

Nous ne parlerons que pour mémoire des distractions de Noëlla pendant la grand'messe du lendemain et de ses impatiences au déjeuner.
Dès qu'elle aperçut la voiture de sa tante, elle sauta près d'elle, sans
prendre garde à la robe de soie constellée de jais qu'elle chiffonna
affreusemement.

« Grand Dieu! Noëlla, quels mouvements désordonnés! Quand donc
prendras-tu les façons d'une jeune fille bien élevée? Recule-toi, il y a
assez de place pour qu'on se mette à l'aise; n'agite pas ainsi tes pieds,
c'est fatigant. Colonel, vous pouvez partir. »

Le colonel, qui n'attendait que cet ordre, cingla son cheval d'un vi-
goureux coup de fouet, et la voiture roula de nouveau sur le pavé.

La supérieure de l'hôpital reçut fort aimablement les visiteurs, et
demanda si elle devait faire habiller Fauvette avant de la leur amener.

Sur la réponse affirmative de Mme Tréban, elle remit le paquet à
l'une des sœurs, et un quart d'heure après Fauvette parut, complètement transformée. Ses beaux cheveux laissaient déborder du chapeau
de paille une multitude de petites boucles dorées; elle portait avec une
grande aisance sa simple toilette; il n'y avait rien de la danseuse en
elle.

Mme Tréban ne l'avait vue que sur les planches du théâtre; elle ne
la croyait pas si jolie. Son agréable surprise se traduisit par un accueil
aussi bienveillant que le lui permettait sa nature revêche; elle daigna
même effleurer de ses lèvres le front de Fauvette en lui disant avec
majesté :

« J'espère que tu seras sage, ma petite. »

L'enfant, intimidée, balbutia en guise de réponse quelques mots inintelligibles, et, ayant fait ses adieux aux religieuses, elle suivit ses protecteurs. D'abord Mme Tréban jugea qu'il importait à sa dignité de garder un solennel silence; mais Noëlla n'avait pas les mêmes raisons pour retenir sa langue, et elle lui donna pleine liberté, nommant à Fauvette les rues où elles passaient, parlant de leurs promenades futures, de leurs jeux, des belles histoires qu'elles liraient ensemble.

Elle s'appuya à la fenêtre ouverte et chanta.

« Je ne sais pas lire, » dit tristement Fauvette.

Mme Tréban crut devoir intervenir.

« Nous remédierons à ce mal, fit-elle; le temps que tu passeras chez moi ne sera pas perdu, tu iras à l'école.

— Elle m'accompagnera à la pension! s'écria étourdiment Noëlla.

— Je te ferai remarquer, ma nièce, que je suis seule juge en cette matière, riposta la voix sèche de la tante Clémence. Fauvette n'est pas destinée à paraître dans les salons, la lecture et l'écriture lui suffisent. »

Noëlla se mordit les lèvres et se promit désormais de peser ses paroles, afin de se concilier les bonnes grâces de son irascible tante; ce fut donc d'un ton très soumis qu'elle sollicita, en arrivant, la permission de faire visiter la maison à Fauvette. Mme Tréban y consentit; la douce physionomie de la petite fille l'avait séduite, et elle ne pensait déjà plus que sa société constituât un danger pour sa nièce.

Les deux enfants commencèrent leur exploration. En montant l'escalier, couvert d'un superbe tapis d'Aubusson, Fauvette devint rêveuse; cette disposition s'accrut encore lorsqu'elle pénétra dans les luxueuses chambres à coucher, dans le fumoir du colonel, dans le salon qu'ornaient deux tableaux de Carle Vanloo. Elle marchait à petits pas, sans pouvoir détacher ses regards de ces objets élégants ou précieux. Noëlla se méprit sur la cause de sa préoccupation.

« Comme tu vas doucement! dit-elle. As-tu peur de froisser le tapis en y posant les pieds? »

Fauvette tourna vers elle sa blanche figure toute sérieuse.

« Ce n'est pas cela, répondit-elle presque bas. Je pense... il me semble que... j'ai vu autrefois une maison comme celle-ci : des glaces, des fauteuils de velours, des cadres dorés,... mais il y a longtemps. »

Noëlla, étonnée, se rapprocha.

« As-tu quelquefois quitté la baraque? demanda-t-elle.

— Jamais. Rosalba ne me l'aurait pas permis. En ce temps-là... je ne dansais pas sur la corde, et la maison dont je parle, j'y demeurais.

— Mais alors c'était chez tes parents.

— Je ne sais pas, dit Fauvette. Les jours où Rosalba m'avait battue bien fort, je fermais les yeux, et je voyais passer devant moi des figures très douces, une dame et un monsieur, je crois, mais... c'était un rêve.

— Ah! Fauvette, si c'était ton père et ta mère!...

— Mon père, ma mère, répéta l'enfant avec une émotion contenue. Non, non, j'aime mieux ne pas le croire, puisque je ne les verrai jamais. »

Deux larmes roulèrent sur ses joues. Noëlla l'embrassa.

« Ne pleure pas, ma petite Fauvette, le bon Dieu est assez puissant pour te rendre tes parents; nous le prierons bien, et qui sait? »

Fauvette essuya ses yeux humides.

« Il y a une chose qui n'est pas un rêve, dit-elle, une chanson que Rosalba ne m'a pas apprise et que je chante quand je suis toute seule.

— Une chanson! Si tu voulais me la dire...

— Je veux tout ce que vous voulez, » répondit Fauvette.

Elle s'appuya à la fenêtre ouverte et chanta :

> Dors, petit ange aux lèvres closes,
> Et que de rayons et de roses
> Un doux rêve emplisse ton nid
> Béni.

— Que c'est joli! dit Noëlla, et que tu chantes bien, ma Fauvette! Continue, je ne t'interromprai plus. »

Fauvette poursuivit :

> Dors, j'aime sur ton front candide,
> Ainsi qu'en un beau lac sans ride,
> Voir le reflet mystérieux
> Des cieux.

> Dors, l'horizon est sans nuage,
> Et, pour te garder de l'orage,
> O ma fille! n'auras-tu pas
> Nos bras?

> Dors ; sur toutes les innocences,
> Comme sur toutes les souffrances,
> Dieu veille en père, ô mes amours!
> Toujours.

Sa voix, au commencement incertaine et tremblante, s'était élevée peu à peu et résonnait, pure comme le cristal, mélodieuse comme une roulade d'oiseau. Noëlla restait sous le charme; mais un triple bravo partit du jardin, et le colonel, le docteur et son fils sortirent de la charmille et levèrent les yeux vers la fenêtre, où la petite chanteuse n'était plus.

« L'oiseau s'est effarouché, dit gaiement le colonel, mais nous le rattraperons. »

Ils n'eurent aucune peine à trouver nos fillettes.

« Mille bombes! petite, il faut que je t'embrasse pour le plaisir que tu m'as causé, s'écria le colonel en mettant un bon gros baiser sur la joue de Fauvette. Quel gosier tu as!

— Le gosier de son nom, fit Didier.

— C'est, ma foi, vrai, dit le docteur. *Curruca!* elle en a la légèreté et la voix. *Curruca!* c'est charmant.

— Par exemple, père! se récria Noëlla, *Curruca* est affreux.

— Ce mot signifie Fauvette en latin, mon enfant.

— Il est joli le latin! Appeler une petite fille *Curruca*, quelle horreur! J'aime bien mieux le français et le joli nom de Fauvette.

— Mais qui t'a appris cette chanson, mignonne? questionna le docteur avec bonté.

— Je n'en sais rien, murmura l'enfant.

— Veux-tu que je répète ce que tu m'as conté? » lui dit Noëlla à l'oreille.

Un signe d'assentiment lui répondit. Les trois hommes écoutèrent avec un intérêt ce court récit.

« Pourquoi ne nous as-tu jamais parlé de tes souvenirs? demanda le docteur.

— Je n'osais pas. Si vous m'aviez prise pour une menteuse... »

Une menteuse! Ils regardèrent ce front pur, ces yeux clairs, cette figure sur laquelle, en dépit des vices côtoyés par l'enfant, la candeur seule était empreinte, et ils ne doutèrent pas une seconde de la sincérité de Fauvette.

XII

ADOPTION

« Où est notre Fauvette? » demande le colonel, qui, entrant dans la salle à manger, s'étonne de ne voir que deux couverts.

Mme Tréban dispose sans se presser sa serviette sur ses genoux, plonge le couteau dans les flancs d'un châteaubriant dont elle fait ruisseler un jus vermeil, et répond d'un ton aigre-doux :

« Fauvette est à l'office, mon ami. »

Le colonel laisse en suspens la fourchette qu'il portait à sa bouche.

« De quel air stupéfait vous me contemplez, Louis! Vous avez bien entendu, j'ai dit : à l'office.

— Au moins expliquez-vous, Clémence; que s'est-il passé?

— Mon Dieu, rien du tout. Ce parti m'a paru sage. Fauvette a pris avec nous une familiarité excessive; elle finirait par contracter des goûts de luxe, ce qui serait un vrai malheur; il est temps d'y porter remède. »

Et Mme Tréban pince les lèvres en se donnant l'attitude d'un philosophe qui proclame un principe d'ordre social.

Le jour où Fauvette entra chez elle, la femme du colonel, admirablement disposée en sa faveur, la fit asseoir à sa table. Si alors on lui eût adressée quelque observation, elle aurait trouvé des répliques triomphantes. Quoi! fallait-il traiter la petite fille en paria pour cette seule raison qu'elle était pauvre et abandonnée? Serait-ce là pratiquer la charité? En tout cas, ce n'était pas sa méthode, à elle, Mme Tréban.

Les réponses étaient préparées; le silence général les rendit inutiles. Les choses marchèrent ainsi pendant quelque temps. A mesure que

Fauvette se faisait connaître, on s'y attachait davantage. Comment ne pas se laisser gagner par cette douceur caressante, cette gracieuse vivacité qui n'était pas la pétulance, cette gaieté même? car, en dépit de ses souffrances prématurées, elle avait gardé l'enjouement de l'enfance, et le rire naissait presque aussi souvent sur ses lèvres pâlies que sur les lèvres rouges de l'heureuse Noëlla.

Chose surprenante! elle n'était pas craintive; sa réserve provenait d'une délicatesse instinctive plus que de la timidité. Bien accueillie, traitée avec bonté, elle s'était promptement acclimatée dans ce milieu nouveau; il lui semblait avoir toujours connu le bon colonel; Noëlla était pour elle une véritable sœur, Didier un grand frère, le docteur un ami cher et dévoué. Sans éprouver à l'égard de Mme Tréban une aussi vive affection, elle lui témoignait une profonde gratitude et faisait tous ses efforts pour lui être agréable.

Un matin, en s'éveillant, Mme Tréban se dit que Fauvette tenait chez elle une place trop considérable. Le colonel la traitait presque en fille : ne lui avait-il pas successivement apporté un damier, un ballon, un volant?

Des jouets! Le pauvre homme perdait l'esprit, mais sa femme restait sage; elle n'oubliait point la situation de sa protégée et se chargerait de la lui rappeler. Soudain elle découvrit qu'il était souverainement inconvenant de la faire manger à ses côtés; il fallait mettre bon ordre à cela. Voilà pourquoi elle avait fait placer deux couverts seulement.

« Savez-vous que c'est injuste, ce que vous faites là, Clémence? dit le colonel.

— En quoi, s'il vous plaît? demanda-t-elle sèchement.

— En ce que Fauvette n'a pas mérité l'humiliation que vous lui imposez. »

Mme Tréban ricana.

« Vous m'amusez, dit-elle. Cette enfant est destinée, selon toute probabilité, à devenir servante : pourquoi serait-elle humiliée de manger à la table des domestiques?

— Il fallait en juger de la sorte dès le premier jour, je ne me serais point opposé à votre volonté; mais vous lui avez donné une autre place, et aujourd'hui vous la repoussez, bien qu'elle ne soit pas coupable! Je vous le répète, il y a là une punition imméritée, une criante injustice par conséquent.

— Ce sont de bien grands mots, Louis, et la conclusion de ce speech...

— Est qu'il faut rappeler Fauvette.

— C'est révoltant, à la fin. Sous le beau prétexte de ne pas humilier une petite fille reçue chez nous par charité, vous voudriez me contraindre à m'humilier devant elle !

— La rappellerez-vous, Clémence ?

— Non certes. »

Le colonel était très débonnaire. Par amour pour la paix intérieure, il supportait beaucoup d'exigences ; sur un seul point sa patience avait des bornes : toujours et partout il voulait la justice.

Il se leva si brusquement, que sa chaise traça un sillon sur le parquet.

« Louis, où allez-vous ? s'écria Mme Tréban alarmée.

— La chercher, » répondit-il.

Et, sans prendre garde à l'exclamation indignée de sa femme, il sortit et revint aussitôt, tenant Fauvette par la main.

« Assieds-toi, mon enfant. Grosjean, un couvert. »

Les lèvres de Mme Tréban blanchirent et s'agitèrent. Un instant elle eut envie de quitter la table ; la présence de Grosjean l'arrêta, mais elle ne proféra pas une syllabe pendant le reste du repas.

Dans l'après-midi, le colonel lisait dans son fumoir, lorsqu'on frappa doucement, et Fauvette se glissa jusqu'à lui.

« Toi, petite ? dit-il. Que me veux-tu ? »

Elle s'appuya sur son fauteuil et leva sur lui des yeux suppliants.

« Je voudrais vous demander une grâce ; promettez-moi de me l'accorder.

— Peste ! c'est donc bien sérieux ?

— Très sérieux, monsieur le colonel, répondit-elle en agitant sa chevelure d'or.

— Écoute : pourvu qu'il ne s'agisse pas de me laisser couper la tête, je m'engage solennellement à l'exaucer. »

Un rire frais et doux échappa à la petite fille.

« Ce serait trop grand dommage, dit-elle. Voici ma demande : je voudrais bien désormais manger avec Julie et Grosjean. »

Le colonel fronça les sourcils.

« Parce que... ça me fera plaisir. Ne me faites pas de gros yeux. Je vous assure que je le préfère.

— Laisse-moi tranquille et ne m'en parle plus.

— A condition que vous consentirez. Oh ! vous ne pouvez pas dire non, vous avez promis.

— Diantre de petite fille ! qu'il soit fait comme tu veux ! »

Elle le remercia par un radieux sourire, et un instant après il l'entendit chanter.

« Fauvette m'a supplié de la laisser à l'office, dit-il à sa femme quand vint le dîner. Cette enfant possède une rare délicatesse. »

Mme Tréban pensa qu'elle avait au moins le sentiment de sa dépendance, ce qui lui plut beaucoup; néanmoins elle ne leva pas l'interdit, au contraire : il était bon que Fauvette sentît son joug.

Ce joug était de fer, mais l'enfant en supporta le poids sans se plaindre ni fléchir; les aigreurs s'émoussaient au contact de sa douceur; les bourrasques passaient au-dessus de sa tête sans paraître la toucher, non qu'elle ne ressentît très vivement, mais elle s'était habituée à la patience. Mme Tréban était un ange en comparaison de la Rosalba.

Quand Noëlla, indignée, se révoltait contre la méchanceté de sa tante, Fauvette lui mettait en souriant la main sur la bouche.

« Tais-toi, » lui disait-elle. — Son amie exigeait qu'elle la tutoyât lorsqu'elles étaient seules. — Ne suis-je pas mille fois plus heureuse qu'au théâtre. Mme Tréban est très bonne, je t'assure.

— Très bonne! Tiens, Fauvette, ne le répète pas, ça me suffoque.

— Elle est pourtant bonne à sa manière, pas la tienne ni celle du colonel; mais, son humeur une fois passée, elle n'y pense plus.

— En attendant, les autres ont pleuré, » murmurait Noëlla sans se laisser convaincre.

L'époque de la rentrée arriva, la fille du docteur retourna seule à la pension; en vain avait-elle employé les ruses les plus diplomatiques, elle n'avait pu obtenir que Fauvette l'accompagnât. Tantôt Mme Tréban traitait la petite fille en enfant de la maison, tantôt elle affectait de la reléguer au rang des serviteurs. Ces caprices déroutaient Noëlla et ruinaient ses espérances. Fauvette, qui avait hâte de sortir de son ignorance, attendait qu'on voulût bien l'envoyer à l'école.

Le colonel ayant dit un jour quelques mots dans ce sens :

« Assurément, répondit sa femme, je compte mettre Fauvette à l'école; mais rien ne presse; nous la garderons tout l'hiver, et, les jours étant encore beaux, il est juste qu'elle en profite pour faire de bonnes promenades; Adolphe ne cesse de les recommander. »

Le fait est que les promenades en question étaient fort intermittentes. Mme Tréban n'était pas fâchée d'avoir sous la main un être passif qu'elle pût gouverner à son gré, gronder, humilier sans rencontrer de résistance. Très souvent elle laissait Fauvette à la maison avec un ouvrage de couture. Depuis que son bras s'était fortifié, la petite fille avait appris à coudre sous la direction de Julie, et, naturellement adroite, elle faisait de rapides progrès.

Alors, tandis que le soleil riait au dehors, que les papillons dorés

voltigeaient sur les dernières roses, que les moineaux sautillaient en
piaillant, la pauvre Fauvette, assise dans sa petite chambre, travaillait
consciencieusement. La tâche était longue, l'enfant n'avait pas de temps
à perdre; elle cousait sans lever les yeux, mais non sans soulager par
de faibles soupirs sa poitrine oppressée.

Noëlla n'était plus là pour l'égayer; Fauvette chanta afin de trouver
le temps moins long, mais une ou deux fois il arriva que le colonel,
attiré par sa voix, la surprit. En ce cas, il lui ôtait sa couture et l'en-

Dès lors Fauvette prit place à son chevet.

voyait jouer au jardin; le soir, Mme Tréban se montrait mécontente.
Fauvette prit le parti de ne plus chanter.

Un jour, la femme du colonel se plaignit d'un violent mal de gorge
et toussa à plusieurs reprises; le lendemain elle garda le lit, et le docteur craignit une fluxion de poitrine.

Il ne s'était pas trompé; le mal acquit bientôt une effrayante intensité.

Le colonel, inquiet, parla d'une sœur garde-malade; mais Mme Tréban
n'était pas de ces personnes que la souffrance amende; plus impatiente
que jamais, elle ne voulut être soignée que par les siens.

6

Dès lors Fauvette prit place à son chevet et ne le quitta guère, car
Mme Tréban la préférait à tous. Ses mouvements étaient si légers! elle
glissait si doucement dans la chambre, suivant avec une scrupuleuse
exactitude les prescriptions du docteur, attentive au moindre appel, à
la plus faible plainte, donnant à boire à la malade, arrangeant ses oreil-
lers, soutenant, dans les accès de toux, sa tête endolorie!

N'ayant pu obtenir l'autorisation de veiller la nuit, elle avait supplié
qu'on lui dressât un lit près de celui de Mme Tréban, et plus d'une fois
elle suppléa le colonel ou Julie, que la fatigue assoupissait dans le
fauteuil.

Ce fâcheux état ne se prolongea point; dès le septième jour le docteur constata une amélioration sensible, et la convalescence ne tarda
pas à s'accentuer. Quand son beau=frère eut déclaré que tout danger
avait disparu, le colonel embrassa Fauvette avec attendrissement.

« Dieu te bénisse, ma petite fille! s'écria-t-il, tu es au moins pour
moitié dans cette guérison. »

La fin d'octobre donnait des jours sereins. Mme Tréban put bientôt
se lever et respirer les derniers parfums de l'automne; elle se sentait renaître. Ce sentiment est un de ceux qui disposent le cœur à la reconnaissance envers Dieu et à l'affection pour les hommes; elle en subis-
sait l'influence, et l'on s'étonnait autour d'elle de sa bienveillance et
de sa douceur.

La veille de la Toussaint, on reçut chez le docteur une large enveloppe émanant du ministère de la guerre. Cette missive mit un peu de
tristesse dans la famille, car elle apportait la séparation : le sous-lieute-
nant Grandvallon devait rejoindre son régiment à Lille.

Cette nouvelle fut annoncée le même soir au colonel. Mme Tréban était
assise au coin de la cheminée, où l'on avait allumé pour elle un petit
feu brillant; elle demeura un instant rêveuse, puis dit à son neveu :

« Partiras-tu cette semaine, Didier?

— Après-demain, ma tante. »

Elle garda le silence, tandis que la conversation allait son train, puis
tout à coup :

« J'ai quelque chose à vous apprendre, mais nous n'avons pas besoin
de ces petites filles; si elles allaient faire une partie de dames dans la
chambre de Fauvette. »

Noëlla accueillit la proposition sans enthousiasme; les dames étaient
sa passion, mais elle n'aimait pas qu'on la traitât en importune. Une
petite moue se dessina sur ses lèvres; elle se leva à regret, tandis que
Fauvette était déjà hors du salon.

« Vous savez que j'ai coutume de m'expliquer sans ambages, reprit

Mᵐᵉ Tréban. Il s'agit tout uniment de notre protégée, au sujet de laquelle mes intentions se sont modifiées depuis quelque temps. Cette petite sera toute sa vie un peu frêle; une profession manuelle ne lui convient pas, tandis que son intelligence, qui est très vive, lui fournirait une ressource si elle était cultivée; en la gardant près de nous, l'élevant et l'instruisant, nous ferions une bonne œuvre, et nous nous assurerions son dévouement. Il est bien entendu, Didier, que cette espèce d'adoption ne vous fera aucun tort, ni à toi ni à ta sœur.

— Oh! ma tante, ce mot est presque injurieux pour nous! interrompit le jeune homme avec feu.

— Pas du tout, mon neveu; il est naturel que vous ne perdiez point vos droits, et voilà pourquoi j'ai tenu à t'avertir personnellement. Cela posé, que dites-vous de mon dessein? »

On approuva joyeusement. Fauvette avait pris une grande place dans la vie du colonel, et il ne se préoccupa nullement de la part d'égoïsme qu'on démêlait dans les paroles de sa femme; il ne songea point non plus à s'offenser de la façon autoritaire avec laquelle Mᵐᵉ Tréban avait tout réglé sans le consulter au préalable. Quant au docteur et à son fils, ils n'avaient jamais connu ce vice odieux qu'on nomme l'envie.

« Dès la semaine prochaine vous irez au pensionnat de notre nièce, Louis, poursuivit Mᵐᵉ Tréban. Fauvette en suivra les cours en qualité d'externe, comme Noëlla; l'internat ne me semble pas nécessaire.

— Je le crois bien, mille bombes! s'écria le bon colonel. Si l'on se fait présent d'une fille, c'est pour en jouir.

— Un dernier détail. Fauvette ne peut plus nous traiter en étrangers; j'ai cherché quel titre elle nous donnerait. Certaines gens trouveraient ridicule celui de père et de mère; oncle et tante, ce serait la confondre avec Noëlla; parrain et marraine m'ont paru préférable : cela n'engage à rien et nous conviendra mieux.

— Va pour parrain et marraine!

— Tout est convenu. Rappelle ces petites, Didier. »

Noëlla reparut, l'air digne et froid; Fauvette la suivait, riant sous cape de sa démarche guindée.

« Approche, Fauvette, dit Mᵐᵉ Tréban avec solennité. Voilà plusieurs semaines que tu vis parmi nous. »

Elle s'interrompit à dessein. La petite fille devenait très pâle; ces mots lui semblaient être le prologue d'un congé.

« Y es-tu heureuse?

— Oh! oui, Madame, balbutia l'enfant, le cœur serré.

— Tu ne demanderais pas mieux que d'y demeurer toujours?

— Ce n'est pas possible, bégaya Fauvette.

— Tu te trompes; c'est tellement possible, que nous avons résolu de t'élever et de te traiter comme notre fille, si tu y consens. »

Ce ne fut pas Fauvette qui répondit; mais Noëlla, jetant un cri de joie, se précipita, pour la première fois de sa vie, au cou de Mme Tréban et l'embrassa avec frénésie.

« Si elle veut! cria-t-elle, ce n'est pas la peine de le demander. O ma tante! vous êtes bonne, bonne!... »

Le colonel prit Fauvette dans ses bras, et, la voyant muette, suffoquée par les larmes :

« Qui ne dit mot consent, s'écria-t-il. Embrasse ta marraine...»

XIII

Le soleil de mai inonde le jardin du colonel et fait épanouir un bataillon de fleurs de toutes formes et de toutes nuances : les géraniums
étalent leurs pétales de velours, les roses entr'ouvrent leurs boutons, les
pivoines mettent des tons éclatants dans les masses vertes, tandis que
les lis élèvent leurs calices de nacre et que les violettes montrent à demi
leurs petites faces bleues. Le colonel, accoudé à sa fenêtre, fume sa pipe
d'écume de mer en jouissant de cette riante matinée.

« Déjà levée, Fauvette! dit-il soudain. Mais tu ne dors donc pas?
A ton âge, moi, j'aurais ronflé jusqu'à neuf heures si la sonnerie de
l'école ne m'eût arraché du lit. »

Une jeune fille, inclinée sur un rosier, lève sa figure rieuse.

« Vous vous calomniez, mon parrain, répond-elle d'une voix fraîche
et vibrante. Je ne crois pas un traître mot de ce que vous me contez là.
A dix-sept ans comme à cinquante, vous étiez, j'en suis sûre, aussi ma-
tinal qu'une alouette.

— Si tu disais à soixante ans, ma fille! Ce n'est pas la peine de me
rajeunir, mille bombes!

— Comme il vous plaira, cher parrain. Mais que faites-vous là-haut?
Venez me retrouver sur ce banc, on y est délicieusement.

— Nous allons y goûter, Mademoiselle. »

Et le colonel secoue sa pipe, redresse sa haute taille et se met
en devoir de descendre, pendant que la jeune fille grossit son
bouquet.

Peut-être êtes-vous surpris, chers lecteurs, de voir notre Fauvette si grande, car je ne vous ai pas dit que nous avions sauté à pieds joints par-dessus cinq ans et demi.

Cinq ans et demi, savez-vous que cela change?

Notre héroïne n'est plus une enfant, elle a dix-sept ans à peu près; il faut bien parler ainsi, puisqu'elle n'a pas son acte de naissance en poche.

L'eussiez-vous reconnue tout de suite? J'en doute; la Fauvette d'à présent ne ressemble pas tout à fait à celle du passé, et je vous en dirai la raison : le bonheur, plus que les années, transforme un être humain. Fauvette est heureuse, ou plutôt elle serait complètement heureuse s'il n'y avait, tout au fond de son cœur, un souvenir et un regret. Le souvenir, c'est la berceuse qui monte fréquemment à ses lèvres; le regret, ce sont les chers inconnus auxquels on l'a arrachée, et dont les vagues images hantent les rêves de ses nuits. Voilà l'ombre qui se projette sur la vie de notre jeune fille; mais ce n'est pas là une souffrance aiguë, capable d'empoisonner ses joies, ce n'est qu'un léger nuage sur un beau ciel; et qui jamais en voulut à ces nuées floconneuses à travers lesquelles le soleil se reflète, pur et brillant, comme sous un voile diaphane?

Fauvette est donc joyeuse comme son nom; du matin au soir elle fredonne, et, quand il y a des visites chez Mme Tréban, sa voix charme les auditeurs.

Puisque nous avons nommé Mme Tréban, disons sur-le-champ qu'elle n'est pas un obstacle au bonheur de Fauvette. La bonne dame est bien toujours un peu quinteuse et despotique, mais elle aime sa fille adoptive, et celle-ci garde le privilège de l'adoucir.

Au moment où le colonel l'aborda, Fauvette détachait de sa branche une rose magnifique.

« Permettez que je vous décore, parrain, dit-elle en riant.

— Jolie décoration, petite. Les rubans rouges et autres paraissent fanés à côté.

— C'est la récompense de votre docilité, mais ce n'est pas la seule. Voyez comme il est agréable de se promener à l'heure où le soleil n'a pas encore grillé les plantes et séché ces gouttelettes brillantes. Quel beau mois que le mois de mai! Ne trouvez-vous pas qu'alors la terre ressemble à un bouquet immense?

— Je trouve, je trouve... ma foi! je ne te dirai pas grand'chose là-dessus. Les fillettes comprennent cela et le définissent à merveille; elles font à ce sujet des discours tout poétiques, tout gracieux. Quant aux vieux grognards de mon espèce, c'est autre chose : ils voient en gros, ressentent un bien-être général, mais n'analysent pas leurs impressions.

Seulement, lorsqu'une gentille filleule fleurit leur boutonnière, les vieux grognards sont contents.

« — Parrain, vous méritez d'être grondé, dit Fauvette en le menaçant du doigt. Pourquoi vous donner de vilains qualificatifs qui ne vous vont pas du tout ? Prenez garde ! je serais capable, pour vous punir...

— D'encourager ta marraine dans son caprice de voyage, acheva gaiement le colonel. Ne me joue pas un pareil tour.

— Je n'aurai pas besoin de l'encourager, mon parrain ; son idée a pris racine, et vous serez forcé d'en passer par là.

— Mille bombes ! c'est insupportable ! Sais-tu que le repos semble bon quand on l'a gagné à courir toute sa vie de Dunkerque à Marseille et de Nancy à Alger ? Diantre ! si j'aurais imaginé de me transporter à Paris maintenant !

— Vous y resterez peu de temps, mon parrain.

— Justement, ça n'en vaut pas la peine. Qu'elle attende à l'automne, nous y passerons six mois si elle veut. Je ne demande pas mieux que de te faire connaître la capitale (vieux style) ; mais choisissons le moment propice. Quant à se jucher, en plein mois de mai, à un quatrième, d'où l'on a pour perspective une ligne de toits tous semblables dans leur laideur, et sur les fenêtres des fleurs étiques dans des caisses de zinc, tu comprends qu'il n'y a rien là d'absolument réjouissant.

— Sans doute, parrain. Moi aussi, je regretterai mon beau paysage, mes collines vertes, si jolies en cette saison ; mais si c'est la volonté de ma marraine... »

Le colonel se tut ; il savait, à n'en pouvoir douter, que Mme Tréban ne prendrait conseil que d'elle-même, et qu'il se heurterait en vain à son obstination.

Après quelques tours de jardin, il remonta à son appartement, et Fauvette se rendit à la cuisine, afin d'y surveiller la cuisson du chocolat de Mme Tréban. Ce fut l'affaire de trois minutes ; disposant sur le plateau la chocolatière d'argent, la tasse et les tartines, elle prit son bouquet et alla frapper à une porte du premier étage.

« C'est toi, Fauvette ? tu peux entrer. »

Mme Tréban frisait ses papillotes devant la glace.

« Bonjour, marraine ; avez-vous bien dormi ? dit Fauvette en lui présentant son front.

— Pas trop mal. Pose ce plateau sur le guéridon. Voilà une maudite papillote dont je ne puis venir à bout.

— S'il vous plaît, marraine, j'aurai raison de cette récalcitrante. Asseyez-vous là, ce sera fait en dix secondes. »

Tout en parlant, elle roulait la papillote et achevait de coiffer la femme du colonel.

« Tu as des doigts de fée, reprit celle-ci en se regardant avec complaisance. Une dernière épingle pour assujettir ce rouleau. Là, c'est fait. Donne-moi mon chocolat; est-ce toi qui l'as préparé?

— Oui, marraine.

— Je le sentais, il est autrement parfumé que celui de Julie. Je ne sais où cette fille a fait son apprentissage de cuisinière, mais depuis cinq ans je n'ai pu encore la façonner.

— Il faut l'excuser : la pauvre fille y met toute sa bonne volonté; elle a déjà beaucoup appris, avec le temps elle deviendra tout à fait habile.

— Tu me permettras d'en douter. Je ne sais pourquoi tu excuses tout le monde, Fauvette ; à t'entendre, Grosjean est la soumission personnifiée; — Dieu sait pourtant qu'il n'obéit qu'au colonel! — les pauvres sont de braves ouvriers sans travail, ou des mères de famille bien méritantes, ou d'honnêtes vieillards; que sais-je? Si l'on prenait tes paroles à la lettre, on croirait la terre peuplée de saints, au lieu que les coquins y pullulent. »

Fauvette ne put s'empêcher de rire.

« Ne vaut-il pas mieux être un peu optimiste que de voir la pauvre humanité sous les plus noires couleurs? Je suis persuadée que les méchants le sont moins qu'on ne le pense généralement.

— Si tu ajoutais : Et les bons sont moins bons qu'on ne se l'imagine, tu serais dans le vrai. Ce bouquet est pour moi?

— Bien sûr, marraine. Je l'ai cueilli tout humide de rosée; il va égayer votre chambre.

— Il y a longtemps que tu es levée ?

— J'étais debout avant cinq heures.

— Excellente habitude! Rien de plus sain pour la jeunesse. As-tu de quoi employer ta matinée?

— Quelques reprises qui seront achevées avant le déjeuner.

— En ce cas, tu iras à la cuisine : il te faut apprendre la science du ménage; toute femme en a besoin, et toi plus qu'une autre, car tu n'as pas de fortune. »

Cette phrase, qui revenait fréquemment dans les avis de Mme Tréban à sa fille adoptive, avait pour but de lui rappeler qu'elle n'avait aucun droit à la vie large et facile; du reste la leçon était accueillie avec une soumission parfaite. Fauvette répondit :

« Vous avez raison, marraine. »

Et Mme Tréban se tint pour satisfaite.

En ce moment d'ailleurs elle se montrait peu agressive, et s'absorbait dans une unique préoccupation : le voyage à Paris. Elle revint sur ce sujet pendant le déjeuner.

« Votre parente est morte depuis six semaines, Louis, il serait temps d'entrer en possession de l'héritage. Que signifient toutes ces contestations, sinon que les hommes de loi cherchent à faire traîner les choses ?

— Diantre ! ma chère amie, je n'y puis absolument rien. J'étais le plus proche parent de Mlle Tréban, mes droits ne sauraient être méconnus.

— D'accord, mais notre présence à Paris accélérerait la solution. Cette fortune s'évaporera en procès, si vous n'agissez sérieusement.

— Il n'est point question de procès. J'enverrai au notaire les papiers qu'il réclame, et tout sera dit.

— Et après ceux-là il en demandera d'autres. Soyez logique, mon ami ; convenez qu'il faut aller à Paris. D'ailleurs, nous l'avons quitté depuis quinze ans, et l'occasion de le revoir est d'autant meilleure, que Didier sera pour nous un cicerone précieux.

— Nous le trouverons aussi bien à l'automne.

— Oui, s'il n'est à l'autre bout de la France. En vérité, Louis, ces naïvetés sont impardonnables de votre part ; ce n'est pas pour mon propre plaisir que je désire ce voyage ; non certes, j'ai l'habitude de me sacrifier à vos goûts. »

Ici un soupir bien senti. Le colonel tira nerveusement sa moustache, et la jeune fille se moucha pour dissimuler un sourire.

« Je veux montrer Paris à Fauvette, et Noëlla en profitera ; nous ne pouvons murer ces enfants dans notre petite ville.

— Je ne sache pas qu'elles se soient plaintes jusqu'à ce moment de leur genre d'existence. Enfin nous réfléchirons.

— Je ne fais pas autre chose depuis huit jours. Résumons : votre présence à Paris est indispensable ; il s'agit de partir seul ou de nous emmener. Je finirai par croire que notre société vous pèse, et que vous seriez bien aise d'en être délivré pour quelque temps.

— Clémence ! »

Le colonel, agacé, avait haussé le ton. Mme Tréban ne poussa pas l'assaut plus loin ; elle changea de conversation, et Fauvette l'y aida avec une adroite bonne grâce. Mais les opérations furent bientôt reprises avec une nouvelle vigueur ; le colonel défendait de plus en plus mollement la place, et la capitulation fut signée le surlendemain.

Mme Tréban avait pour principe qu'on doit battre le fer pendant qu'il est chaud ; en conséquence elle se hâta d'avertir le docteur.

« Je désire amuser Noëlla, dit-elle. Confiez-la-moi, elle verra son frère, et Fauvette sera enchantée. »

S'il eût consulté ses propres sentiments, le bon docteur ne se fût point séparé de sa fille; mais il vit briller d'espoir les yeux bruns qu'il aimait, et, toujours prêt à se compter pour rien, il donna son assentiment.

Noëlla en aurait volontiers sauté de joie comme jadis. C'était pourtant une grande fille; mais une pétulance d'enfant n'avait pas cessé d'éclater dans son regard, et son exubérante gaieté, si elle avait appris à se contenir devant les étrangers, s'épanchait à pleins bords dans le cercle de la famille. La perspective de vivre tout un grand mois en commun avec Fauvette la ravissait.

« Qu'as-tu à rêver? lui disait-elle. Tu regrettes notre printemps poitevin? à la bonne heure! mais Paris n'est pas un cachot, et il y aura encore des roses à notre retour. »

Les préparatifs se firent avec célérité. Mme Tréban envoya ses domestiques passer un mois dans leurs familles respectives, ferma ses portes, et le docteur Grandvallon, après avoir vu disparaître le wagon de première classe qui emportait sa famille, regagna, la tête basse et le cœur oppressé, sa maison du faubourg.

XIV

« C'est donc là Paris ! »

Cette exclamation est due à Noëlla, qui, penchée sur un balcon d'hôtel, regarde curieusement le spectacle animé de la rue.

Il est huit heures du matin. Les ouvrières en jupon court, la boîte au lait à la main, se rendent chez la crémière; les marchands poussent leurs voitures en même temps que leurs cris monotones ou aigus : « Limande à frire, à frire! — Au mouron, au mouron pour les petits oiseaux! — A la barque, à la barque! etc. etc. » Déjà les passants s'arrêtent devant les marchands de flan et de pommes de terre frites, et, tout en marchant, plongent les doigts dans le cornet ou mordent dans la lourde pâtisserie; les gens affairés se bousculent; les voitures roulent sans interruption sur le macadam. Noëlla porte en riant les mains à son front.

« Quel tapage! dit-elle. On croit sentir sa tête se fendre, mais c'est très amusant. Que fais-tu là-bas, Fauvette? Tu ne jouis de rien, ma pauvre amie.

— Je remets un peu d'ordre dans cette caisse bouleversée, Noëlla.

— Ah! oui, la fameuse caisse qui est si drôlement tombée sur le trottoir. Dieu! que j'ai ri de bon cœur! De ma vie je n'ai vu une mine plus divertissante que celle de ce pauvre employé, qui restait debout sur l'omnibus en regardant la poignée demeurée dans sa main. Ma tante ne riait pas, elle. Quels yeux fulgurants! Le brave homme a cru, bien sûr, qu'elle voulait l'avaler.

— Tu es trop moqueuse, Noëlla. Sois raisonnable, je t'en prie.

— Eh bien, sois complaisante, viens sur ce balcon; je ne te donnerai pas de repos jusque-là. »

Fauvette jeta un dernier coup d'œil sur les vêtements pliés et empilés, ferma la caisse et rejoignit son amie.

« Ça ne ressemble guère à Blanzay, hein?

— C'est étourdissant, dit Fauvette. On s'en amuserait un moment, mais la lassitude viendrait; mon parrain a choisi un quartier bien bruyant, il me semble.

— Il a fort sagement agi, ma chère; quant à vivre un peu à Paris, il faut être au centre. La vue n'est pas si laide ici. Sais-tu que ce dôme étincelant est celui des Invalides? Ma tante me l'a dit hier au soir, mais tu n'étais pas là. A propos, n'est-elle pas encore éveillée, ma tante?

— Je ne le pense pas; deux fois je suis allée écouter à sa porte, on n'entend rien.

— Aussi elle a la chance de n'être pas bercée par ce roulement perpétuel; c'est pour ce motif, je le devine maintenant, qu'elle a choisi la chambre qui donne sur la cour. Celle-ci était bonne pour nous : la jeunesse doit avoir des habitudes matinales, tu sais; c'est une de ses maximes.

— Malicieuse!

— Ma très chère, c'est la faim qui aiguise ma verve; j'ai l'estomac dans les talons, et si ma tante ne s'éveille de bonne grâce, j'irai battre de la grosse caisse à sa porte.

— Fauvette! appela la voix de Mme Tréban.

— A la bonne heure! ce n'est point trop tôt. » s'écria Noëlla.

Pendant le premier déjeuner que l'on prit chez Mme Tréban, on discuta l'emploi de la journée. La femme du colonel daigna s'enquérir de l'avis de chacun, sauf à décider en dernier ressort.

« Avant tout, déclara-t-elle, il importe de voir Mme de Limard. Cette charmante femme a fait, sur ma recommandation, si bon accueil à Didier, elle lui a ouvert sa maison avec une telle bonne grâce, que nous lui devons une visite empressée.

— Oui, mais une visite ne peut se faire le matin, fit observer le colonel.

— Nous prendrons cette matinée pour nous reposer, puisque Didier ne sera libre que dans l'après-midi. »

Le lieutenant Grandvallon ne se fit point attendre. Il n'avait vu ses sœurs, — il les nommait toutes deux ainsi, — qu'à la lumière du gaz et fut ravi de les contempler au grand jour. Quelques mois suffisent pour faire d'une adolescente une jeune fille. Didier en fit la remarque à propos de

Noëlla; quant à Fauvette, il se contenta de l'envelopper d'un regard franchement admiratif.

Les toilettes s'achevèrent en un clin d'œil. Fauvette et Noëlla portaient des costumes bleus qui leur seyaient à merveille; le lieutenant se sentit tout fier d'escorter de si jolies sœurs.

Mme de Limard, veuve d'un commandant d'artillerie, avait connu très intimement le colonel et sa femme; ses relations avec cette dernière

Les ouvrières, la boîte au lait à la main, se rendent chez la crémière.

s'étaient continuées, après leur séparation, par une correspondance intermittente, mais toujours amicale. Lorsque son neveu fut envoyé en garnison à Paris, Mme Tréban le recommanda à son amie, qui fit au jeune officier le plus bienveillant accueil. Elle se plaignit que l'exiguïté de son appartement de l'avenue de Breteuil ne lui permît pas d'y offrir l'hospitalité à ses visiteurs et se mit, elle et ses filles, à leur disposition. Pendant qu'elle entamait une conversation rétrospective avec la partie sérieuse de la société, Gabrielle et Marthe de Limard se rapprochèrent des jeunes filles; elles avaient l'amabilité de leur mère, la connaissance se fit promptement.

« Ce sont là les charmantes sœurs dont le lieutenant nous parlait si souvent, dit à demi-voix Mᵐᵉ de Limard. Il faut avouer qu'il ne les avait pas trop vantées.

— Noëlla seule est la sœur de Didier, répondit le colonel. Fauvette est notre filleule, ou, pour mieux dire, notre fille adoptive.

— Je vous en félicite, elle est ravissante.

— Oh! c'est une bonne enfant, dit Mᵐᵉ Tréban, et nous n'avons jamais regretté nos bienfaits. »

Le temps était magnifique, Mᵐᵉ de Limard proposa une visite au Louvre; Marthe et Gabrielle allèrent revêtir leurs toilettes de ville, et l'on partit gaiement.

Cette première excursion en commun fut trop agréable pour ne pas se renouveler; et, le ciel demeurant uniformément pur pendant les quinze jours qui suivirent, nos amis se promenèrent beaucoup sans que le colonel négligeât ses affaires. Le soir où il fut mis en possession d'un héritage de six cent mille francs, il dit à sa femme :

« Nous ne comptions pas sur cette augmentation de notre fortune, Clémence; en distraire une partie ne sera faire aucun tort à Noëlla et à Didier.

— Qu'en prétendez-vous faire? demanda-t-elle.

— C'est tout simple : nous y taillerons une dot à notre Fauvette.

— Nous mûrirons ce dessein, mon ami, reprit-elle d'un ton posé, et plus tard nous verrons. »

Le colonel se dit que c'était tout vu; il avait sur ce point des idées arrêtées et n'y voyait point d'obstacles sans doute, car il murmura un « Mille bombes! » de satisfaction.

Sur ces entrefaites, le temps changea subitement, et plus d'une fois une grosse averse empêcha la promenade. Mᵐᵉ Tréban s'en montrait contrariée, mais les jeunes filles, et surtout le colonel, moins infatigables, se résignaient de bonne grâce. En ces occasions on avait pour refuge le salon de Mᵐᵉ de Limard, et les causeries et la musique faisaient si bien couler les heures, qu'on ne s'apercevait pas de leur fuite. La jolie voix de Fauvette était fort appréciée par ses nouvelles amies.

Un après-midi où le soleil, perçant les nuages, avait permis une sortie sur le boulevard, Mᵐᵉ de Limard aborda une femme très-distinguée, vêtue de noir, et lui dit quelques mots à demi-voix; l'inconnue répondit en saluant :

« Je vous remercie de vos renseignements, Madame, et j'aurai l'honneur de me présenter chez vous pour traiter cette question. »

Fauvette eut le temps de remarquer que la dame en deuil gardait, sous ses bandeaux argentés, des traits fins et purs qu'aurait enviés plus d'une jeune femme ; une profonde tristesse, mélangée d'une espèce de sérénité, avait mis un cachet particulier sur ce beau visage, dont l'aspect causa à la jeune fille une sensation d'attendrissement.

Aussi prêta-t-elle l'oreille quand Noëlla demanda qui était cette personne.

« C'est la baronne du Houdoy, répondit Marthe. J'ai entendu dire qu'elle a subi de rudes épreuves. Son mari et sa fille unique lui ont été enlevés lorsqu'elle était fort jeune encore, et c'est probablement pour cette double raison qu'elle n'a jamais quitté le deuil. Sa vie se passe en bonnes œuvres ; maman l'a vue dans les hôpitaux, et ce qu'elle nous a rapporté est tout bonnement héroïque. Il arrive souvent, par exemple, que la baronne prenne un grand tablier comme les sœurs et les aide à soigner leurs malades ; mais savez-vous sur qui se porte son choix ? sur les plus rebutants, ceux qui ont des plaies ou des fièvres contagieuses. Elle ne craint aucun danger, se penche sur ces malheureux, les panse, les console, les embrasse, respire sans répugnance leur haleine empoisonnée et leur parle du bon Dieu, de la patience, de l'espoir même, de façon à tirer les larmes des yeux.

— Quel courage ! dit Noëlla. »

— Et, chose étrange, quoiqu'elle semble délicate, elle n'est jamais malade, fit Gabrielle. Les pauvres gens dont elle s'occupe sont assurés de sortir de la peine ; elle ne se borne pas à des secours passagers : elle procure du travail aux ouvriers, paye le médecin et les remèdes, habille les enfants et les place à l'école ou en apprentissage ; on dit qu'elle témoigne plus d'affection aux tout petits, sans doute en mémoire de sa fille. Maman l'appelle une sainte. »

Fauvette avait avidement écouté Mlles de Limard. Sans savoir au juste pour quelle raison, elle éprouvait une soudaine sympathie à l'égard de la baronne. Elle attribua ce sentiment à l'éloge qu'elle venait d'entendre. Ce n'était pas une âme vulgaire que celle qui savait ainsi sanctifier ses douleurs.

« J'aimerais à la revoir, » se dit Fauvette.

La Providence exauça ce désir. Le surlendemain Mme Tréban et les jeunes filles étaient chez Mme de Limard, lorsqu'on annonça la baronne du Houdoy.

Il pleuvait ; on s'était groupé autour du piano, et Fauvette chantait la ballade du roi des Aulnes. Au nom de Mme du Houdoy, elle quitta précipitamment le tabouret ; la baronne salua avec une grâce exquise, et, s'adressant aux jeunes filles :

« Je vous ai bien malencontreusement interrompues, Mesdemoiselles. »

Elles rougirent, et balbutièrent toutes ensemble une protestation inintelligible.

« L'une de vous chantait, reprit-elle doucement. Laquelle? je l'ignore. »

Tous les yeux se tournèrent vers Fauvette; la baronne le devina à son embarras.

« Ma chère enfant, dit-elle en lui prenant la main, et Fauvette tressaillit à ce contact, faites-moi la grâce de continuer. Depuis longtemps je ne fais plus de musique, mais je l'aime toujours. »

Elle enveloppait la jeune fille d'un regard caressant. Fauvette reprit la ballade, et mit dans son chant une sensibilité qui lui donnait un charme de plus; quand elle acheva :

« L'enfant était mort, »

La baronne pleurait.

« Merci, chère enfant, dit-elle. Oh! que vous m'avez fait de bien! »

Et Fauvette sentit sur son front des lèvres brûlantes.

Presque aussitôt la baronne quitta le salon pour s'entretenir en particulier avec Mme de Limard. Au moment de prendre congé, elle dit en hésitant un peu :

« Quelle est cette jeune fille qui a chanté?

— La filleule du colonel Tréban. Ce sont des Poitevins de nos amis, nous sommes heureux de les posséder momentanément. Fauvette a, en effet, une voix charmante.

— Ah! elle s'appelle Fauvette, murmura Mme du Houdoy avec une sorte de désappointement.

— Oui, Madame. Ce nom, il est vrai, est un peu étrange.

— Il lui va très bien, » dit la baronne en baissant son voile.

XV

Fauvette emporta de cet incident une impression qu'elle jugea bizarre, et par conséquent ne confia à personne. Comment un mot et un baiser avaient-ils à ce point remué son cœur? Était-il sage de s'attacher à une étrangère qu'elle n'était point destinée à connaître? Après s'être répété ces choses et d'autres encore, elle imposa silence à ses sentiments et se promit d'écouter seulement langage de la raison.

Le colonel songeait au départ; il avait assez de Paris, des courses interminables, des stations dans les magasins. Mme Tréban n'était pas si pressée, mais Noëlla appuya son oncle; les lettres du docteur prouvaient qu'il avait soif de sa fille. Fauvette n'émettait point d'avis, mais chaque fois que sa marraine ajournait le retour à Blanzay, il passait une lueur joyeuse dans ses grands yeux.

Cependant vint un moment où il fut impossible de différer; Paris brûlait littéralement les pieds du colonel.

« Quand partons-nous, Clémence? demanda-t-il un soir de sa voix la plus retentissante.

— Mon Dieu, Louis, la semaine prochaine si vous le voulez.

— Lundi?

— Oh! non, le lundi est un jour incommode. Mardi,... je ne vois nul inconvénient pour mardi.

— C'est dit; notez mardi sur vos agendas, petites.

— Il y a mieux à faire, mon oncle : je vais écrire à papa. Une fois qu'il aura été averti, ma tante ne pourra plus se dédire, » murmura Noëlla à l'oreille du colonel.

Elle alla griffonner sa missive, et Fauvette, rêveuse, s'accouda sur le balcon.

Elle ne pouvait se défendre d'une certaine mélancolie. Qu'y avait-il pour elle dans ce Paris? quel lien y retenait son cœur? Elle s'interrogea, et, de bonne foi, elle crut s'être singulièrement attachée aux dames de Limard; car, c'était un fait, Fauvette préférait la pluie au plus gai soleil, et cela parce que la pluie amenait une réunion dans le salon des aimables Parisiennes; mais ce qu'elle ne s'avouait pas, c'est que cette grande passion datait du jour où elle y vit la baronne.

Dès le lundi au matin, il fallut préparer les bagages. Noëlla chantait, Fauvette faisait des efforts pour sourire.

« Si tu attendais que nous ayons dit adieu à Paris pour en prendre le deuil, dit Noëlla. Quelle mine d'enterrement tu fais!

— Qui? moi? balbutia Fauvette d'un air si surpris, que sa compagne se mit à rire.

— Eh! oui, toi. D'où viens-tu, ma pauvre chère? Vas-tu rapporter à Blanzay cette figure joyeuse?

— Mais... je suis très contente, Noëlla, je t'assure.

— Et quand même elle serait un peu triste, dit affectueusement Didier. Tu ne penses pas, toi, méchante, au pauvre frère abandonné?

— Oh! si fait, s'écria Noëlla. Si je pouvais t'emmener, je ne regretterais rien. »

Le lieutenant soupira. Combien Paris lui paraîtrait vide désormais! que ses loisirs seraient longs lorsqu'il ne pourrait plus les consacrer à ses sœurs!

Il les accompagna pour la dernière fois chez Mme de Limard. Marthe et Gabrielle lui apprirent que la baronne du Houdoy était dans la chambre de leur mère.

« C'est ce qu'elle a coutume de faire quand elle ne veut pas être dérangée, dirent-elles; mais elle n'en a plus pour longtemps sans doute. »

Comme elles achevaient, la porte du salon s'ouvrit sous la main de Mme de Limard.

« Je viens d'apprendre votre arrivée, et je vous amène Mme la baronne, qui a une requête à vous présenter, chère madame, dit-elle à la femme du colonel.

— Une requête à laquelle, m'a-t-on dit, vous ne pourrez souscrire, fit la baronne de sa voix harmonieuse. Un sermon de charité doit être donné dimanche à Sainte-Clotilde en faveur d'une œuvre très intéressante : la fondation d'un orphelinat. Or la personne qui devait chanter un *O salutaris* se trouve enrhumée, et ne peut se charger de l'exécution.

J'ai pensé que ce morceau conviendrait parfaitement à la voix de mademoiselle votre filleule, et je suis venue demander votre adresse à Mme de Limard; mais elle a détruit mon espoir en m'apprenant votre départ prochain.

— Très prochain, en effet, puisque cette visite est notre adieu, répondit Mme Tréban. En vérité, Madame, je regrette infiniment...

— C'est à nous de regretter, reprit gracieusement la baronne. Oserai-je cependant réclamer un dédommagement? Chère enfant, vous me comprenez, n'est-ce pas? L'autre jour, votre chant m'a fait tant de bien! accordez-moi cette aumône une fois encore. »

Fauvette devint rouge comme une cerise; elle se mit au piano, et chercha parmi les cahiers amoncelés devant elle, mais il y avait un voile sur ses yeux.

« Que chanterai-je? dit-elle, très troublée.

— Ne trouvez-vous là rien qui vous plaise, chère petite? » dit Mme de Limard.

Fauvette ne voulut pas avouer que rondes et croches dansaient la sarabande sous son regard; de nouveau elle feuilleta les cahiers.

« A quoi bon tant chercher? lui dit Mme Tréban. Chante-nous ton air du Berceau, il n'y a rien que tu dises mieux.

— Oh! marraine, bégaya Fauvette.

— Eh bien, quoi? c'est une simple berceuse, mais l'effet est charmant. Allons, ne te fais pas prier ainsi.

— S'il vous plaît, Fauvette. Jamais vous ne nous avez chanté ce morceau, » supplièrent Marthe et Gabrielle.

Fauvette était au supplice. Mme Tréban ne sentait donc pas que ce chant affligerait la baronne en lui rappelant son enfant!

Il fallait obéir; la jeune fille posa ses mains sur le clavier. Aux premiers accords la baronne tressaillit; mais lorsqu'elle entendit le premier vers :

Dors, petit ange aux lèvres closes,

ses doigts se crispèrent, et son visage se couvrit d'une pâleur livide.

Nul ne le remarqua; mais à la fin du second couplet Mme du Houdoy laissa échapper un faible soupir que Didier, placé à sa droite, entendit; il se retourna et jeta un cri en la voyant fermer les yeux. On l'entoura, Mme de Limard appela ses filles.

« Gabrielle, Marthe, mon flacon de sels, vite! »

La baronne se redressa par un grand effort de volonté.

« C'est inutile : une faiblesse passagère, un rien. Votre chanson

n'est pas finie, s'écria-t-elle en dardant sur Fauvette un regard en-
flammé.

— Madame, balbutia la jeune fille.

— De grâce, achevez-la, je veux l'entendre. Ne vous troublez pas,
je serai forte. »

Il y avait une si ardente supplication dans cette voix saccadée, que
Fauvette obéit; elle chanta le troisième couplet :

> Dors, l'horizon est sans nuage,
> Et, pour te garder de l'orage,
> O ma fille! n'auras-tu pas
> Nos bras!

Un déchirant sanglot s'échappa de la gorge de la baronne, mais elle
ne faiblit point. Fauvette acheva :

> Dors : sur toutes les innocences,
> Comme sur toutes les souffrances,
> Dieu veille en Père, ô mes amours!
> Toujours.

Alors Mᵐᵉ du Houdoy marcha vers le piano d'un pas automatique, et
fixant sur Fauvette un regard qui semblait pénétrer jusqu'à son âme :

« Qui vous a appris cette chanson? »

Et l'enfant, pâle et frissonnante, ses yeux bleus rivés sur ceux de la
baronne, répondit :

« Je ne sais pas.

— Vous ne savez pas? Oh! c'est impossible. Ayez pitié, parlez; il le
faut, je le veux. »

Fauvette joignit les mains, et ses pleurs jaillirent.

« C'est la vérité. Je connais cette chanson depuis ma petite enfance;
il me semble l'avoir toujours sue.

— Mon Dieu, mon Dieu, faites la lumière, cria la baronne en tordant
ses doigts. Vous ne m'avez pas ainsi bouleversée pour me laisser dans
la suprême désespérance. Enfant, ne voyez-vous pas que c'est une
question de vie ou de mort? Cherchez, cherchez bien. Dans les jours
écoulés, une petite fille, de votre âge à peu près, n'a-t-elle pas chanté
ces couplets devant vous?

— Une petite fille? oh! non. Une femme plutôt, ma mère.

— Votre mère, où est-elle?

— Madame, Madame, que vous dirai-je? »

Et Fauvette désigna M. et Mᵐᵉ Tréban, qui, atterrés, ébahis, con-
templaient cette scène étrange, et elle cria à travers ses larmes :

« Ils m'ont arraché aux saltimbanques, ils m'ont recueillie par pitié. Je suis une enfant volée. »

La baronne porta les mains à sa gorge ; puis, saisissant les doigts frémissants de la jeune fille :

« Regarde-moi... dans les yeux, prononça-t-elle d'un ton rauque. Dis, dis, pourquoi t'appelle-t-on Fauvette?

— Les saltimbanques m'ont donné ce nom.

Aux premiers accords la baronne tressaillit.

— Mais le tien, le vrai? N'as-tu pas entendu celui-ci : Berthe? »

Fauvette tressaillit de la tête aux pieds.

« Berthe, Berthe! Oh! c'est ainsi que m'appelait maman. »

Et elle répéta avec un sanglot convulsif :

« Maman, maman! »

Une voix trempée de larmes lui répondit :

« Ma fille! »

Et la baronne l'étreignit dans ses bras.

On ne raconte pas une telle scène.

Dix minutes après, Mme du Houdoy était à demi-étendue sur le canapé, et Fauvette, assise à ses pieds, lui baisait les mains en pleurant.

On les avait laissées seules, libres de se livrer aux épanchements dont elles avaient besoin.

« Ma fille, disait la baronne, ma Berthe chérie, nous t'avons tant pleurée! Ton père me dit en mourant : « Vis pour la revoir. » Et j'ai vécu. Dieu me mettait au cœur un espoir invincible. Merci, Seigneur, vous ne m'avez pas trompée, vous avez permis qu'elle se souvînt de la chanson du berceau.

« Comme tu ressembles à ton père, ma bien-aimée! Comment ne t'ai-je pas reconnue? Et j'allais te perdre!

— Ah! voilà donc pourquoi quelque chose m'attirait vers toi. Mère, je t'aimais sans te connaître.

— Parle-moi de ton enfance, ma fille; je veux tout savoir, tout. »

Fauvette parla longtemps, glissant sur les mauvais jours, le théâtre et Rosalba, mais s'étendant à loisir sur le compte de ses chers protecteurs.

« Je ne leur ai pas même dit merci, s'écria la baronne. Où sont-ils? conduis-moi vers eux.

— Je gagerais qu'ils n'ont pas quitté la maison, répondit Fauvette en se levant. Je te les amène, mère. »

Ainsi qu'elle le pensait, ils étaient dans le salon voisin, en compagnie des dames de Limard. La baronne ne put guère les remercier que par ses larmes, mais ce langage éloquent est toujours compris. Mme Tréban elle-même était plus émue qu'elle ne l'avait été de sa vie.

« Ne partez pas encore, dit Mme du Houdoy; laissez-moi le temps de connaître les bienfaiteurs, les amis de mon enfant. »

Ils ne pouvaient résister. Didier envoya à son père le télégramme suivant : « Fauvette a retrouvé sa mère. Attendre quelques jours, écrirons détails. »

XVI

« Quel événement, mon Dieu! disait Mme Tréban en se laissant tomber sur le fauteuil de sa chambre d'hôtel. Ces choses-là vous bouleversent tellement, que je n'ai plus la tête à moi. Et vous, Louis?

— Je puis vous en servir autant, Clémence. Le cri de la baronne : « Ma fille! » m'a remué jusqu'aux entrailles. Mille bombes! c'est un changement pour notre Fauvette : orpheline il y a deux heures, maintenant fille heureuse et aimée! Je ne parle ni du nom ni de la fortune, ce sont des considérations secondaires.

— Elles ont leur prix toutefois. Voyez, Louis, Dieu m'a visiblement inspirée quand j'ai formé le dessein d'adopter Fauvette. Il est vrai que j'avais démêlé dans ses manières une distinction naturelle qui me faisait bien préjuger de son origine. Cet instinct ne me trompe pas; à première vue je reconnais les gens bien nés. »

Les vexations qu'avait subies la petite fille revinrent à la mémoire du colonel, mais il se garda de les rappeler.

« Non, je n'ai pas eu, dans le cours de ma vie, l'occasion de regretter une de mes déterminations, poursuivit Mme Tréban avec complaisance. Plusieurs personnes me blâmaient de traiter comme ma fille cette enfant sans famille et sans nom; je laissais dire et agissais à ma guise. Grâce au Ciel, l'opinion d'autrui ne m'influença jamais. Que dira-t-on maintenant? »

Et Mme Tréban se plongea avec délices dans la pensée de l'émoi que causerait à Blanzay la fameuse nouvelle. Voyant qu'elle gardait le silence, le colonel passa chez sa nièce.

Elle n'avait pas ôté son chapeau ; accoudée sur la table, le front dans ses mains, elle laissait des pleurs couler entre ses doigts.

« Qu'as-tu, ma Noëlla? dit le pauvre oncle, qui le savait bien, car son cœur aussi était gros.

— J'ai... que je suis contente et triste à la fois. Ah! mon oncle, c'est égoïste; je devrais seulement me réjouir du bonheur de Fauvette, et voilà que je pense à moi. Il me semblait, voyez-vous, que nous ne devions jamais nous séparer; et c'est fini, elle est perdue pour nous!

— Que veux-tu! ma fille, reprit le colonel en toussant pour s'éclaircir la voix, elle nous manquera beaucoup, mais il faut bien se résigner.

— C'est égal, murmura Noëlla en secouant la tête, j'avais si bien arrangé l'avenir! Je puis vous le confier, mon oncle. Je rêvais que Fauvette deviendrait réellement ma sœur, et le pauvre Didier avait fait le même rêve.

— Diantre d'enfants! N'y pensons plus, Noëlla, nous ne connaissons pas assez la mère de Fauvette. Elle ne paraît pas entichée de son titre, mais on ne peut savoir... A la grâce de Dieu! »

Pendant qu'ils s'entretenaient ainsi, la baronne et sa fille avaient oublié le reste du monde. Elles étaient rentrées à l'hôtel de la rue Saint-Dominique dans la voiture de Mme de Limard.

« Germain, dit la baronne au suisse, que les gens de l'hôtel se réunissent au salon. »

Ils obéirent, et, lorsqu'ils furent assemblés :

« Mes amis, leur dit-elle, depuis treize ans je vous ai trouvés sympathiques à mes peines; il est juste que vous partagiez mon bonheur. Dieu m'a fait aujourd'hui une grâce immense : voici ma fille. »

Des cris de joie retentirent. Les vieux serviteurs pleuraient d'attendrissement en voyant l'enfant chérie de leur bonne maîtresse. Une femme encore jeune s'avança et saisit les mains de Fauvette.

« Ah! ma chère petite demoiselle, que je suis heureuse! Je vous ai si souvent portée dans mes bras!

— Attendez! s'écria Fauvette, je vous reconnais, il me semble... Vous êtes Esther, ma bonne Esther. »

La femme de chambre porta à ses lèvres les mains de sa jeune maîtresse, mais celle-ci l'embrassa avec effusion.

Les domestiques sortis, elle fit le tour du salon, examinant les portraits de famille qui l'ornaient; soudain elle tomba sur les genoux en murmurant :

« Mon père!

— Lui aussi, tu le reconnais, mon enfant?

— Oui, mère, oui; le voile du passé se déchire. Voilà bien ses yeux bleus qui riaient en me regardant. Oh! il m'aimait bien. »

Mme du Houdoy s'agenouilla près d'elle.

« Landry, dit-elle, en joignant les mains, tu m'avais ordonné de vivre, je t'ai obéi. Que n'es-tu là, mon bien-aimé! »

Et, se relevant, elle mit, par un geste d'une simple majesté, la main droite sur les cheveux de Fauvette.

« Ma fille, prononça-t-elle, pour lui et pour moi, je te bénis. »

Nous ne dirons pas quelle fut la fin de cette émouvante journée : les épanchements mutuels, les récits dix fois répétés, dix fois entendus avec le même attendrissement. Il était minuit quand la baronne songea à prendre un peu de repos.

Dans la matinée du lendemain, la mère et la fille allèrent chercher la famille du colonel. Cette fois Mme du Houdoy avait retrouvé la parole. Elle exprima sa reconnaissance en termes si chaleureux, que Mme Tréban fut ravie.

« La baronne est une femme supérieure, dit-elle à son mari. Quelle grâce! quelle délicatesse de sentiments! C'est bien dommage que nos vies ne puissent se rapprocher, nous étions faites pour nous entendre. »

Dans son enthousiasme, Mme Tréban aurait prolongé son séjour à Paris, si elle n'eût été forcée de se rendre aux instances de son frère.

L'heure de la séparation fut cruelle. Noëlla ne pouvait s'arracher à l'étreinte de son amie.

« Chère enfant, lui dit la baronne en la serrant dans ses bras, je ne vous dis pas adieu, mais au revoir, à bientôt. Vous êtes la sœur chérie de Fauvette, à ce titre vous devenez ma seconde fille. Colonel, chère madame, vous reviendrez, n'est-ce pas ?

— Bientôt, je vous le promets, répondit Mme Tréban, pressant avec chaleur les mains de la baronne.

— J'aime peu les voyages, dit le colonel, qui faisait des efforts inouïs pour refouler son émotion, mais je ne voudrais pas mourir sans avoir revu ma Fauvette.

— Ne parlez pas de mort, cher parrain : l'absence est bien assez pénible, s'écria la jeune fille en se jetant dans ses bras.

— Heureusement M. Didier nous reste, reprit la baronne; nous le verrons souvent.

— Oserai-je, Madame ? » balbutia le lieutenant.

Fauvette le regarda d'un air de reproche.

« Enfant, murmura Mme du Houdoy, ne voulez-vous pas être un peu mon fils ! »

Il répondit en baisant la main de la noble femme.

« Un peu maintenant, dit-elle très bas, et plus tard... tout à fait, si Dieu le veut. »

Elle avait lu dans le cœur de Didier.

XVII

ÉPILOGUE

Deux fois déjà, cher lecteur, nous avons, vous et moi, franchi d'un bond plusieurs années de la vie de Fauvette. Cet exercice nous ayant réussi, rien ne s'oppose à ce que nous l'exécutions de nouveau. Nous resterons, si vous le permettez, à l'hôtel de la rue Saint-Dominique.

Il est sept heures du soir, et nous sommes en été; c'est vous dire qu'il fait très clair. Le soleil se couche derrière le rideau de la charmille; ce sont, à travers les branches enlacées, des scintillements soudains, des aiguilles de lumière, des effets ravissants. La baronne contemple ce spectacle de la fenêtre d'un petit salon. Elle n'a pas vieilli, au contraire; ses yeux rayonnent doucement; une expression joyeuse est empreinte sur son visage. Elle a traversé de pénibles épreuves, mais son regard s'est fixé sur les hauteurs, et, même à présent qu'elle est heureuse, elle ne cesse de voir au delà de la terre.

Elle tricote un bas mignon et surveille en même temps un bébé blond qui dispose sur le tapis un troupeau de moutons frisés; quand il interrompt ses jeux, l'enfant appelle la baronne de ce nom si doux à l'oreille des aïeules : « Bonne maman. »

Mais des pas et des voix se font entendre; la grand'mère pose ses aiguilles, le petit garçon dresse la tête, un officier et une jeune femme apparaissent sur la pelouse. L'officier porte les insignes de capitaine d'artillerie; il a une taille élevée, des yeux noirs, francs et fiers, et un un très bon sourire; la jeune femme, blonde et jolie, s'appuie affectueusement sur son bras.

Cependant le bébé achève de se dresser sur ses pieds et se met à

courir de cette jolie course trébuchante des enfants entre un an et
demi et trois ans. Au moment où s'ouvre la porte du salon, il crie :
« Maman! » et vient tomber dans les bras de la jeune femme; celle-ci
le saisit, l'embrasse, lui prodigue les plus tendres appellations, et cette
scène se prolonge tellement, que le capitaine lui enlève l'enfant avec
adresse.

« Il n'y en a que pour toi, Fauvette; tu me rendras jaloux, à la fin.
Elle rit et vient à la baronne.

« Mère, j'aurais dû t'embrasser la première; c'est la faute de M. Landry, dit-elle.

— Une faute que je pardonne sans peine. Eh bien, ma Fauvette,
vous avez eu un mauvais temps pour vos visites.

— Cela ne faisait rien, chère maman, puisque nous étions en voiture. Tu vois si j'ai eu raison de faire atteler, malgré Didier. Mais
admire sa mauvaise foi, il jure ses grands dieux qu'il n'a pas perdu
son pari.

— Attendu que je n'ai point parié, dit le capitaine en se rapprochant.

— Hélas! maman, c'est un monstre de fourberie. Et le voyage à
Blanzay, Monsieur?

— Mère, soyez juge entre nous, reprend Didier. J'ai dit, je le confesse, qu'il ne tomberait pas une goutte de pluie; Fauvette a répliqué :
« Nous en aurons, et je te parie un voyage à Blanzay. » Mais je n'ai
rien répondu, rien perdu par conséquent.

— C'est extrêmement juste, dit la baronne.

— Bon! maman aussi se tourne contre moi, s'écrie Fauvette. Je devrais, pour vous châtier comme vous le méritez, ne pas vous lire la
lettre qu'Esther vient de me remettre; mais je suis miséricordieuse. »

Elle tire de sa manche une enveloppe gris tendre et dit joyeusement :

« C'est de Noëlla, écoutez. »
Et elle lit à haute voix :

« Blanzay, le 12 juillet 18...

« Ma sœur toujours regrettée, ma Fauvette chérie,

« Tu ne saurais t'imaginer à quel point le temps me dure depuis
quelques semaines. C'est drôle, mais c'est ainsi; les jours se traînent
avec une lenteur désespérante. Tu sais pourtant que les occupations
ne me manquent pas, et que mes fonctions de maîtresse de maison ne
sont pas une sinécure. Fanchine vieillit; nous la ménageons, et je fais

la majeure partie de la besogne. Eh bien, rien n'y fait. Une idée fixe
me hante : il faut que je t'embrasse, Fauvette ; il faut que je refasse
connaissance avec mon beau neveu. En un an il a dû beaucoup changer,
et lui, l'ingrat! il n'a certainement gardé aucun souvenir de sa tante.

« Si tu n'as pas trop désappris ta Noëlla, tu dois savoir que les idées
ne restent jamais longtemps à l'état de germe dans sa cervelle, mais
qu'elles se transforment vite en projets bien arrêtés. A ce propos je
me suis rappelé l'observation de ma tante au sujet du premier voyage

Il crie : « Maman! » et vient tomber dans les bras de la jeune femme.

à Paris. Comme ce fut heureux pour toi, Fauvette! Si mon oncle n'eût
pas cédé?... il y a de quoi frémir! Et mon rêve non réalisé pourrait
avoir, qui sait? des conséquences aussi désastreuses... Là-dessus je me
suis mise à câliner papa. Ah! le cher père! il n'est pas bien difficile à
séduire, surtout avec la perspective de revoir ses enfants; cependant
il tient à son vieux Blanzay, à ses malades, à ses habitudes par mille
cordes invisibles, mais très réelles et passablement résistantes.

« Maintenant, ô Fauvette! admire, avec des points d'exclamation,
mon profond machiavélisme. Je ne pouvais me dire : Noëlla seule n'est
rien, c'eût été un excès de modestie; mais Noëlla seule n'était peut-

être pas assez. Je songeai donc à mettre dans mon parti une volonté
entraînante et prépondérante; en d'autres termes, je sondai adroitement
tante Clémence. O bonheur! pas le moindre obstacle de ce côté; elle
abonda sur-le-champ dans mon sens. Tu ne sais pas combien tu lui
manques, ma sœur Fauvette. Pauvre tante! elle n'a sans doute aimé
personne autant que toi. Son caractère et le mien se heurtent perpé-
tuellement, mais avec toi pas le moindre choc :-ta douceur mettait du
velours à toutes les pointes.

« Je ne te dirai pas, ma chérie, les ruses de guerre qui me font honneur et les belles attaques de notre tante. Qu'il te suffise d'apprendre
que nous partirons demain; comptez sur nous après-demain à huit ou
neuf heures, je ne sais au juste. Depuis que père est décidé, il ne parle
que de son petit-fils; le colonel rêve de toi, et ma tante se réjouit à la
pensée de juger *de visu* si vous donnez une sage éducation à votre
Landry. Elle craint, m'a-t-elle confié, les gâteries de Didier. Je crois
bien qu'elle a élaboré à ton usage un traité sur la méthode d'élever les
enfants d'après les grands principes; car j'ai entrevu dans sa malle un
mystérieux cahier brun avec ce titre moulé en belle ronde : « Conseils. »
J'en ai ri comme une folle, mais tu n'en riras pas, toi; tu seras même
capable de feuilleter le traité en question pour en extraire quelque
bonne sentence.

« Pardonne-moi mon bavardage, ce n'est qu'un pâle prélude de nos
futures causeries. Je baise de tout mon cœur les belles mains de la
chère baronne, ou plutôt, tiens, je l'embrasse tout bonnement comme
une vraie fille. Ne m'a-t-elle pas donné ce titre? Je te supplie de déposer mes plus respectueux hommages aux pieds du capitaine Didier.
Quant à M. Landry, je me fais une fête de me mettre tout entière au
service de sa *charmante* petite personne. Ce mot *charmante* est souli-
gné intentionnellement, car je suis convaincue que mon neveu est le
plus ravissant bébé de l'univers.

« Dans deux jours, dans deux jours nous nous reverrons.

              « Ta sœur,

                « NOELLA. »

« Quel bonheur! s'écrie Fauvette, ils viennent tous à la fois.

— Tous, répète Didier, dont la figure s'illumine, jusqu'à notre cher
père, qui n'a pas quitté Blanzay depuis quarante ans.

— C'est là une joie vraiment complète, dit la baronne. Je désespé-
rais, moi qui ne voyage plus, de connaître jamais ce bon docteur.
Mais Landry s'endort, mes enfants. »

En effet, le beau petit Landry, blotti sur les genoux de sa grand'mère, y avait joué tout doucement; puis, comme on ne s'occupait plus de lui, ses yeux bleus s'étaient chargés de sommeil, et sa tête s'était appuyée sur la poitrine de la baronne.

Fauvette et Didier se penchèrent et mirent un baiser sur le front de l'ange endormi. En se relevant, la jeune mère jeta autour d'elle un regard charmé et dit :

« Mon Dieu, quelle belle soirée!

— Oui, répondit la baronne en redressant sa tête pensive; la journée a été mauvaise, mais le crépuscule est bien doux. Chers enfants, ne désespérons jamais. Pour ranimer la nature et les âmes, il suffit à la bonté divine d'un sourire du soleil et d'un rayon de bonheur.

FIN DE FAUVETTE

L'HÉRITAGE

DE ROSÉLIAN

L'HÉRITAGE

DE ROSÉLIAN

I

LA FAMILLE PONTJOLIN

Les derniers feux du soleil mettent au couchant une large raie pourpre et violette. L'astre-roi quitte les hauteurs de l'azur et s'incline derrière les coteaux onduleux, laissant après lui une chaleur intense, heureusement tempérée par la brise qui vient des bois.

On est au mois de juin, et l'odeur pénétrante du foin coupé entre dans la diligence peinte en jaune qui va cahin-caha, titubant, comme un ivrogne, au trot de ses chevaux mal peignés.

L'intérieur du véhicule est occupé par quatre personnages. Le premier est un homme de trente-huit à quarante ans qui porte avec aisance l'uniforme de chef de bataillon. Sa physionomie loyale plaît à première vue : le front très découvert garde l'empreinte de la pensée, les yeux gris regardent bien en face, le pli des lèvres décèle une volonté énergique. Le sourire doit avoir un grand charme sur ses lèvres sérieuses.

Près de lui une jeune femme (nous la nommerons ainsi, bien qu'elle ait dépassé la première floraison de la jeunesse, les années ont laissé des traces si légères sur ce fin et gracieux visage!) attache un long regard sur le paysage, baigné dans les clartés du soir. Certes, le tableau en vaut la peine. La voiture suit une route étroite, bordée de grandes prairies; elle effleure en passant les beaux tas d'herbe qui sèche sur le bord; cette herbe semi-jaunie a bien un certain aspect mélancolique dans lequel l'or mouvant des sillons jette en passant un ton plus gai.

des collines en amphithéâtre enserrent l'horizon, et dans l'espace laissé libre s'étend une ligne majestueuse, une suite de superbes frondaisons au sommet desquelles des rayons s'accrochent encore, mettant des chatoiements splendides dans ce fouillis de verdure.

« C'est beau, la forêt, maman, » murmure une petite voix dont le timbre est une caresse.

La mère se détourne pour sourire à l'enfant. Celle-ci est faite assurément pour flatter l'orgueil maternel : un teint d'églantine entr'ouverte, deux rangs de perles laiteuses entre les lèvres rouges, et, comme pour produire un harmonieux contraste avec la profusion de boucles dorées qui s'échappent de dessous le chapeau de paille entouré de marguerites, de grands yeux noirs et veloutés s'ouvrant sous des sourcils châtains d'un dessin très pur. Elle porte la blanche livrée des enfants consacrés à la reine des anges, et cette parure achève de la rendre idéalement jolie.

Son frère (le jeune garçon assis à côté d'elle doit être son frère) représente à merveille le type de l'écolier en vacances, heureux d'échapper momentanément à la retenue et aux pensums. Gustave Pontjolin ressemble physiquement à son père; il a les cheveux noirs et les yeux gris; il a de plus la physionomie très espiègle. Au demeurant, tête légère et cœur chaud, studieux à ses heures, disposé à jouer des tours sans y mettre pourtant une malice bien profonde, fort apprécié de ses camarades, qui l'appellent un bon enfant : voilà le portrait en pied de Gustave.

Il juge bon de faire ses remarques personnelles, et, glissant sa tête ronde dans la portière, il s'écrie avec enthousiasme :

« C'est superbe, admirable et tout ce qu'il y a de plus commode pour faire de la gymnastique. Ça ne ressemble pas à Paris, hein, Marielle? Les arbres n'ont pas l'air d'être en carton peint; il doit y avoir là dedans des nids en quantité. Tu verras les jolis oiseaux que je t'apporterai.

— Si tu veux me faire plaisir, Gustave, tu laisseras les nids sur les arbres et les petits oiseaux dedans, dit Marielle en secouant la tête. J'aime mieux les entendre chanter en liberté que de les voir tout tristes dans une cage, comme les chardonnerets de ma marraine. »

Gustave éclata de rire.

« Elle s'imagine qu'ils sont tristes. Petite sœur naïve, va! Les chardonnerets de ta marraine sont nés en prison, ils ne peuvent regretter la liberté.

— Tant mieux! ils souffrent moins. Que ces arbres sont hauts et gros, maman! Ce sont des chênes, je crois?

— Oui, ma fille. Les chênes de Rosélian sont renommés; on n'en voit pas d'aussi remarquables aux alentours.

— Ces beaux arbres me rappellent le pays de ma mère, dit le commandant, cette rude et âpre Bretagne que son poète a si bien définie:
La terre de granit recouverte de chênes.

« Te souvient-il de notre voyage de noces, Hélène? Je n'avais
qu'un mois de congé; néanmoins je te proposai une promenade
en Suisse ou une vue à vol d'oiseau de l'Italie. Je ne sais comment tu

Mᵐᵉ Pontjolin sourit doucement.

devinas mes secrètes aspirations; mais tu fis battre mon cœur en me disant : Si nous allions voir la Bretagne? »

Mᵐᵉ Pontjolin sourit doucement.

« J'ai rapporté de ce rapide voyage une des meilleures impressions
de ma vie, dit-elle. Je savais que le pays de ta mère te tenait fort au
cœur, et je voulais, sur ce point comme sur tous les autres, partager tes
sympathies. Ces quelques semaines furent remplies d'un bonheur sans
mélange. Toujours ensemble et la main dans la main, nous contem-
plions, nous admirions, nous faisions surtout des projets d'avenir; et
puis tu me faisais l'historique des lieux que nous traversions, tu rem-
plissais les lacunes de mon éducation géographique et artistique. Je

revois la lande de Carnac, et j'entends encore ton éloquente dissertation sur les monuments des druides.

— Ma pauvre femme! fit l'officier en riant, j'étais si pédant que cela?

— Que parles-tu de pédanterie? Tu m'intéressais beaucoup; je n'ai jamais écouté un professeur avec autant de plaisir.

— Tu me flattes. Mais si je n'ai pas gardé mémoire de mes discours sur l'archéologie et l'histoire, en revanche je retrouve intacts tes enthousiasmes en face de l'Océan, tes poétiques inspirations, toutes fraîches comme ton esprit. Tu m'élevais de mon terre-à-terre. Enfin nous étions parfaitement heureux, il n'y avait pas un nuage dans notre ciel.

— Hélas! nous ne prévoyions pas la mort si subite de mon pauvre père. »

Elle s'interrompit, sentant sa voix s'altérer sous l'empire d'une émotion qu'elle était impuissante à contenir. Ses yeux humides rencontrèrent ceux de son mari, pleins d'une calme et forte tendresse, et leurs mains s'étreignirent silencieusement.

La voiture fit à ce moment un brusque cahot dont Gustave profita pour exécuter un saut extravagant et donner du nez sur les genoux de sa sœur.

« Paix! Gustave, fit un peu sévèrement M. Pontjolin. Que signifient ces folies?

— Papa, ce n'est pas ma faute. Ces chevaux vont comme le vent sur une route pleine d'ornières; ils ne seront satisfaits que s'ils parviennent à nous rompre le cou. »

Il n'y avait pas un quart d'heure que l'écolier déclarait le voyage stupide et interminable avec ces bêtes efflanquées, qu'on devrait bien laisser finir tranquillement leurs jours à l'écurie.

Marielle prévit une réprimande à l'adresse de son frère et se hâta de la prévenir.

« Petite mère, nous irons souvent dans la forêt, n'est-ce pas? Vous me ferez voir le gros arbre où vous vous étiez cachée, le soir que aviez si grand'peur.

— Quel soir? demanda Gustave. Maman ne m'a jamais conté cette aventure.

— Conte-la, Hélène, dit le commandant. Ce récit charmera la fin du voyage, car nous approchons de Bois-l'Abbé, je crois.

— L'aventure, pour parler comme Gustave, est des plus simples, mon ami. J'y jouai tout bonnement le rôle d'une désobéissante, ce qui est loin d'être édifiant.

« Je n'avais que six ans, et défense m'était faite d'aller seule dans la forêt. Mon père m'y conduisait le dimanche; il était l'unique médecin du bourg, et on venait le chercher d'assez loin. C'est vous dire que la semaine entière se passait pour lui en courses à droite et à gauche.

« Un dimanche, je tombai en contemplation devant un nid de bouvreuils. La mère semblait si empressée et les petits étaient si drôles avec leur tête toute nue et leur bec ouvert au large! Le lendemain, au cours de ma récréation solitaire, une violente tentation m'assaillit. Mes bouvreuils me trottaient par la tête; je trouverais bien mon chemin toute seule; je verrais s'il leur était poussé des plumes, et papa n'en saurait rien. Un peu plus tard d'ailleurs je lui avouerais mon escapade; et qu'en pourrait-il conclure, sinon que j'étais vraiment assez raisonnable pour aller me promener en liberté? Bref, au bout de ces raisonnements spécieux, je sortis furtivement du préau de l'Abbaye et pris le chemin de la forêt.

« Tout alla bien au commencement; mais j'étais très petite, et la forêt très grande. Les sentiers se croisaient, s'enchevêtraient si bien, que j'éprouvai une sensation d'effroi. Je tentai de revenir sur mes pas, vains efforts! je m'enfonçai de plus en plus sous les profondeurs vertes. Et la nuit descendait... J'étais bien loin de l'Abbaye, puisque je n'avais pas entendu la cloche du dîner. La peur, une peur sans nom me saisit.

« Les contes fantastiques de Gothille me revenaient en mémoire. Partout surgissaient des fantômes; des lueurs glissaient dans le taillis, des bruits étranges bourdonnaient à mes oreilles; je croyais entendre les rugissements des bêtes féroces. Enfin, tremblant de tous mes membres, étouffant de sanglots, je joignis les mains pour demander pardon à à Dieu et me blottis, plus morte que vive, dans une espèce de niche creusée au tronc d'un vieux chêne.

« J'étais là depuis cinq minutes peut-être quand des pas résonnèrent à une courte distance. Ce ne pouvait être qu'un brigand. (Il y avait toujours des brigands dans les histoires de Gothille). Glacée de terreur, je retins mon souffle en fermant les yeux; une haleine chaude sur mes mains et un aboiement sonore me forcèrent promptement à les rouvrir.

« La voix de mon bandit se fit alors entendre : « Ici, Jupiter. A qui en as-tu? »

« Je n'en écoutai pas davantage. Avec un grand cri de joie, je tombai dans les bras du brigand, qui n'était autre que... mon oncle Romain de Rosélian.

« Vous devinez le reste. Le bon oncle me prit à son cou pour me ramener à la maison. A mi-chemin nous rencontrâmes mon père, presque fou d'angoisse. Il ne me punit point, ne me gronda même pas, me jugeant assez châtiée par ma frayeur. Je n'ai pas besoin de vous redire mes promesses d'obéissance.

— Promesses que tu as tenues, j'en suis certain, dit le commandant. M'étais-je trompé en disant que ton histoire nous conduirait à notre porte? Voici l'Abbaye.

— Oh! l'Abbaye! » fit la jeune femme d'une voix profonde.

Son âme tout entière passa dans ses yeux.

La voiture avait tourné le bourg sans le traverser, suivi quelque temps un chemin ombragé par de beaux platanes, gravi une pente assez raide, et s'arrêtait enfin devant un amas de constructions anciennes dont les injures des siècles ou la main sacrilège de l'homme avaient fait des ruines.

Certes, l'Abbaye devait être imposante aux jours de sa splendeur, dans ce XIIIe siècle qui fut par excellence l'âge de foi vaillante, alors que la croix se dressait au sommet des clochetons à jour, que les arceaux de pierre dont quelques-uns restaient debout soutenaient les longues galeries du cloître, que les baies en ogive faisaient étinceler les teintes éclatantes de leurs vitraux. Tels qu'ils étaient restés, ces débris du passé s'enveloppaient, surtout au crépuscule, d'un manteau de grandeur et d'austère poésie. Mais le conducteur, peu sensible à ce genre de beautés, jeta un coup d'œil distrait au vieil édifice, et, se penchant vers l'intérieur de sa voiture :

« C'est bien ici que vous descendez, monsieur l'officier? »

Sans attendre la réponse, Gustave sauta sur le chemin et s'empressa de se dégourdir les jambes au moyen d'entrechats qu'il exécutait avec une agilité remarquable. Mme Pontjolin descendit à son tour, suivie de Marielle, qui lui dit de sa plus douce voix :

« J'aimerai beaucoup l'Abbaye, maman. Mais où est donc la maison de mon grand-père? »

La jeune femme répondit en indiquant un bâtiment adossé au mur de droite et de construction beaucoup plus récente, bien qu'il n'eût pas du tout la physionomie moderne. La maison, à un seul étage, paraissait basse à côté des ruines, mais n'en avait pas moins fort bon air avec ses ouvertures irrégulières, ornées de délicates sculptures, et son portail historié de figurines quelque peu mutilées.

Un soldat se tenait sur le seuil. Il fit le salut militaire et courut à la diligence afin de recevoir les bagages.

« Où est Gustave? demanda le commandant.

— M. Gustave est déjà entré, répondit l'ordonnance; je viens d'entendre sa voix du côté de la cuisine. Par exemple, il n'est point passé par la porte. »

On ne tarda pas à retrouver le malin garçon. A cheval sur une chaise de cuisine, qu'il balançait de l'avant à l'arrière, il morigénait une vieille femme dont la face parcheminée s'encadrait dans la large coiffe du pays.

« Maman, Gothille a des desseins homicides, cria-t-il d'une voix aiguë. Rien, pas seulement un radis à se mettre sous la dent. Pour peu que cela dure, nous périrons d'inanition; je crois que je vais m'évanouir. »

Mme Pontjolin eut un sourire incrédule, tandis que la vieille servante haussait tranquillement les épaules, tout en découvrant une casserole d'où s'échappaient d'appétissantes effluves.

« La voiture a une demi-heure d'avance, dit-elle, il faudra bien que vous patientiez un brin. Je ne peux pas servir à Madame de la viande crue pour son dîner de retour.

— Ne te tourmente pas, Gothille, nous ne sommes pas si affamés, fit amicalement la jeune femme.

— Parlez pour vous, maman; moi, je suis à moitié mort. Il y a là un creux, mais un creux ! »

Et Gustave se donna deux ou trois coups de poing sur l'estomac pour affirmer sans doute l'existence de cette cavité, d'une profondeur inquiétante.

« Par quel chemin êtes-vous entré, monsieur le creusé ? » interrogea son père.

L'écolier montra le jardin qui confinait aux ruines.

« Par celui-ci, papa, et je vous assure que c'est le plus simple. Au lieu de demander des renseignements, je me suis orienté. Dieu merci, les ruines sont ouvertes à tout le monde; j'ai sauté par-dessus je ne sais combien de pierres qui parsèment une vraie prairie; ce que maman appelle le préau, je crois. Si je n'avais pas eu si grand'faim, je serais resté dans cette jolie savane, où il doit faire bon dormir à l'ombre. En furetant, je découvre une porte basse, toute cachée par le lierre. Bon, dis-je, ça mène dans le jardin. Oui, voilà bien la serrure, mais où est la clef? Je vous demande un peu à quoi sert une serrure sans clef. Très heureusement il y a, à dix pas plus loin, une gentille brèche; c'était fait comme exprès, il n'y avait qu'à passer. Tout cela m'a demandé vingt secondes, et je suis tombé comme une bombe dans la cuisine, comptant y trouver quelque réconfort. Vain espoir! pas plus de provisions que sur le radeau de la Méduse. Je comprends à présent que ces pauvres gens se soient entre-dévorés. Pour ma part, si nous ne sommes pas à table dans dix minutes, je deviens cannibale. »

Là-dessus il sortit en roulant des yeux épouvantables, de vrais yeux de cannibale, assura-t-il à Marielle, qui le suivait en riant de tout son cœur.

II

Bois-l'Abbé est un joli bourg des Deux-Sèvres, situé dans une de ces vallées pittoresques et fertiles qu'on rencontre fréquemment en Poitou. La plupart de ses maisons se blottissent au pied des coteaux, à l'ombre du clocher, dont la flèche fut brisée en 1569 par les calvinistes; quelques-unes cependant, dédaignant l'humble position de leurs voisines, ont escaladé les hauteurs; mais la plupart se sont arrêtées en chemin, et demi-timides, demi-audacieuses, s'échelonnent sur les pentes couvertes de vignes où l'on récolte un petit vin blanc qui a bien son mérite.

Somme toute, deux seulement ont osé se percher sur les sommets. Ce ne sont, hâtons-nous de le dire, ni maisonnettes au toit de chaume, ni blanches demeures bourgeoises. Nous en connaissons une, l'Abbaye; l'autre, c'est le château.

Qu'on n'aille pas se figurer par ce mot une aire d'aigle du moyen âge, avec créneaux, donjon, étroites meurtrières et chemin de ronde; le château n'a rien de tout cela. Ce n'est pas non plus une de ces constructions vulgaires dans lesquelles on a, comme à plaisir, confondu tous les styles, qui n'appartiennent à aucune époque et n'éveillent dans l'esprit ni un souvenir, ni une ombre de curiosité.

Le château, orgueil de Bois-l'Abbé, est une belle demeure Louis XIII, élégante d'aspect. La révolution lui a fait subir ses outrages : une aile a été presque détruite; mais les restaurations ont été accomplies avec un goût si intelligent, qu'on ne voit plus les ravages. Le château s'appelle Rosélian, comme ses propriétaires, qui sont aussi ceux de la forêt.

A part cet édifice et les ruines de l'Abbaye, il n'y de remarquable à

Bois-l'Abbé que la fraîcheur du site. Le sol, très accidenté, forme des plis sinueux entre lesquels serpente une rivivière au lit étroit. Ordinairement ce ruisseau est tranquille et s'encaisse en chantant entre ses rives, bordées de bouleaux et de peupliers; mais en automne, quand les pluies sont fréquentes, il se gonfle en un jour, se change en torrent et gronde jusqu'à la Cascade, chute naturelle peu profonde où l'on a établi un moulin.

Nous connaîtrons entièrement Bois-l'Abbé lorsque nous aurons jeté un regard sur l'église, assez mal bâtie et dédiée à saint Hilaire, le grand docteur si vénéré dans le Poitou, dont l'image fait l'ornement du vitrail de gauche. On aurait peine à se représenter le saint évêque sous les traits dont l'a gratifié le naïf artiste; néanmoins les bonnes gens du bourg ont une prédilection marquée pour cette peinture, probablement à cause des couleurs heurtées qui attirent l'œil.

La seconde messe vient de finir; les fidèles s'éloignent un à un. Ils sont peu nombreux, car c'est l'époque des grands travaux de la campagne. La dernière sortie est une femme distinguée, vêtue avec une simplicité de bon goût, en laquelle nous voudrons bien *reconnaître* notre *connaissance* de la veille, Mme Pontjolin.

Elle marche rapidement et déjà s'engage dans le sentier de l'Abbaye, lorsqu'une exclamation lui fait lever la tête :

« Madame Hélène! vrai, c'est vous! »

La jeune femme regarda celle qui venait de parler. C'était une paysanne de grande taille, pliant sous le poids d'un énorme sac d'où s'échappait une fine poussière blanche. Elle était d'ailleurs littéralement poudrée à frimas; le hâle même du visage disparaissait sous une couche de farine.

« Catherine! » dit au bout d'un instant Mme Pontjolin, tendant avec un sourire sa main délicate, aussitôt emprisonnée dans la robuste main de la paysanne.

« Vous ne me reconnaissiez pas, reprit-elle gaiement. Dame! quatorze ans vous changent une femme. Je ne dis pas ça pour vous, Madame, vous êtes fraîche et jolie comme à vos vingt ans. Tenez, de vous voir là, devant moi, m'est avis que j'ai fait un rêve et que nous sommes encore aux beaux jours de l'Abbaye, quand ma tante Gothille me grondait parce que je chantais, comme l'alouette, du matin au soir. Et c'est-y que vous êtes pour toujours au pays, à présent?

— Pour toujours? Oh! non, ma bonne, pas encore; nous n'y passerons que deux mois.

— Et vous retournerez dans votre Paris? s'écria Catherine avec désappointement.

— Non, grâce à Dieu. Mon mari a profité d'une occasion favorable pour accomplir mon vœu le plus cher, en permutant avec un camarade. Il commande maintenant à Thouars. Pendant qu'il sollicitait un congé, nous avons fait exécuter à l'Abbaye les réparations urgentes, afin de pouvoir l'habiter de temps en temps.

— Tant mieux, Madame, tant mieux! Puisque vous serez si près, vous reviendrez souvent. A vrai dire, je me doutais de la chose en

« Catherine! » dit Mme Pontjolin, tendant avec un sourire sa main.

voyant des ouvriers à l'Abbaye; mais il se trouvait des gens pour dire que vous aviez vendu ou loué la maison.

— Vendu ou loué la maison de mon père! Il faudrait pour cela des raisons bien graves, Catherine.

— Aussi je gardais mon sentiment là-dessus. La preuve, c'est que je ne suis pas là par hasard. Je savais que la voiture avait amené du monde à l'Abbaye, et je me suis allongée de mon chemin pour voir. J'aurais été jusqu'en haut si je ne vous avais pas rencontrée. Tout de même, avec votre permission, je prendrai un moment dans la journée pour aller embrasser ma tante.

— Vous auriez pu l'embrasser dès hier, elle nous a précédés.

— Je n'en savais rien. Elle doit se faire joliment vieille à cette heure !

— Pas trop ; elle est toujours active, soigneuse, levée trop tôt tous les matins. J'ai beau la gronder, elle m'écoute et n'en fait qu'à sa tête. »

Catherine éclata d'un rire sonore.

« Oh ! bien, c'est la même chose qu'autrefois, dit-elle. Et les petits, Madame, excusez-moi si je les appelle comme ça, ils doivent être déjà grands.

— Mon fils a treize ans ; ma fille est dans sa dixième année.

— Comme ça pousse, Madame ! Et se portent-ils bien ? On dit que les enfants sont si chétifs dans ce Paris.

— Gustave est très robuste ; ma petite Marielle nous a donné de grandes inquiétudes ; enfin le rétablissement est entier. La chère mignonne est un peu délicate. Mais nous parlons toujours de moi et des miens, Catherine. Voyons, Gothille ne sait pas au juste le nombre de vos enfants : sont-ils quatre, cinq ?

— Ils sont six, Madame, la demi-douzaine au complet. Les deux aînés ont fait leurs communions, et le plus petit marche à la lisière.

— Six enfants ! C'est une grande bénédiction de Dieu, ma bonne.

— Et bien des bouches à nourrir, Madame. »

Elle rit de nouveau.

« Bah ! nous ne nous en plaignons pas. Puisque le bon Dieu nous les a donnés, il nous donnera bien aussi les moyens de les élever, pas vrai ?

« Voilà un grand quart d'heure que je vous tiens comme ça en plein air. A tantôt, Madame. »

Elle donna une secousse au sac, ce qui saupoudra son tablier d'une nouvelle couche blanche, et elle s'éloignait quand Mᵐᵉ Pontjolin l'arrêta par le bras.

« Un instant, Catherine. Donnez-moi des nouvelles de Rosélian. »

Catherine haussa les épaules.

« Il n'y a pas un changement depuis votre départ, dit-elle. M. Romain court les bois du premier janvier au dernier décembre ; Mˡˡᵉ Lazarine fait ses visites de charité dans la matinée et s'enferme après au château ; elle est aussi maigre, son frère est aussi vert. Je ne sais pas si vous leur trouverez un cheveu blanc de plus.

— Et Mˡˡᵉ Herminie ?

— Oh ! celle-là, vous savez, on la voit tout juste le dimanche à la grand'messe, et on s'écarte devant elle autrement que devant monseigneur, quand il vient donner la confirmation. De vous dire si elle a vieilli, je n'en suis guère capable, je n'oserais jamais la regarder au visage. »

La jeune femme remercia Catherine et reprit sa route, non sans tourner la tête du côté du château, dont les pavillons jumeaux se dressaient sur la colline. Marielle accourut au-devant d'elle sur le palier.

« Vous êtes sortie sans moi, petite mère, fit-elle avec une moue caressante, tout en nouant ses jolis bras au cou maternel.

— Tu dormais, ma fille; je n'ai pas voulu troubler ton sommeil. Le voyage ne t'a pas fatiguée, tu es bien rose ce matin.

— Un si court voyage, maman! Puis la joie d'être à l'Abbaye me donne des forces.

— As-tu vu ton frère?

— Il est passé tout à l'heure par la brèche du jardin en me criant qu'il vous avait embrassée avant votre départ, et qu'il allait explorer les ruines. Puis-je le rejoindre, petite mère? »

Mme Pontjolin consulta sa montre.

« Va, dit-elle. Gothille a retrouvé hier au soir la clef de la petite porte, tu la lui demanderas. Il nous reste deux heures avant le déjeuner, je vais les mettre à profit en écrivant à Pauline.

— A ma marraine? Vous me laisserez ajouter deux lignes, maman.

— Certainement, si tu reviens un peu avant onze heures.

— Je reviendrai, » dit Marielle.

Elle jeta un baiser à sa mère et disparut.

Mme Pontjolin se débarrassa de son chapeau et s'accouda sur l'appui de la croisée, enguirlandée de roses fouillées dans la pierre avec une merveilleuse délicatesse.

A cet ornement de l'art s'ajoutait autrefois une parure naturelle et mouvante : une vigne et un chèvrefeuille enlaçaient leurs rameaux sur la façade grise. Mais le trop long abandon fut funeste aux pauvres plantes; après avoir poussé follement et sans ordre, elles furent étouffées par le lierre, grand envahisseur venu des ruines. Vigne et chèvrefeuille luttèrent en êtres vivaces; à la fin, le lierre vainqueur s'étendit à loisir sur les squelettes de ses victimes. Laurent, l'ordonnance du commandant, envoyé en éclaireur, trouva les fenêtres à demi obstruées. Armé de grands ciseaux, il tailla, trancha, mutila le lierre à son tour partout où son bras put l'atteindre, si bien que cette verdure, appliquée par places sur le mur sombre, y produisait le plus bizarre effet.

De son poste élevé, la jeune femme embrassait un paysage charmant. Le bourg à ses pieds, groupant ses maisons comme les alvéoles d'une ruche; plus loin, la vallée verte et blonde se resserrant, puis s'élargissant pour se rétrécir encore; au second plan, des groupes de toits rustiques, de blanches villas s'éparpillant un peu partout, au flanc des coteaux, sur le bord des talus, à l'ombre des bouquets de noyers ou d'ormeaux.

La chaîne des collines s'élevant à l'ouest donnait à l'horizon une perspective plus grandiose ; à l'est, Rosélian étincelait de toutes ses fenêtres ouvertes au soleil, et plus loin commençait la forêt.

« Je m'oublie, et, qui plus est, j'oublie ma lettre à Pauline, » dit tout à coup Mme Pontjolin, s'arrachant à sa contemplation.

Elle poussa dans l'embrasure un petit bureau de noyer ciré, s'assit devant et songea un instant ; puis ses traits s'éclairèrent d'un très doux sourire, et la plume courut sur le papier avec cette prestesse d'allure qui décèle une entière ouverture de cœur.

Profitons du droit acquis à tout conteur en regardant par-dessus l'épaule de la correspondante, nous lirons ceci :

« L'Abbaye, ce 10 juin 18...

« Tes yeux ne te trompent pas, ma chère Pauline ; c'est bien de l'Abbaye que je date ma missive.

« — Enfin, diras-tu, vous vous êtes décidés ! »

« Crois-tu, Pauline, que ce soit chose si facile et si promptement agencée que l'installation dans un logis délaissé depuis quatorze ans ?

« Tu me diras encore que l'installation est provisoire ; soit, mais que de visites nous ferons désormais à la chère maison ! Bois-l'Abbé ne se trouve pas sur une ligne ferrée, c'est vrai. Te l'avouerai-je pourtant ? je préfère la voiture, qui permet de jeter sur le chemin un coup d'œil moins rapide.

« Me voici donc à l'Abbaye, cette demeure de mes jeunes années, dont une longue absence n'avait pu effacer un seul détail dans ma mémoire, dont j'ai tant parlé à mes enfants, qu'ils la connaissent presque aussi bien que moi et s'y plaisent à première vue. Armand me dit hier, au moment où nous passions le seuil :

« — Voici le témoin de nos heureuses fiançailles, Hélène. C'est ici que ton père mit ta main dans la mienne en disant : Je vous confie mon unique enfant ; aimez-la bien, elle n'aura plus que vous. »

« Et mon cher mari ajouta en me pressant la main :

« — Lui ai-je fidèlement obéi, mon amie ? Es-tu heureuse ? »

« Tu devines ce que je répondis.

« — Heureuse ? oh ! oui, je le suis. »

« Mieux que personne tu as pu le constater, toi, Pauline, qui pénétras dans notre intimité ; tu as su apprécier à leur juste valeur la haute intelligence, la droiture, le grand cœur de celui dont je suis fière de porter le nom.

« — Nom plébéien, disait avec une moue dédaigneuse Mlle Herminie de Rosélian. — Eh! qu'importe, s'il est synonyme de vaillance, de loyauté, de bonté?

« Mon pauvre père l'avait bien deviné. Pressentant qu'il me manquerait bientôt, il n'aurait pas voulu me donner un appui fragile.

« Je me suis fort éloignée de mon sujet, n'est-ce pas? Mais avec toi je m'épanche sans restriction; tu me pardonneras.

« En ouvrant les yeux ce matin, je fus saisie de l'illusion du passé. La perse rose de mes rideaux, les meubles de noyer, le bénitier avec sa large coquille, la pendule et son socle recouvert de velours taillardé, bien terni maintenant, tous ces objets familiers me parlaient d'un temps qui n'est plus. Étais-je encore l'adolescente heureuse de vivre, insoucieuse de l'avenir?

« La chimère dura une minute.

« Je ne suis plus l'Hélène d'autrefois, celle que tu connus au couvent, Pauline, la plus enjouée de notre groupe joyeux. Je suis femme et mère, le devoir me réclame. Est-ce à dire que je me plaigne de mon lot? Seigneur, je serais une ingrate. Gardez-moi ceux que j'aime, et que votre Providence soit bénie!

« C'est donc une action de grâces que j'ai fait monter vers Dieu dans cette modeste église de Bois-l'Abbé qui ne te rappellerait en rien, ma Pauline, les somptueuses ou sévères basiliques de Paris; oui, une action de grâces vive et fervente, car le céleste Médecin a opéré une résurrection.

« Marielle était encore si faible et si pâle à notre départ! Tu ne me le disais pas, amie, mais je surprenais parfois dans tes yeux une telle expression, que je me détournais pour empêcher ton regard de me crier : « Tu la crois sauvée, pauvre mère! erreur et folie! Ce n'est pas la guérison, cela, c'est la langueur, une langueur sans remède. Elle s'éteindra comme une lampe qui n'a plus une goutte d'huile. »

« Et sais-tu bien que c'était navrant, Pauline?

« A Thouars, Dieu m'envoya une inspiration : je vouai mon enfant à la Mère douloureuse, je promis qu'elle porterait ses couleurs jusqu'à sa quinzième année.

« Marie m'exauça. Jour par jour, heure par heure, je vis les couleurs de la vie renaître sur les joues de notre ange; la petite fièvre qui la consumait céda, les forces reparurent.

« Je ne t'avais pas encore dit toutes ces choses; je me bornais à te donner des bulletins dont tu excusais la brièveté. A présent, tu dois être satisfaite.

« Pendant que je t'écris, Marielle est allée visiter les ruines en compagnie de son frère. Voilà un des agréments de la campagne : je puis ouvrir la cage et donner la volée à mes deux oiseaux. Toute jeune qu'elle est, ma fille est un mentor pour mon cher étourdi; elle prend son rôle au sérieux, et Gustave écoute ses conseils avec une certaine déférence.

« Quelle paix, quelle sérénité autour de moi! Que l'Abbaye est belle à cette heure où le soleil de juin l'enveloppe d'un réseau d'or! J'ai baissé le rideau pour me dérober à ses baisers ardents; mais je ne puis m'empêcher de soulever de temps en temps le voile protecteur et de jeter un coup d'œil ravi à tout ce qui m'environne.

« Je suis bien ici, entre mes chers trésors et le souvenir de mon père; mon cœur y est à l'aise; il n'y manque qu'une chose : ta présence, ma Pauline. L'an prochain, tu me l'as promis, tu délaisseras tes pénates parisiens pour notre toit hospitalier. Qui pourrait te retenir, chère solitaire qui n'as voulu contracter aucun lien afin d'appartenir tout entière à Dieu et à tes amis?

« Je clos cette longue lettre, l'heure du déjeuner approche. J'entends la voix de mon tapageur, et ta filleule accourt, me réclamant l'espace blanc que j'ai dû lui garder. Je lui cède la plume en te disant, ma plus ancienne et ma meilleure amie : A bientôt.

« Hélène PONTJOLIN. »

III

« Quel monde que ces ruines! s'exclama Gustave en faisant irruption dans la salle à manger. On y trouve de tout : des pierres tombales, des prairies jusque dans les cloîtres, des inscriptions latines, des statues auxquelles il manque un bras ou une jambe, quand les quatre membres et la tête ne font pas défaut, des fleurs, des débris de colonnes, des reptiles...

— Des reptiles! répéta vivement Mme Pontjolin, interrompant l'interminable énumération de son fils.

— O mère! Gustave exagère comme toujours, fit Marielle de sa voix douce. Nous n'avons vu que des lézards qui s'enfuyaient à notre approche. J'en ai saisi un d'un beau vert. Gustave voulait l'écraser, je lui ai rendu la liberté. Les lézards sont bien inoffensifs, n'est-ce pas, maman?

— Tout à fait inoffensifs, ma fille. A ton âge, j'aimais beaucoup aussi ces petites bêtes si vives; je leur trouvais l'air très fin avec leurs yeux brillants et ce corps délié qui se glisse comme un trait entre les pierres disjointes. Quand ils venaient à côté de moi se chauffer au soleil, je ne faisais pas un mouvement, de peur de les effrayer.

— Moi, je ne passerais pas une minute à regarder des bêtes, dit Gustave d'un ton dédaigneux, à moins que ce ne soient des bêtes curieuses comme celles du jardin d'acclimatation. Encore ce n'est pas là que j'aimerais à les voir, c'est dans leur pays même, en pleine vie sauvage; ça serait émouvant, au moins, ça vous dirait quelque chose.

— Ça me ferait très grand'peur, reprit paisiblement Marielle. Je me suis beaucoup plus amusée aux ruines qu'avec tous les animaux du jardin d'acclimatation.

— Ce n'est pas moi qui dirai du mal des ruines, riposta le jeune garçon avec feu. Je suis monté à l'assaut du grand mur de l'ouest. Figurez-vous, maman, que de là on domine tout le pays. J'y serais encore si Marielle... »

Il s'arrêta, interdit par le regard sérieux de son père, qui entrait.

« C'est probablement dans cet exercice que tu as acquis une aussi remarquable tenue, » fit observer le commandant.

Gustave s'approcha de la porte vitrée et y examina sa personne. Pantalon déchiré au genou, veste couverte de poussière grisâtre, cheveux emmêlés, mains terreuses : telle fut l'image peu flatteuse que lui renvoya le carreau. Il essaya pourtant de réclamer. « Mais, père, à la campagne...

— A la campagne comme à la ville, un pareil désordre est un manque de respect. Va changer de vêtements. »

Gustave s'éclipsa et reparut quelques instants après avec une mise irréprochable.

« Faisons-nous des visites ? demanda Mme Pontjolin pendant le déjeuner.

— Si tu le juges convenable, ma chère Hélène. Je ne connais presque personne à Bois-l'Abbé, mais je t'accompagnerai partout où il te plaira.

— Mon père avait des amis, il serait poli de les voir.

— Songe que nous ferons un court séjour à l'Abbaye, Hélène.

— Aussi je ne pense point à faire de nouvelles connaissances. Nous sommes ici pour nous retremper dans la solitude et la paix de la campagne, jouissons-en. Il est néanmoins des obligations de savoir-vivre auxquelles des sauvages même ne sauraient totalement se soustraire.

— Je me range à ton avis. Par qui commençons-nous ?

— Probablement par le curé et le notaire. Maître Hélion dirige toujours son étude, j'ai vu ses panonceaux dédorés en passant.

— Fort bien. Étant donnée cependant la susceptibilité de tes nobles parents, les châtelains, il eût peut-être mieux valu aller tout d'abord à Rosélian. »

Mme Pontjolin prit l'air rêveur.

« En vérité, dit-elle après un silence, je me demandais si nous devons nous y hasarder. J'aurais plaisir à revoir mon oncle Romain, mais j'ai conservé un souvenir un peu... amer de notre visite de noces. O mon ami ! comme elle fut froide, acerbe même envers toi, cette hautaine Mlle Herminie.

— Bah! je l'ai oublié, ma pauvre chère femme, reprit le commandant avec son bon sourire. Que veux-tu! elle était indignée, c'est le
mot, indignée de ta mésalliance, et dans cette disposition on ne choisit
pas ses termes, ou plutôt on cherche le ton le plus dédaigneux, l'expression la plus piquante pour se venger de son mécompte. Pense donc,
une Rosélian, une descendante de nobles personnages, qui avaient le
droit de monter dans les carrosses du roi, épouser un pauvre petit lieu-

Il se souriait, cambrait la taille.

tenant sans la moindre particule! Mets-toi à la place de la grande Mademoiselle, et dis si ce n'est pas trop vexant.

— Tu ris, Armand; je n'en suis pas encore là. Enfin tu as raison,
nous irons au château. Si on nous y fait grise mine, nous en aurons
pris notre parti d'avance.

— Le temps amène bien des changements, conclut l'officier avec phi-
losophie. Mlle de Rosélian a pu s'humaniser. »

Mme Pontjolin se leva.

« J'ai l'habitude d'accomplir au plus tôt ce qui me coûte, dit-elle en
souriant. Veux-tu que nous allions aujourd'hui au château?

— Je ne demande pas mieux. Tout le monde sous les armes ! »

Sur ce mot, prononcé d'un ton plaisant, on se sépara pour exécuter l'importante opération des toilettes respectives. Celle de Gustave fut si longue, que sa mère députa Marielle pour savoir s'il n'aurait pas bientôt fini.

Elle le trouva en train de minauder devant son petit miroir. Il se souriait, cambrait la taille, faisait des grâces.

« Je m'essaye à la présentation, dit-il à sa sœur. Sais-tu de quelle manière on aborde la grande Mademoiselle? Non, tu ne t'en doutes seulement pas. Je suis convaincu qu'il y a une étiquette à observer comme pour aborder le roi, du temps où il y avait un roi. Que dirais-tu de ceci? »

Il rejeta majestueusement la tête en arrière, fit quelques pas vers la petite fille, se découvrit et s'inclina si bas, que son chapeau balaya le parquet.

« Hein? voilà, j'espère, un salut aristocratique.

— Bavard, viens donc, dit Marielle en riant.

— Ma chère, pas de précipitation, il s'agit d'être digne. Rien qu'à l'idée de paraître devant cette superbe demoiselle, le sang des Rosélian s'émeut dans mes veines; je deviens grand seigneur de la tête aux pieds. »

Il se mit à brosser son chapeau avec complaisance; Marielle le saisit par le bras et l'entraîna hors de la chambre.

« Surtout, Gustave, pas de sottises, lui dit le commandant. Mlle de Rosélian peut avoir un caractère à part, elle ne prête nullement au ridicule. »

Tandis que la famille Pontjolin s'apprête à quitter l'Abbaye, un homme traverse à grandes enjambées la pelouse qui s'étend devant le château.

Bien qu'on ne soit pas à l'époque de la chasse, il porte la classique veste de velours et les guêtres jaunes du chasseur; une casquette à visière plate couvre ses cheveux gris, et un grand lévrier à l'œil intelligent bondit à ses côtés.

Maître et chien franchissent les degrés de marbre du perron et pénètrent dans un vestibule pavé d'une mosaïque éclatante. Le chasseur jette son fusil sur la table et appelle : « Florentin! »

Un vieux serviteur se présente et prend le carnier, dont le poids, pour la saison, est assez respectable.

« Emporte ça tout de suite et accroche mon fusil dans ma chambre. Je suis en retard, je crois.

— Le dîner est presque terminé, Monsieur.

— Diantre! diantre! c'est grave. J'aurai pourtant à présenter des circonstances atténuantes.

« Eh! bien, Jupiter, à quoi penses-tu? As-tu oublié que ta présence
n'est pas tolérée là où je vais? Emmène-le, Florentin. »

Le domestique saisit le chien par le collier, et le chasseur marcha vers
la salle à manger.

Cette pièce, aux vastes dimensions, n'avait aucune ressemblance avec
ses homonymes ordinaires. Six pans égaux la composaient; deux d'entre
eux étaient occupés par de superbes verrières à croisillons de pierre;
l'œil s'arrêtait charmé sur les quatre autres, couverts de magistrales
peintures. L'étranger placé pour la première fois en présence de ces
merveilles n'aurait su laquelle admirer le plus.

Le paysage oriental où l'artiste avait répandu à profusion les tons les
plus chauds de sa palette n'effaçait pas la sombre verdure des pins et
la blancheur éclatante de la neige entassée sur les montagnes de la
Norwège. Ces tableaux auraient pu s'intituler Nord et Sud.

Les deux autres ne leur cédaient pas en attrait. On était également
captivé par la touchante beauté d'Andromaque offrant le jeune Astya-
nax aux baisers d'Hector, et par la fière mine du brillant seigneur qui,
dans un bosquet du parc de Versailles, offrait une rose à la gracieuse
jeune fille debout près de lui.

Le plafond montrait un beau groupe de déesses; les rayons du soleil,
tamisés par les vitraux, mettaient des lueurs roses, bleues et dorées sur
les losanges de marbres divers qui formaient le pavé; des crédences
sculptées supportaient des porcelaines et des cristaux; la table était or-
née d'une massive argenterie.

Il semblait que cette table fût faite pour recevoir une réunion de
brillants convives; pourtant deux femmes seulement y étaient assises.
La plus âgée (peut-être était-elle plus que septuagénaire) se tenait raide
et superbe sur son haut siège armorié. Ce siège était un trône, et l'on
devinait, aux lignes inflexibles du visage de la souveraine, que sa royauté
était absolue et ses décisions sans appel.

Cette femme avait été belle dans sa jeunesse. Était-ce donc l'âge tout
seul qui avait creusé des plis si profonds sur son grand front blanc, y
posant en quelque sorte un sceau indélébile de morne tristesse? Qui
pourrait le savoir?

De sa compagne nous dirons peu de chose. Sa taille fluette disparaissait presque entièrement dans son trop vaste fauteuil; ses yeux baissés,
ses traits indécis, ses mouvements furtifs en faisaient, pour ainsi dire,
une ombre; et n'était-ce pas réellement une ombre que Mlle Lazarine,
être si insignifiant, que personne n'y prenait garde, individualité anéan-

tie dans l'individualité prépondérante de sa sœur aînée, la grande Mademoiselle, disait en riant le commandant Pontjolin ; Mademoiselle, prononçaient tout court, Dieu sait avec quelles inflexions respectueuses, les indigènes du bourg.

Le nouveau venu alla droit au fauteuil armorié et dit humblement :

« Je vous demande pardon, ma sœur, j'ai été inexact. »

Mlle Herminie leva l'index vers le cartel qui lui faisait face.

« Très légèrement inexact, fit-elle avec ironie : trente-sept minutes de retard seulement. »

Le coupable baissa la tête et se mit sans bruit à sa place ; un silence embarrassé suivit. Au bout d'un moment, M. Romain reprit en se servant une énorme tranche de pâté :

« Ce retard inaccoutumé a une cause, ma sœur. »

Voyant qu'on ne lui demandait pas laquelle, il continua :

« J'ai fait rencontre de Catherine Cormier, de la Cascade. Elle m'a conté une nouvelle qui vous intéressera comme moi : ce n'est pas pour des étrangers qu'on a réparé l'Abbaye, Hélène est de retour.

— Je ne m'étais donc pas trompée. »

Cette parole sortit, chose singulière ! des lèvres de la silencieuse Mlle Lazarine, dont les joues se teignaient d'un faible rougeur.

Mlle Herminie ne releva pas sur-le-champ l'involontaire exclamation de sa cadette. Se tournant tout d'une pièce vers M. Romain, elle dit d'un ton glacé :

« Pourquoi supposez-vous que cette nouvelle ait de l'intérêt pour nous ?

— Mais,... ma sœur,... Hélène est notre petite-cousine, balbutia-t-il avec un visible embarras ; c'est une Rosélian.

— Elle n'a pas montré qu'elle fût digne de porter ce nom, articula nettement la grande Mademoiselle, puisqu'elle l'a troqué contre celui d'un petit officier, un parvenu sorti on ne sait d'où.

— Permettez, ma sœur, interrompit M. Romain d'un accent plus ferme. M. Pontjolin appartient à une bonne famille de robe qui brilla à Poitiers d'un certain éclat, tout en ne s'enrichissant guère, ce qui, en définitive, ne prouve rien contre son honorabilité. Lui-même tenait de sa mère, qui était Bretonne, de solides principes religieux ; il avait une très belle intelligence et une conduite irréprochable. Notre pauvre cousin Auguste ne négligea aucun renseignement, il voulait le bonheur de sa fille.

— Et je vois qu'il vous a transmis les plus minutieuses indications. Quel chaleureux plaidoyer ! Seriez-vous aussi de ceux qui tendent à un nivellement chimérique en faisant litière de nos vieilles traditions, des

souvenirs de gloire de nos ancêtres, de leur sang versé sur tous les
champs de bataille; ce qui a payé amplement, je crois, les privilèges de
leurs descendants. »

La voix de Mlle de Rosélian avait perdu ses notes sèches et mesurées
pour se faire vibrante d'indignation. M. Romain ouvrait la bouche, mais
elle ne lui laissa pas le temps de placer une réponse, et, reprenant son
ton ordinaire :

Marielle contemplait en souriant cette ravissante image.

« Qu'entendiez-vous par votre « Je ne m'étais pas trompée » de tout à
l'heure, Lazarine ?

— Une chose très simple, dit la cadette d'une voix dont elle semblait avoir brisé volontairement les cordes, de même qu'elle paraissait
avoir éteint à plaisir le rayon de son regard : j'avais cru reconnaître
Hélène dans une jeune femme entrevue ce matin à l'église.

— Fort bien. Le sujet est épuisé, je pense. »

On se tut. Un domestique apportait le café; Mlle Lazarine, qui n'en
prenait jamais, versa et sucra celui de sa sœur, sans empressement et
en silence. La grande Mademoiselle savoura à petites gorgées le moka

brûlant, remit sur la soucoupe la tasse de vieux Saxe dans laquelle elle le buvait depuis cinquante ans ; puis, redressant sa taille majestueuse, elle marcha vers le salon voisin.

Mlle Lazàrine la suivit comme un fidèle satellite, s'assit presque à ses pieds sur une chauffeuse et se mit à coudre activement une brassière d'étoffe commune.

Toute l'année elle travaillait pour les pauvres; cette occupation ne répugnait point à la grande Mademoiselle, qui daignait parfois y prendre part. Ce serait se méprendre sur cette étrange fille que de la croire dépourvue de cœur; elle savait donner, même très largement; au commencement de chaque hiver, elle remettait une forte somme au curé de Bois-l'Abbé en lui disant :

« Disposez-en comme vous l'entendrez, vous connaissez mieux que moi les misères de vos paroissiens. »

Mais si le prêtre tentait de l'intéresser au sort de telle famille, s'il l'engageait à visiter quelque humble toit où la maladie exerçait ses ravages, elle répondait avec un triste et hautain sourire :

« N'insistez pas. Vous savez que je ne sors jamais, si ce n'est pour remplir le précepte dominical. D'ailleurs, je ne saurais plus prendre goût à rien. Tout ce que je puis, c'est de permettre à Lazarine d'y aller. »

Et Mlle Lazarine allait, emportant, avec l'autorisation de son aînée, le sucre, le vin, le bouillon, les chauds vêtements faits par ses mains.

Les deux sœurs n'avaient pas échangé une parole lorsque M. Romain vint les rejoindre. Il paraissait préoccupé, fit quelques pas dans le salon, et, s'arrêtant soudain :

« Un mot, ma sœur : si Hélène et son mari se présentaient à Rosélian, comment les recevriez-vous ? »

Dix secondes s'écoulèrent. Quelque chose soulevait singulièrement le corsage de Mlle Lazarine.

« Mon frère, prononça enfin Mlle Herminie, si ces... personnes n'ont pas perdu la plus élémentaire notion des convenances, si elles viennent au château, je les recevrai comme je le dois, avec politesse. »

A cet instant précis, un laquais annonça :

« M. le commandant Pontjolin, Mme Pontjolin. »

M. Romain regarda Mlle Lazarine; celle-ci contemplait avec une scrupuleuse attention la rosace du tapis.

La grande Mademoiselle se taisait. Pourtant elle fit un signe au domestique.

Le cœur de Mme Pontjolin battait un peu plus fort que de coutume au moment où elle pénétra dans ce salon connu où elle se sentait étrangère, mais cette émotion n'eut d'autre résultat que de nuancer ses joues d'un incarnat plus vif.

Mlle Herminie ne fit pas un mouvement pour aller au-devant de ses visiteurs ; elle resta debout devant son fauteuil et répondit à leur salut par sa plus solennelle révérence.

« Vous n'avez donc pas tout à fait oublié notre pauvre coin de province? dit-elle à la jeune femme. Après une aussi longue absence, je ne pensais pas qu'il me fût donné de vous y revoir jamais. »

Ses yeux s'abaissèrent froidement vers les deux enfants ; ils glissèrent sur Gustave ; mais quand ils rencontrèrent le charmant visage et les splendides boucles blondes de Marielle, elle tressaillit tout à coup.

Personne, hors Mlle Lazarine, ne le remarqua. La cadette de Rosélian remarquait-elle donc quelque chose ?

En ce moment elle approchait des sièges, et répondait d'un ton très bas aux avances gracieuses de la jeune femme et du commandant; en revanche, son frère se montrait plus empressé, plus cordial que jamais. On le voyait, il cherchait à atténuer, autant que cela était possible, la sèche réception de la grande Mademoiselle.

Après tout, M. et Mme Pontjolin ne s'étaient pas attendus à plus d'aménité; la première impression passée, ils entamèrent de bonne grâce une de ces conversations décousues qui font passer le temps strictement exigé pour une visite de cérémonie, et dans laquelle M. Romain demeura leur principal interlocuteur.

Les enfants, désœuvrés, regardaient autour d'eux. C'était là, évidemment, un salon de famille : le livre entr'ouvert et la corbeille pleine de lainages, de tissus grossiers et de pelotons de toute nuance et de toute grosseur le disaient à l'envi. Les meubles anciens et commodes avaient des formes simples, le tapis s'amincissait; la recherche était bannie de cette pièce, que décoraient seulement une dizaine de beaux portraits encadrés d'or. En s'approchant de ces toiles, on aurait lu dans un coin plus d'un nom célèbre. Il y avait là de brillants seigneurs, un évêque, un abbé, une chanoinesse qui ressemblait à Mlle Herminie. Le dernier, à droite de Marielle, représentait une très jeune fille dont la beauté radieuse n'avait pas atteint encore son plein épanouissement; c'était une figure charmante, des traits fins, éclairés par un sourire enchanteur, une masse de boucles d'or pâle tombant sur un cou de cygne.

Marielle contemplait en souriant cette ravissante image; elle tressaillit en entendant une voix altière et profonde.

« Saviez-vous que cette dame fût une de vos aïeules, petite fille ? »

L'enfant détourna la tête et devint rose comme une pivoine en rencontrant le regard interrogateur de la grande Mademoiselle.

« Je l'ignorais, Madame, balbutia-t-elle.

— Cela est pourtant. La comtesse Raymonde, deux fois Rosélian, par sa naissance et par son mariage, eut deux fils : le comte Jacques et le chevalier Louis de Rosélian, votre bisaïeul. Le fils de ce chevalier Louis fut Auguste de Rosélian, le père de votre mère. Tout finit avec ce nom, » ajouta-t-elle brusquement.

L'entretien avait été rompu par l'énoncé de cette généalogie; tout le monde se taisait.

« Vous qui êtes fort sur les ressemblances, Romain, reprit Mlle Herminie, comment n'avez-vous pas saisi tout de suite ce qui m'a sauté aux yeux? »

Elle désignait, sans s'expliquer davantage, le portrait de la comtesse Raymonde et la petite fille rougissante.

« C'est vrai, c'est bien vrai, s'exclama M. Romain, cette enfant est l'image vivante de notre aïeule.

— Quel âge a-t-elle? poursuivit Mlle de Rosélian.

— Marielle a neuf ans passés, Mademoiselle.

— Marielle! quel nom étrange!

— Un nom breton, dit le commandant, celui de ma mère, qui, si elle eût vécu, eût été la marraine de notre fille. »

Ce souvenir parut contrarier Mlle Herminie; elle se tut, mais garda les yeux attachés sur la petite fille avec une singulière persistance. Marielle ne laissait pas d'être gênée de cette fixité; M. Romain la tira de peine en la faisant causer, de même que Gustave.

« J'aime beaucoup les enfants, » assura-t-il.

Ce mot, tout naturel, amena sur ses lèvres joviales un mélancolique sourire et fit passer un nuage sur le grand front de sa sœur aînée.

Pourquoi? Le commandant se le demanda. Ces vieillards regrettaient-ils de ne pas voir une tête blonde près de leurs têtes blanchies? Peut-être; mais le passé ne se rachète pas.

La famille Pontjolin emporta de cette visite des impressions multiples. La grande Mademoiselle avait été sèche et peu bienveillante, mais M. Romain s'était montré franchement satisfait du retour de celle qu'il appelait, comme par le passé, sa nièce Hélène, et Marielle confia à sa mère que Mlle Lazarine lui avait souri très doucement au départ.

Quant à Mlle Herminie, elle demeura longtemps songeuse. A la fin, se tournant vers sa sœur, qui cousait toujours à son ombre :

« Lazarine, dit-elle, cette petite n'est pas du tout Pontjolin; sa figure et sa démarche sont du Rosélian tout pur. Ne le trouvez-vous pas? »

Mlle Lazarine fit un geste d'approbation. La grande Mademoiselle poussa un soupir et résuma ainsi ses pensées :

« Quel dommage que ce ne soit pas un garçon ! »

IV

Les douze coups de midi tintaient à l'horloge de l'église quand la porte de l'Abbaye s'ouvrit devant Gustave et Marielle. Ils mettaient à profit leurs derniers jours de pleine liberté. Le commandant l'avait dit, le lundi suivant verrait reprendre les études de Gustave, trop longtemps interrompues au meilleur temps de l'année scolaire. Il avait bien été question, lors du départ de Paris, de le laisser à son collège; mais une épidémie de rougeole vint à sévir, et l'écolier fut emmené, à son parfait contentement.

Dès le lendemain de l'arrivée à l'Abbaye, le commandant dit à son fils :

« Il s'agit maintenant de rattraper le temps perdu. Tu achèveras ta quatrième sous ma direction, afin de gagner une bonne place de rentrée; nous avons surtout à piocher les mathématiques.

— Monstres d'X! grommela Gustave en montrant le poing aux théorèmes en expectative.

— Nous travaillerons tous les deux, fit gentiment Marielle. Vous recommencerez bien à me donner des leçons, maman, s'il vous plaît; j'ai fait assez longtemps la paresseuse. »

Les choses ainsi entendues, on ne songea plus qu'à employer consciencieusement la semaine qui restait. Déjà les enfants connaissaient les environs de l'Abbaye; ils avaient grimpé sur les coteaux, visité la Cascade et fait connaissance avec la famille du meunier. Marielle embrassait de bon cœur les marmots barbouillés de miel, lesquels, la trouvant de leur goût, s'accrochaient à sa robe et refusaient énergiquement de la laisser partir, tandis que leurs aînés dévoilaient à Gustave les mystères de la pêche aux écrevisses qui peuplaient le ruisseau.

Toutes ces choses étaient du plus haut intérêt; mais la forêt possédait aux yeux des deux enfants un attrait particulier, et pas un jour ne s'écoulait sans qu'ils vinssent sous ses beaux ombrages. Leur mère les y accompagnait souvent; cependant l'ardeur du soleil la faisait parfois reculer, ainsi que ce jour-là.

On avalait l'air embrasé à grandes bouffées, et Marielle, après avoir commencé à courir près de son frère, s'arrêta bientôt pour s'éponger le front avec son mouchoir. Un lourd silence planait sur la campagne; pas une feuille ne remuait; les insectes se taisaient, perdus dans l'herbe grillée. La petite fille laissa Gustave aller en avant et se mit à marcher posément, en cherchant l'ombre des platanes plantés au bord du chemin. De loin Gustave lui criait :

« Dépêche-toi donc, il fait si bon ici ! »

Elle continua d'avancer à petits pas, admirant les jeux de la lumière dans le feuillage sombre de la forêt, dont les premières masses étaient tout près maintenant.

Lorsqu'elle eut atteint ces ombres grandioses et que ses yeux se furent habitués à la brusque transition de la clarté aveuglante au clair-obscur doux à la vue, elle fut saisie du contraste que formaient ces deux points si rapprochés : les champs et la forêt.

C'était le calme encore, non plus l'immobilité. Les oiseaux sautillaient, faisant entendre une série de cris bégayés sur tous les tons, du vague au modulé et du grave à l'aigu. Dans la mousse, qui étendait sous les pieds de Marielle son tapis de velours émeraude, sur la rugueuse écorce des arbres, aux rameaux des buissons, sur toutes les feuilles, sur toutes les fleurs, c'étaient des bourdonnements, des fourmillements d'insectes, des bruits d'antennes et d'élytres; la vie débordait dans ce coin verdoyant.

La petite fille, habituée à la nature factice du bois de Boulogne, n'était pas blasée sur le charme de la nature vraie; aussi n'alla-t-elle pas loin. Pendant que Gustave grimpait aux arbres et sifflait à l'instar des loriots, elle choisit une jolie place bien tapissée, au pied d'un gros châtaignier, et s'y assit pour se reposer.

Tout à coup elle leva la tête avec surprise. Une voix aérienne, qui n'avait rien de commun avec le fausset suraigu de Gustave, entonnait le premier couplet d'une complainte très populaire en Poitou, que l'on chante en Bretagne avec quelques variantes :

> Dedans ces champs il y a
>   Une fille muette.
> Elle va dans son langage
>   Toujours disant :
> La bonne sainte Vierge,
>   Son cher Enfant.

Le poète, on le voit, s'est médiocrement préoccupé de la rime et a bravement suivi son sujet sans se mettre en peine pour un ou deux pieds de plus que ne demande chaque vers. Qu'importe, après tout? La légende y est relatée dans sa simplicité naïve, et l'air monotone et doux est en parfait accord avec les paroles.

Marielle avait beau regarder, elle n'apercevait pas le chanteur; mais, à la pureté du timbre, elle devinait un être jeune, probablement un garçon. Il continua :

> Un jour la sainte Vierge
>   Lui apparut.
> Ah! le bonjour, ma fille
>   Te soit donné.
> Je te fais la demande
>   D'un de tes agneaux.

— Qui est-ce qui chante, sais-tu? » demanda Gustave, accourant vers sa sœur.

Elle secoua la tête en mettant un doigt sur sa bouche. Des mouvements se produisaient dans les branches, comme si le chanteur eût sauté d'un arbre à l'autre. Il en était au troisième couplet :

> Mais ces agneaux, Madame,
>   Ne sont pas à moi.
> Ils sont à mon père,
>   A ma mère aussi.
> Vous les donner, Madame,
>   Ne m'est point permis.

La petite fille n'eut que le temps de se rejeter en arrière : un corps souple, glissant le long du châtaignier, bondissait à ses pieds.

C'était un garçonnet à peu près de l'âge de Gustave, mais plus grand que lui. Au léger mouvement de frayeur qui échappa à Marielle, il ôta le vieux fond de chapeau de paille qui formait à sa tête frisée une pittoresque calotte.

« Vous avez eu peur, Mademoiselle; pardonnez-moi, dit-il en rougissant.

— Ça n'en vaut pas la peine, répondit-elle avec son plus aimable sourire. En vous voyant descendre si vite, j'ai cru que c'était un animal. Je savais bien pourtant qu'un animal ne pouvait pas chanter comme cela. »

Elle se prit à rire en regardant amicalement le jeune garçon. Il restait là, bouche bée, et elle eut le loisir d'examiner sa personne et son costume.

L'une était charmante, l'autre misérable. Une masse de cheveux bruns bouclés encadrait en désordre sa figure pâle, qu'éclairaient de

Deux personnes gravissaient le sentier de l'Abbaye.

grands yeux d'un bleu très foncé, au regard farouche et doux comme celui d'un chamois. Sa chemise était en lambeaux ; son pantalon, beaucoup trop court, tombait en loques déchiquetées sur ses jambes fines. Le garçonnet avait les pieds nus. Ces petits pieds nerveux, posés à plat sur la mousse, firent presque monter des larmes aux paupières de Marielle. Si l'enfant marchait ainsi dans la campagne, que de blessures les cailloux devaient lui faire !

Elle se dit que les vieilles chaussures de Gustave seraient à leur place aux pieds du petit inconnu. Par exemple, elle n'oserait jamais les lui offrir. En dépit de ses haillons, l'enfant gardait dans son attitude une fierté native ; ce n'était pas un mendiant.

Fauvette. 10

Gustave ne creusait point ainsi ses réflexions ; il avait la décision prompte et la familiarité aisée.

« Tu as une jolie voix, fit-il. Achève ta chanson, je te donnerai dix sous. »

Il montrait, à l'appui de son dire, une pièce toute neuve de cinquante centimes qu'il venait d'extraire de son porte-monnaie.

Le déguenillé dressa la tête et jeta à Gustave un regard fier en disant :

« Je ne chante pas pour de l'argent. »

En même temps il fit un salut singulièrement gracieux pour un garçon aux pieds nus, et disparut dans les taillis.

« Tu l'as choqué, Gustave, dit la petite fille d'un ton de reproche. Pourquoi lui as-tu offert dix sous?

— Dame! je ne pouvais pas savoir que c'était un prince déguisé. Tu fais ta grande mine, que signifie? »

Marielle avait pris l'air très sérieux que son frère appelait sa grande mine.

« Il a l'air bien pauvre, c'est vrai; mais c'est mal de se moquer des malheureux, répondit-elle tristement.

— Je ne me moquais pas, c'est une plaisanterie inoffensive; tu prends tout au tragique. Allons, je ne le dirai plus, embrasse-moi. »

Elle lui passa ses bras au cou, et la paix fut signée. Gustave se mit à la cueillette des fraises, et Marielle à celle de ces mille fleurettes au parfum sauvage qui croissent en si grand nombre dans les bois. Elle en fit un gros bouquet qu'elle noua avec une tige flexible, et, regardant vers la cime des arbres :

« Il ne doit pas être loin de quatre heures, dit-elle; maman serait inquiète si nous restions plus tard, rentrons. »

En quittant la forêt ils aperçurent deux personnes qui gravissaient le sentier de l'Abbaye.

« Des visites, fit Gustave en jetant un coup d'œil sur sa toilette. J'ai bien envie de disparaître, ils ne nous ont pas vus. Qui peut être cette petite dame ratatinée? devines-tu? Et ce monsieur qui l'accompagne? Il baisse la tête, le soleil lui donne dans les yeux. Bon, il lève le nez tout de même. C'est M. de Rosélian, l'oncle Romain en personne.

— Et la petite dame est notre tante Lazarine, acheva Marielle. Il me semblait bien la reconnaître; mais le monsieur me déroutait avec son chapeau.

— Tu ne te le représentais pas autrement qu'en casquette à visière plate, ma chère. Ma foi! il porte très bien le tuyau de poêle. Au pas accéléré, s'il te plaît, je ne veux pas manquer mon oncle Romain. A la bonne heure, il me va, celui-là; ce n'est pas comme ses sœurs.

— Tante Lazarine a l'air bon, protesta Marielle; je crois que j'aimerai tante Lazarine.

— Grand bien te fasse! Pour moi, je lui préfère ce papillon bleu.

— Oh! Gustave, murmura la petite fille, indignée de la comparaison.

— Eh bien, quoi? ce papillon est un être vivant, leste, joli; Mlle Lazarine est une ombre, l'ombre de la statue de bronze qui a nom la grande Mademoiselle.

— Tu dis des folies. Par où passes-tu?

— Tu le demandes? Par mon chemin habituel, je pense. »

Il enjamba une énorme pierre et sauta dans le préau. Marielle continua sa route d'un pas tranquille, et arriva à la porte juste à temps pour s'effacer devant les visiteurs, auxquels elle adressa une jolie révérence.

« Ah! voici notre comtesse Raymonde II, dit gaiement M. Romain. Bonjour, mignonne. »

Elle lui tendit son front; puis alla le présenter à Mlle Lazarine, qui lui souriait doucement.

Gothille épanouissait largement ses traits momifiés.

« Qu'il y a, Dieu! longtemps que je ne vous avais vus tous deux, murmura-t-elle. On disait que les temps passés ne reviendraient plus, quand je vous ouvrais si souventes fois. Dame, Monsieur, il ne se passait guère de journée sans ça; mon cher maître vous aimait bien.

— Et je le lui rendais amplement. Mais nous n'y sommes plus, ma pauvre Gothille; notre cousin Auguste est là-haut depuis plus de treize ans, et nous avons joliment vieilli, nous trois, hein?

— Vous êtes quasiment des jeunesses auprès de moi. Savez-vous que j'aurai soixante-quatorze ans, vienne la Saint-Pierre?

— On ne le croirait pas si vous ne le disiez. M. et Mme Pontjolin sont à l'Abbaye, n'est-ce pas?

— Que oui donc. Attendez, faut que je vous annonce comme des étrangers, à cette heure. »

Elle poussa un gros soupir.

« La prochaine fois, nous entrerons tout seuls comme des habitués, répliqua Mlle Lazarine de sa voix faible et douce.

— Dieu vous entende, Mademoiselle! » dit la vieille femme avec ferveur.

Elle saisit, pour les détacher, les cordons de son tablier de cuisine; la main de Marielle se posa sur son bras.

« Ne te dérange pas, Gothille, je conduirai mon oncle et ma tante. »
fit-elle gracieusement.

Elle marcha devant eux avec des allures de petite fée et les précéda
dans le salon, vaste pièce toute simple dont l'ameublement havane,
jadis clair, fané aujourd'hui, n'avait pas été renouvelé, et dont la porte-
fenêtre ouvrait sur le jardin.

M. et Mme Pontjolin étaient prévenus par Gustave, qui avait eu le
temps de donner un coup de brosse à ses habits et à ses cheveux. Ils
vinrent à leurs visiteurs, et leur amabilité les mit tout de suite à l'aise.
Le reste de gêne qui persistait après la première entrevue s'effaça totalement en l'absence de Mlle Herminie, et l'entretien prit un caractère
d'intime cordialité. Mlle Lazarine elle-même y contribua pour une part
aussi grande que le lui permettait son habituelle réserve.

« Savez-vous l'effet que me produit l'Abbaye? dit soudain M. Romain,
jetant un coup d'œil circulaire sur le salon, puis sur le jardin dans
lequel travaillait Laurent, les manches retroussées. Il me semble que
c'est un de ces palais enchantés dont parle Perrault, où les choses
demeuraient dans le même état pendant des siècles, sans que personne
pût pénétrer à l'intérieur...

— Avec cette différence que dans ces merveilleuses demeures les
gens restaient endormis avec les objets inanimés, et qu'on les retrouvait, toujours jeunes et beaux, après cent ans, soupira Mme Pontjolin.

— Les changements extérieurs importent peu, si les cœurs restent les
mêmes, insinua Mlle Lazarine.

— Pourquoi auraient-ils varié, ma tante? reprit la jeune femme avec
un accent ému.

— Voilà une bonne parole, mon enfant, dit M. Romain; une parole
qui doit réjouir mon pauvre cousin Auguste. Cela m'encourage à
reprendre la route de l'Abbaye; en revanche, nous vous verrons souvent
à Rosélian. »

Et, voyant que M. et Mme Pontjolin se regardaient sans répondre, il
continua avec vivacité :

« Vous ne prenez pas en mauvaise part l'abstention de notre sœur
Herminie; vous savez qu'elle ne quitte jamais le château. Commandant,
aimez-vous la chasse?

— Sans avoir une passion très accentuée pour le noble déduit de
vénerie, je chasse volontiers à l'occasion, répondit l'officier en souriant.

— Vous me permettrez de venir vous prendre quelquefois. Bien que
je coure les bois l'année entière, le gibier y abonde, parce que j'y chasse
seul ou à peu près, le capitaine Reynault et les fils de Mme Hélion étant

les seuls personnages du bourg qui aient un permis de chasse; or le premier n'en fait pas un fréquent usage, et les deux autres ne s'en servent que pendant les vacances. Il est vrai que leur grand-père se donne parfois le plaisir de prendre un fusil; mais il n'a jamais fait de mal à une perdrix, et les bêtes ont l'air de lui rire au nez. »

Le frère et la sœur se levèrent. Avant de sortir, M{\super lle} Lazarine se pencha à l'oreille de M{\super me} Pontjolin et lui dit :

« Votre Marielle a positivement séduit Herminie; elle sera charmée toutes les fois que vous la lui amènerez. »

V

Après le départ de ses parents, Mme Pontjolin resta pensive. Elle s'avouait qu'ils ne lui étaient point indifférents. M. Romain avait été l'ami dévoué de son père.

A peu près du même âge, les deux cousins grandirent côte à côte au pays natal. La disproportion des fortunes ne fut pas une entrave à leur amitié : les châtelains, élevés dans l'opulence, savaient néanmoins honorer la pauvreté pure de toute tache; et celle de la branche cadette de Rosélian prenait sa source dans des malheurs de famille. Un instant leurs destinées parurent devoir se sépaeer : M. Romain, saisi tout à coup d'une humeur vagabonde, entreprit des voyages lointains. Pendant son absence, Auguste se maria et amena sa jeune femme à l'Abbaye. Il connut successivement les joies de la paternité et les tristesses du veuvage, la mère n'ayant vécu que trois mois après la naissance de sa petite Hélène.

Celle-ci avait quatre ans quand M. Romain revint à Bois-l'Abbé; les liens de jeunesse se renouèrent entre les deux hommes, et l'enfant s'habitua à voir dans l'oncle Romain un grand ami gâteau, gai, causeur, caressant, ayant toujours ses poches bourrées de friandises. Ses sentiments étaient tout autres à l'égard de Mlles de Rosélian. L'aînée, froide et majestueuse, lui faisait peur, et Hélène ne consentait qu'avec peine à l'appeler « ma tante »; la cadette, silencieuse et effacée, sans expansion et sans élan, ne l'attirait guère. Pourtant M. Auguste lui témoignait une grande confiance. Ce fut même à la suite d'une longue et intime conversation entre eux qu'il annonça à sa fille le projet de la mettre en pension.

Hélène avait alors douze ans; elle n'avait jamais quitté l'Abbaye. Accoutumée à la liberté sans limites d'une petite sauvage, gâtée par un père qui n'avait pas le loisir de la surveiller, elle était restée fort ignorante. C'était l'enfant de la nature, poussant au gré de ses instincts, heureusement bons et élevés, et tenant en horreur profonde l'ombre même de la captivité. Aussi accueillit-elle la décision de son père avec désespoir, et mit-elle tout en œuvre pour lui arracher la rétractation de ce qu'elle appelait une sentence injuste.

M. Auguste montra la fermeté d'un roc; et comme, dans le paroxysme de son chagrin, Hélène accusait Mlle Lazarine d'avoir soufflé cet avis à son père.

« Quand elle l'aurait fait, répondit-il tranquillement, ce ne serait pas une raison pour que l'avis fût mauvais. »

Le Sacré-Cœur de Poitiers, cette pension dont le nom seul semblait terrifiant à la petite révoltée, fut bientôt pour elle un séjour aimé; elle y trouva ce qui lui avait manqué jusque-là : la société de fillettes de son âge; elle chérit bientôt maîtresses et compagnes et se lia particulièrement avec une de ces dernières, Pauline du Frainard, petite Parisienne égarée en province.

On a dit des amitiés de pension qu'elles sont de beaux feux de paille; celle de nos deux jeunes filles fut durable; les années la fortifièrent au lieu de l'amoindrir. Nous avons vu, par la lettre tout intime de Mme Pontjolin, que le nœud n'en était point relâché à l'époque où commence notre récit.

A dix-sept ans Hélène abandonna le couvent pour rentrer à la maison paternelle. Elle fit sensation à Bois-l'Abbé. La culture, en développant ses qualités natives, lui donnait un charme irrésistible, et Mlle Herminie elle-même le subit. Elle fit à la jeune fille des avances singulières, et les gens bien informés, — c'est une espèce qui ne manque nulle part, — déclarèrent qu'elle la doterait richement. Le mariage d'Hélène avec le lieutenant Pontjolin, une insigne mésalliance, dérouta les faiseurs de suppositions. Il n'y eut pas de rupture éclatante, mais les relations se refroidirent entre l'Abbaye et le château, et cessèrent tout à fait avec le jeune ménage à dater de la mort de M. Auguste, qui survint inopinément six mois plus tard.

Et voilà qu'au bout de quatorze ans Hélène découvrait qu'elle avait laissé chez les châtelains un souvenir vivace, et que leur affection semblait vouloir la prévenir. Elle y songeait encore quand son mari vint la rejoindre dans le salon havane.

« A quoi penses-tu? demanda-t-il en s'asseyant près de sa femme.

— Ne trouves-tu pas cela étrange? fit-elle. L'accueil tout cordial de

mon oncle Romain, la joie que témoigne tante Lazarine, et jusqu'à l'espèce de bienveillance de la grande Mademoiselle, tout me surprend et
me déconcerte. J'y étais si peu préparée...

— Que tu avais envie de ne pas mettre les pieds au château,
acheva-t-il gaiement. N'avais-je pas raison de te dire que le temps
change bien des choses? Quoi d'étonnant à ce que ces trois vieillards,
pétrifiés dans leur solitude, se réjouissent en retrouvant une jeune
famille, et surtout une Hélène comme la mienne? Crois-tu qu'il y en ait
par douzaines, de celles-là?

— Flatteur, dit la jeune femme en lui fermant la bouche; est-ce que
je t'interroge pour avoir des compliments? Pourtant, reprit-elle d'un ton
plus sérieux, je suis de ton avis sur un point : l'isolement est très triste,
on doit finir par s'en lasser.

— Tant pis pour eux! Quelle raison a pu les obliger à s'immobiliser
tous trois à Rosélian, sans que l'un d'eux ait eu l'idée de jeter un peu de
vie et de gaieté entre ces épaisses murailles? Passe encore pour les deux
sœurs : l'orgueil de l'une, la timidité excessive de l'autre ont mis sans
doute une barrière entre elles et le mariage; mais je t'avoue que je le
comprends moins de la part de M. Romain; sa rondeur, sa nature
aimante ne me semblent pas se concilier avec sa vie de vieux
garçon. »

Mme Pontjolin hocha la tête.

« Je n'en sais pas plus long que toi là-dessus, dit-elle. Mon
père m'aurait peut-être donné quelques explications si j'avais songé
à les lui demander. Comme la plupart des jeunes filles, j'étais très
insouciante, et mes préoccupations allaient moins au passé qu'à
l'avenir.

« Nous retournerons à Rosélian, n'est-ce pas, mon ami? et nous
nous réglerons sur l'accueil plus ou moins aimable de Mlle Herminie.

— Ainsi soit-il, ma chère femme, » dit l'officier en se levant.

Après l'accablante chaleur du jour, les soirées étaient un délice, et la
famille Pontjolin profitait de cette douce fraîcheur pour faire d'assez
longues promenades. On dînait de bonne heure, et on allait devant
soi, au gré de la fantaisie, ainsi que font les écoliers en congé; c'était le
moment que la jeune femme aimait le mieux. Dans son long séjour à
Paris, elle s'était déshabituée de la vie en plein air, la vraie vie campa-
gnarde, qui fait qu'on ne redoute ni la bise piquante du nord, ni les
ardentes caresses du soleil de midi. En cette occurrence, elle se blo-
tissait dans son salon bien frais, bien clos, lisant ou travaillant. Mais le
soir, avec son ciel clair où couraient des nuées blanches, ses plantes

toutes penchées qui se relevaient lentement, son zéphyr jouant dans la feuillée, l'attirait au dehors.

C'était l'heure des épanchements intimes, des entretiens à demi-voix ; les enfants couraient en avant, butinant toutes les fleurs sur leur passage, riant et jasant comme des moineaux babillards ; les parents les suivaient d'un œil charmé, leur souriaient, causaient de leur avenir, de toutes les espérances qu'ils entassaient sur ces têtes chéries.

Sous cet arceau s'allongeait mollement un corps frêle.

Ils suivirent ce soir-là la rivière limpide, où se miraient à la fois la lune et les peupliers échevelés, et s'arrêtèrent à la cascade, très faible à cette saison, mais argentée et charmante. Jean Cormier était occupé à l'intérieur du moulin ; Catherine avait couché ses plus petits, et les plus grands jouaient aux billes. Gustave se serait volontiers mêlé à la partie, mais Jacques et Antoine l'arrêtèrent chevaleresquement en faveur de Marielle et proposèrent les barres, ce qui fut adopté à l'unanimité des voix.

Il était près de dix heures quand le commandant donna le signal du départ. Le retour fut délicieux : le paysage se noyait dans une ombre demi-lumineuse; des vapeurs diaphanes flottaient sur l'eau; je ne sais quelles senteurs chaudes montaient de la terre.

La vue de l'Abbaye arracha aux promeneurs un cri admiratif. Jamais le vieux bâtiment n'avait paru si beau qu'en cet instant, où il était voilé d'argent par la pleine lune, qui laissait distinguer jusqu'aux plus délicates dentelures de sa robe de plantes. Marielle, qui avait des instincts très poétiques, supplia ses parents de passer par le préau.

« Oh! oui, elle a raison, passons par les ruines, s'écria Gustave, ce doit être l'heure des revenants. Qui sait si nous n'allons pas rencontrer le fantôme d'un vieux moine se promenant sous ce cloître où s'est écoulée sa vie?

— Gustave, trêve aux sottises, dit le commandant avec sévérité. Pendrais-tu plaisir à effrayer ta sœur?

— Cela ne m'effraye pas du tout, papa, fit la petite fille. Je sais très bien qu'il n'y a pas de revenants, et les contes de Gustave me font rire.

— Ils pourraient faire peur à une enfant moins raisonnable; d'ailleurs, ce sont toujours d'absurdes plaisanteries.

— De quel côté allons-nous, Hélène?

— Du côté des ruines, mon ami, puisque cela fait plaisir aux enfants. Elles sont, en effet, très belles au clair de lune, et je m'y suis attardée plus d'une fois avec mon cher père. »

Gustave et Marielle passèrent les premiers sous les débris du porche ogival. Les herbes du préau frémissaient imperceptiblement sous la brise, laissant voir entre elles, comme de larges taches grisâtres, les pierres écroulées. Les blocs de granit, que l'humidité persistante avait verdis, montraient les pieux emblèmes creusés dans leur épaisseur. Les arceaux, les pilastres, la solitude, prenaient sous cette clarté pâle et inégale une majesté saisissante et quelque peu fantastique. Gustave allait furetant dans le vaste enclos. Soudain, se tournant vers sa sœur, demeurée un peu en arrière, il lui fit signe de le rejoindre et mit un doigt sur sa bouche pour lui recommander le silence.

« N'entends-tu rien? fit-il à voix basse après quelques secondes.

— C'est la respiration des oiseaux de nuit, répondit-elle sur le même ton.

— Des oiseaux de nuit? Non pas, c'est un souffle humain, un ronflement. Quelqu'un dort par ici. »

La petite fille eut un geste d'effroi.

« Oh! je ne crois pas, murmura-t-elle. Qui pourrait coucher dans ces ruines?

— Qui? répéta Gustave en faisant un pas en avant. Viens voir, Marielle, c'est ton prince. »

Le premier arceau du cloître s'ouvrait béant à cet endroit, et sous cet arceau s'allongeait mollement un corps frêle, couvert de guenilles et surmonté d'une jolie figure pâle sur laquelle tombaient d'aplomb les rayons blafards, ce qui la rendait plus pâle encore.

Un souffle très léger s'échappait de ses lèvres entr'ouvertes, mais non loin de lui on distinguait confusément une masse sombre d'où sortaient des ronflements sonores.

Marielle fit en arrière un bond de gazelle effarouchée, en même temps que s'élevait la voix de Mme de Pontjolin.

« Allons, mes enfants, il est temps d'aller dormir.

— Oh! maman, papa, venez voir, il y a là un homme! »

Le commandant s'approcha, et, écartant son fils, il toucha l'épaule du dormeur.

« Hé! l'ami, vous avez choisi une singulière chambre à coucher, dit-il.

— Hein! de quoi? de quoi? On n'est plus libre de dormir où ça vous convient? » grommela l'individu d'une voix irritée.

Il s'était dressé et émergeait de l'ombre de l'arceau. Mme Pontjolin fit un mouvement effrayé et attira ses enfants près d'elle. Était-ce l'effet du clair de lune ou de la colère que lui causait son dérangement? La question eût été difficile à résoudre; mais cet hercule aux yeux louches, à la barbe inculte, possédait une de ces physionomies dont on dit vulgairement qu'on n'aimerait pas à les rencontrer la nuit au coin d'un bois.

« On n'est pas libre de faire de ce lieu un dortoir sans l'autorisation du propriétaire, répliqua le commandant d'un ton ferme.

— Oui-da. Ces ruines sont à tout le monde, je pense.

— Vous vous trompez, c'est une propriété particulière.

— La vôtre sans doute? Voilà tantôt onze ans que je couche là toutes les fois que je viens au pays, et c'est la première nuit qu'on me cherche des raisons.

— Il y a une auberge au bourg, pourquoi n'y logez-vous pas?

— Faut me donner votre bourse, l'officier; elle doit être mieux garnie que la mienne, ricana le vagabond d'un air insolent. Soyez tranquille, on va déguerpir, et sans avoir mangé vos pierres, encore.

« Allons, Henriet, file, on nous chasse, » ajouta-t-il rudement en se tournant vers le jeune garçon qui se tenait en arrière, la tête baissée avec une sorte de honte.

Ce frêle enfant, qui gardait à la main sa calotte de paille, fit compassion à la jeune femme; elle tendit à l'homme une pièce d'argent et lui dit :

« Allez coucher tous deux à l'auberge, cela vaudra mieux que la belle étoile. »

Le vagabond prit l'argent sans remercier et s'éloigna en sifflotant.

« Mon Dieu, Armand, cet homme m'a fait peur, murmurat-elle après l'avoir vu disparaître. S'il s'était tout à coup élancé sur toi.

— Il ne s'y serait pas si facilement hasardé, répondit le commandant. Cependant j'avouerai que sa figure n'est pas très rassurante, et le laisser couché à quelques pas de nous, avec les facilités qu'offre cette brèche, m'aurait plu médiocrement

— Mais le petit garçon est gentil, lui, dit Marielle; nous l'avons déjà vu aujourd'hui. »

M. et Mᵐᵉ Pontjolin écoutèrent le récit de la rencontre en forêt.

« Vous n'irez plus seuls désormais de ce côté, fit la mère alarmée. Au lieu de l'enfant, vous auriez pu trouver le père.

— Ce vagabond n'est pas habituellement à Bois-l'Abbé, fit observer le commandant. Du reste, je prendrai des informations dès demain. »

Une heure plus tard, lorsque ses enfants dormaient profondément, le commandant descendit et fit avec Laurent une minutieuse perquisition dans les ruines; tout y était solitaire et paisible.

« Lâche le chien dans le jardin pour cette nuit, recommanda l'officier, et préviens demain un maçon. Je veux faire réparer cette brèche de la muraille. »

Ces ordres donnés, il alla rassurer sa femme, un peu impressionnée par leur nocturne aventure.

Le frère et la sœur s'étaient promis, en se séparant, de se raconter leurs songes respectifs. Après une nuit sans incidents ils furent fidèles à leur promesse. Gustave avait rêvé que des brigands s'introduisaient à l'Abbaye; leur chef était un hercule barbu et louche comme le vagabond de la veille. Il chargea Mᵐᵉ Pontjolin sur ses épaules et menaçait de l'emporter dans sa caverne si on ne lui donnait un tonneau d'or pour sa rançon, quand Gustave, profitant adroitement de l'instant où ce terrible bandit lui tournait le dos, l'assomma d'un coup de barre de fer; sa mort amena la fuite de la bande. Ce songe, dont nous relatons seulement le début et la conclusion, avait des péripéties si longues et si émouvantes, que le commandant accusa son auteur d'avoir rêvé tout éveillé.

Marielle conta avec moins de longueurs et plus de sincérité qu'elle avait vu Henriet dans la forêt. Il lui chantait la Muette; mais la grande Mademoiselle l'appela, et il partit, laissant sa complainte inachevée.

VI

MADEMOISELLE LAZARINE

Mme Pontjolin faisait le lendemain son dernier signe de croix avant de sortir de l'église, lorsqu'une main se posa sur son bras, et une voix grêle, encore atténuée par le respect dû au lieu saint, lui dit :

« Si vous n'êtes pas trop pressée de rentrer chez vous, attendez-moi un instant, j'en suis à la dernière dizaine. »

Mlle Lazarine montrait son rosaire. La jeune femme inclina la tête, et resta à genoux jusqu'au moment où sa tante lui fit signe qu'elle était prête. Elles sortirent ensemble, et Mlle Lazarine reprit aussitôt :

« Vous semblerai-je importune en vous priant de m'accompagner au moulin? Le dernier bébé de Catherine a été pris de convulsions cette nuit; vous savez que ces petits êtres sont à la mort en moins de rien; aussi la pauvre mère est-elle venue me supplier d'aller à la Cascade après la messe.

— Je vous suivrai très volontiers, ma tante. Je sais ce que c'est que d'avoir un enfant malade; toutes les mères ont plus ou moins passé par ces angoisses.

— Vraiment cela ne vous contrarie pas, Hélène? vous n'êtes pas attendue ?

— Pas à heure fixe, ma tante. Je profite ordinairement de la matinée pour faire des emplettes; personne ne s'inquiétera de mon retard.

— Tant mieux! nous causerons en route. J'ai un mot à vous dire, et je n'aurais pas le temps de monter à l'Abbaye. »

Elles traversèrent la place de l'église et suivirent la ruelle qui aboutissait à la rivière, recevant au passage les coups de chapeau des hommes et les révérences écourtées des femmes. Mlle Lazarine reprit la parole au moment où elles commencèrent à suivre la berge.

« Vous n'ignorez pas que nous célébrons la Fête-Dieu la semaine prochaine, dit-elle. De temps immémorial, un des reposoirs est élevé devant le perron du château, l'autre à l'entrée de la forêt, du côté de l'Abbaye. Pour le premier, notre sœur donne tout ce qu'il faut, et nous nous en occupons à peu près exclusivement. Du temps de votre aïeul et de votre père, l'Abbaye prenait la direction du second. Vous devez vous en souvenir, il en était ainsi dans votre enfance.

— Je me le rappelle parfaitement; j'ai même pris une part active à l'érection d'un de ces autels après ma sortie de pension.

— Malheureusement ce reposoir a été très négligé depuis la mort de mon cousin. Les dames du bourg y mettent peu de zèle; elles trouvent fatigant d'aller si loin par la chaleur; nos paysans ont plus de bonne volonté que de goût et de ressources. Bref, M. le curé serait très heureux et très reconnaissant si vous vouliez bien prendre l'initiative; mais il vous connaît peu encore et m'a chargée de vous présenter sa requête.

— A laquelle je souscris de tout mon cœur. Ce me sera un bonheur de continuer sur ce point les traditions de l'Abbaye.

— Je n'en doutais pas, ma chère Hélène, mais je ne vous en remercie pas moins vivement. Voilà une réponse qui va réjouir notre bon curé. Je ne vous cache pas que, si vous aviez refusé, il eût été contraint de céder aux accablantes sollicitations de la plupart de ces dames, qui voudraient élever le reposoir dans la Grande-Rue, une position déplorable quand on songe à la forêt.

— Il est certain que nous aurons là un décor naturel du plus majestueux effet. C'est entendu, ma tante; vous pouvez assurer M. le curé de mon entière adhésion.

— Et de celle du commandant?

— Et de celle de mon mari, j'en réponds. Nous aurons l'honneur de nous entendre avec M. le curé pour les détails.

— Vous serez assez habile, n'est-ce pas? pour vous assurer le concours des personnes hostiles à notre plan. Vous avez trop de tact pour ne pas vous en faire des auxiliaires.

— Je ne les connais pas, à l'exception des dames Hélion et Reynault, que j'ai vues l'autre jour; mais je ferai de mon mieux pour ne pas les froisser. Il suffira sans doute de solliciter leurs lumières; j'ai remarqué que cette tactique flatteuse manque rarement son but.

— Vous êtes au courant des petites vanités humaines, » dit Mlle Lazarine avec un sourire doux et fin que Mme Pontjolin ne se souvint pas lui avoir jamais connu.

Elles se turent et regardèrent la petite rivière couler lentement entre ses rives profondes. La chaleur très vive avait fait baisser le niveau de l'eau ; ce n'était plus qu'un mince filet, clair et joli encore, que la sécheresse persistante pouvait transformer en un long fossé vaseux.

« Mauvais temps pour les riverains, reprit Mlle Lazarine. Les émanations malsaines qui s'exhalent de la rivière, quand elle est presque à sec, ont une fois déjà engendré le scorbut au moulin. Voyez comme la Cascade est faible. Ce pauvre Cormier manquera d'eau dans quelques jours. »

Elles atteignaient le moulin, devant lequel Jean Cormier fumait sa grosse pipe de terre. Il ôta précipitamment le tuyau de sa bouche et se découvrit avec respect.

« Eh ! bien, mon ami, ça ne va pas mieux chez vous ? dit Mlle Lazarine.

— Non, Mademoiselle, rien ne va, ni le moulin ni la maison. C'est égal, je ne me tourmenterais pas pour la sécheresse si tout mon monde était en bonne santé. L'eau viendra toujours, pas vrai ? au lieu que le petit m'inquiète. La Catherine se désole ; elle vous a désirée des fois depuis ce matin, allez ! Voulez-vous me faire l'honneur d'entrer, Mesdames ? »

Il les précéda dans une salle basse, tenue avec une scrupuleuse propreté. Trois marmots, assis en rond sur la terre battue qui servait de plancher, mangeaient de grand appétit une soupe aux choux fumante ; les cuillers de fer se levaient et retombaient avec ensemble dans la terrine commune, où chacun puisait pour son propre compte. Au fond de la chambre, Catherine dodelinait le berceau d'osier où s'agitait le petit malade.

« Ah ! Mademoiselle, vous voilà ! s'écria-t-elle. Asseyez-vous, s'il vous plaît, Madame. Tenez, voilà mon pauvre Charlot ; il est plus calme à présent, mais voyez comme il est changé. »

Mme Pontjolin regardait l'enfant, un blondin joufflu, frais comme la rose la veille ; il était encore agité ; ses prunelles hagardes se dilataient ; sa petite figure était d'une pâleur de cire.

« Pauvre petit ! dit-elle. Avez-vous fait prévenir le médecin ? »

Catherine hocha négativement la tête.

« Voilà ce qu'il aurait fallu faire tout d'abord, dit Mlle Lazarine. Me venir chercher était bien, aller chercher le docteur eût été mieux ; mais, dans nos campagnes, on finit trop souvent comme il fallait commencer. Allons, ne vous tourmentez pas trop, ajouta-t-elle en voyant la meunière porter à ses yeux son mouchoir déjà tout trempé. Très heureusement l'enfant est fort; il a résisté aux premières convulsions, il s'agit de le bien soigner maintenant. »

Elle tira de la vaste aumônière qui l'accompagnait toujours dans ses courses charitables une petite fiole dont elle examina l'étiquette, fit prendre au petit garçon quelques gouttes du contenu, et remit la bouteille à Catherine, le tout avec des instructions précises et détaillées;

Elle se taisait maintenant et marchait les yeux baissés.

puis elle trouva, pour rassurer la pauvre mère, des paroles si douces, un accent si persuasif et si chaleureux, que Mme Pontjolin, en l'écoucoutant, se sentit plongée dans la stupeur.

C'était une révélation. La timide vieille fille, si effacée, si repliée en dedans, s'épanouissait soudain en bonté, en charité, en affectueux dévouement. Et la jeune femme s'en voulut d'avoir montré jusqu'alors si peu de sympathie à cette créature d'élite, cachée sous d'humbles dehors.

Mlle Lazarine termina en disant qu'elle préviendrait le docteur avant de rentrer au château, et partagea deux bâtons de chocolat entre les marmots bien portants. Cette libéralité amena une querelle; Catherine, impatientée, rétablit la concorde en donnant une tape à chacun, puis murmura un peu honteuse :

« Ah! Mesdames, vous m'excuserez, je ne les touche jamais d'ordinaire; c'est mon tourment qui en est cause. Aussi ne pourraient-ils pas être un peu tranquilles en voyant leur frère malade?

— Il faut pardonner à la légèreté de leur âge, intervint Mᵐᵉ Pontjolin. Je suis sûre qu'ils regrettent de vous avoir fait de la peine et qu'ils seront bien sages désormais. »

Les bambins la regardèrent en dessous et rirent à travers leurs larmes.

« Venez-vous, Hélène? dit Mˡˡᵉ Lazarine; il ne faut pas nous mettre en retard pour avertir le médecin. Ne nous reconduisez pas, Catherine, allez à vos affaires. »

Les deux femmes marchèrent quelque temps en silence. Mᵐᵉ Pontjolin suivait le cours de ses réflexions, et Mˡˡᵉ Lazarine, ayant dit tout ce qu'elle avait à dire, était retombée dans son mutisme habituel.

« Ma tante..., » commença la jeune femme.

L'inflexion était émue, Mˡˡᵉ Lazarine leva la tête.

« Ma tante, pardonnez-moi.

— Vous pardonner, Hélène! Et quoi? murmura-t-elle avec une stupéfaction non jouée.

— De vous avoir si longtemps méconnue. Aujourd'hui vous vous êtes dévoilée, je ne vous connais que d'aujourd'hui. »

Une rougeur ardente, mais fugitive, empourpra les joues de la bonne demoiselle; ses yeux rencontrèrent ceux de sa nièce, il y avait tout au fond une lueur chaude.

Ce fut un éclair, mais l'éclair découvre quelquefois d'immenses horizons.

Quand elle parla, la voix de Mˡˡᵉ Lazarine prit des notes profondes.

« Je crois vous comprendre, Hélène; je ne tenterai point d'étouffer mon cœur. Votre indifférence ne m'a jamais échappé, et, pourquoi ne l'avouerais-je pas? j'en ai souffert.

« Je n'avais pas le droit de m'en étonner. L'enfance est insouciante; elle ne rend pas ordinairement la tendresse qui lui est prodiguée. J'étais à vos yeux un personnage muet, et votre nature expansive n'allait pas volontiers à la mienne. Jeune fille, vous fîtes à peine attention à moi; c'était tout simple, ma timidité vous glaçait, et je n'osais me livrer à l'élan qui m'entraînait vers vous.

— Pourquoi ne l'avoir pas fait, ma tante? Je vous aurais comprise.

— Ce n'est pas ma faute, mon enfant. Je me suis accoutumée très jeune à me replier sur moi-même, n'ayant pas trouvé autour de moi l'atmosphère d'indulgente affection dont j'avais besoin pour me dilater.

Ne croyez pas que j'accuse ma sœur ou mon frère. Romain est la bonté même, et Herminie... on la trouve froide, hautaine, on la juge très sévèment, je le sais. Un jour, Hélène, je vous conterai peut-être une histoire du passé, et vous comprendrez sous quel fardeau nous nous sommes courbés tous trois. Herminie a beaucoup souffert, et, quant à moi, je n'ai pas choisi mon rôle, les circonstances me l'ont imposé. En le remplissant, j'ai la consolation de penser que j'accomplis la volonté de Dieu. C'est bien suffisant, n'est-ce pas? »

Mᵐᵉ Pontjolin l'écoutait avec un attendrissement qu'elle ne cherchait pas à dissimuler.

Renfermer volontairement en soi les richesses de son cœur, les dons de son intelligence, se clore devant les hommes pour s'ouvrir à Dieu seul, faire le bien tous les jours sans attendre la gratitude des obligés, plier son caractère à toutes les exigences, soumettre sa volonté à l'inflexible volonté d'autrui : voilà la voie que depuis sa jeunesse cette âme suivait d'un pas ferme, sans regret comme sans défaillance.

Elle se taisait maintenant, et marchait les yeux baissés; pas un signe extérieur ne faisait soupçonner qu'elle venait de découvrir un de ses replis mystérieux.

« Ma tante, reprit la jeune femme, si vous m'avez jugée digne d'une confidence, c'est donc que vous m'aimez un peu. »

Un sourire d'une étrange suavité glissa sur les lèvres de la vieille demoiselle.

« Je vous ai toujours aimée, dit-elle; mais permettez-moi d'ajouter quelque chose. Mon pauvre cœur s'est donné tout entier et ne reçoit presque rien en retour; si peu exigeant qu'il soit, il crie bien un peu parfois en affamé; une parcelle de votre amitié lui ferait du bien. »

La main de Mᵐᵉ Pontjolin chercha celle de sa tante et l'étreignit avec effusion.

Sur la place elles se séparèrent, l'une remontant à l'Abbaye, l'autre faisant un détour pour aller chez le docteur.

Mᵐᵉ Pontjolin ne manqua pas de parler de la Fête-Dieu et de la tâche dont elle s'était chargée. Cette perspective fit bondir de joie les deux enfants; ils ne cessèrent d'en causer pendant le déjeuner et continuèrent en allant vers la forêt, sous la garde de Laurent, qui avait ordre de ne pas les perdre de vue.

Bien que le soleil fût aussi brillant que la veille, un vent assez vif enlevait à la chaleur une partie de son intensité. Marielle, arrivée sous les platanes, ôta son chapeau de paille pour le plaisir de sentir jouer ce vent dans ses grandes boucles. Gustave lui montrait de loin l'endroit où

sans doute on élèverait le reposoir, quand la petite fille l'interrompit,
et, tendant l'index vers la gauche :

« Oh! Gustave, regarde, ce sont eux...

— Eux qui? demanda-t-il en suivant du regard la direction du doigt
de sa sœur.

— Le petit garçon pâle,... Henriet et son père.

— Je les vois, je les vois. Tiens, ils sont marchands! »

A l'angle que formait la jonction de deux chemins en dehors du
bourg était posée une table carrée sur laquelle peignes et casseroles,
chandeliers et miroirs, pots de terre et boîtes de cirage se mêlaient
fraternellement. L'hercule de la veille, debout derrière l'étalage, parle-
mentait avec une paysanne au sujet d'une marmite qu'elle tenait à la
main. A la fin ils parvinrent à s'entendre; la femme compta lentement
une poignée de gros sous et s'éloigna. Le marchand ouvrit la bouche
dans un bâillement effroyable et s'en alla à son tour, après avoir dit
quelques mots au garçonnet, lequel, constitué gardien de la boutique
ambulante, s'accouda sur la table dans une attitude mélancolique toute
gracieuse.

« Marielle, dit Gustave, il est seul à présent; si nous lui par-
lions? »

Ce n'était pas l'envie qui manquait à la fillette; mais elle ne savait
comment s'y prendre.

« Il faudrait acheter quelque chose, répondit-elle.

— Quand je n'achèterais qu'un miroir de deux sous... Ceux-ci ne
valent pas davantage.

— Fi! Monsieur, dit Laurent, il ne manque pas de boutiques conve-
nables au bourg.

— Par exemple! elle est très convenable, cette boutique!

— Pour nous faire plaisir, Laurent, appuya Marielle dans un sourire, voyez s'il n'y a là rien dont vous ayez besoin. »

L'ordonnance plia sous cet argument irrésistible. Au bruit des pas
qui se dirigeaient de son côté, l'enfant pâle se redressa; il fit un
brusque mouvement pour s'enfuir; mais, s'arrêtant, il se contenta de
baisser la tête, tandis qu'une teinte foncée envahissait son visage.

Le frère et la sœur étaient eux-mêmes embarrassés. Gustave avisa
un canif dont il demanda le prix.

« Cinq sous, répondit le petit marchand avec un visible effort.

— Et ce crayon? dit Marielle.

— Deux sous, Mademoiselle. »

Elle tendit les dix centimes; l'enfant les prit d'une main hési-
tante.

« Si ce crayon était à moi, je vous prierais de l'accepter, » reprit-il très bas.

Et, comme elle le regardait d'un air surpris :

« Vos parents ont été bien bons hier, ajouta-t-il plus bas encore. J'avais si grand'peur d'aller en prison! Oh! si j'avais su que les ruines étaient à quelqu'un, je n'y serais pas entré; j'aurais mieux aimé coucher dehors. Vous me croyez, Mademoiselle? »

Et cette fois un flot de larmes jaillit de ses paupières.

« Oui, oui, je te crois, s'écria la petite fille, prête à pleurer aussi. Et il n'y avait pas de danger que papa vous fasse jeter en prison, va!

— On n'y met que les malfaiteurs, continua Gustave, et on voit bien que tu n'en es pas un. Est-ce que ton père sera longtemps absent?

— Mon père, répéta le petit marchand; cet homme n'est pas mon père.

— Tiens, est-ce ton parent?

— Non, c'est le maître. »

Il prononça ce mot avec l'intonation amère et résignée d'un esclave.

Gustave et Marielle se taisaient, impressionnés par cet accent; il reprit :

« Il est au cabaret et ne reviendra pas de tout à l'heure, sans doute.

— Et pendant ce temps-là tu ne peux pas quitter la boutique?

— Il me le défend; mais, quand je suis trop las, je m'échappe tout de même, fit le garçonnet avec une sombre énergie.

— Ah! c'est comme ça que tu étais hier dans la forêt?

— Oui; je l'aime tant, la forêt! C'est si bon de grimper aux arbres et de voir le ciel tout bleu sur sa tête et les feuilles vertes sous ses pieds! Quand je suis là, j'oublie la boutique, et le monde, et tout.

— Et tu chantes?

— Oui, j'aime à chanter là-haut.

— Mais si ton maître revenait en ton absence?...

— Ça lui arrive. Eh bien! il me bat.

— Il te bat! répéta Marielle, la gorge serrée. Tu as donc été battu hier?

— Un peu; ce n'est rien, ne pleurez pas, Mademoiselle. »

Il apercevait une grosse larme que la petite fille avait grand'peine à retenir.

« Vous êtes bonne! continua-t-il avec élan.

— Est-ce que tu n'as plus de parents? interrogea Gustave.

— Non, dit Henriet avec un grand soupir, ni père ni mère; je suis un enfant trouvé. »

Les autres comprirent vaguement ce triste mot; ils l'avaient entendu

à Paris; ils avaient vu la maison où l'on abrite les petits abandonnés.

« Mais pas un enfant trouvé comme à l'ordinaire, acheva Henriet
avec une nuance de fierté. Mes parents sont morts; je sais où est la
tombe de mon père, seulement je ne sais pas son nom.

— C'est impossible, s'écria Gustave; on écrit toujours les noms sur
les tombes. »

Henriet hocha la tête.

« Pas celui-là, fit-il, car personne ne le savait. Connaissez-vous le
cimetière?

— Celui de Bois-l'Abbé?

— Oui, c'est là que mon père est enterré, tout au fond, une vieille
petite croix que le vent jette à terre et que je relève chaque fois que je
viens.

— Tu es donc né au bourg?

— Je ne sais pas où je suis né; mais mon père est mort à Bois-
l'Abbé, dans la rivière. Oh! je n'aime pas la rivière, dit-il en frisson-
nant. Sans elle je serais comme les autres enfants; j'aurais un père,
au moins, quelqu'un m'aimerait. »

Une seconde fois l'orphelin fondit en larmes.

Ses auditeurs se sentaient impuissants à consoler cette douleur, si
fort au-dessus des douleurs enfantines. Pourtant Gustave brûlait d'éclaircir le mystère; les questions se pressaient sur ses lèvres. Henriet parut
les deviner, car il reprit :

« Vous ne me comprenez pas; je vais vous conter... Mais je vous
ennuie peut-être? balbutia-t-il confus.

— Non, non, » lui fut-il répondu chaleureusement.

Le pauvre petit était si peu accoutumé à la bienveillance, qu'il leva
sur les enfants un beau regard reconnaissant.

« Ce n'est pas long, poursuivit-il. C'était au mois de novembre; il
avait beaucoup plu, et la rivière était grosse. Des rouliers qui venaient
de Thouars avaient pris Simon Fauvol, mon maître à présent, dans
leur voiture. Comme ils passaient près de la rivière, ils entendirent des
gémissements; ils sautèrent à terre, décrochèrent la lanterne de la voiture et regardèrent de tous côtés. Ils étaient dans cet endroit où la
berge se resserre, le sentier devient étroit, vous savez? Après avoir cherché, ils virent un petit enfant assis sur le bord, à côté d'une grosse
pierre, et qui pleurait en appelant : « Papa, papa. » Et quand on lui
demanda où était son père, il fit voir l'eau à ses pieds. Alors Fauvol
s'écria : « Il y a un accident. »

« Et le voilà qui se jette à l'eau, qui plonge, qui plonge, — ça faisait peur aux rouliers, — jusqu'à ce qu'il ait ramené le corps d'un homme. On crut d'abord qu'il était vivant; mais non, c'était fini.

« Les hommes allèrent faire leur déclaration, et, comme on ne trouva rien sur le noyé, pas seulement de papiers pour dire son nom, on l'enterra après avoir bien cherché dans tout le pays.

« On voulait mettre le petit à l'hospice, quand Fauvol, qui avait tiré le père de l'eau, le réclama, en disant qu'il serait content d'avoir un enfant à soigner. Voilà tout. Vous comprenez maintenant : le petit, c'était moi. »

Il mit sa tête entre ses mains d'un air accablé. Le frère et la sœur restaient silencieux ; les histoires de Gothille et celles qu'ils avaient lues leur semblaient fades à côté de cette navrante histoire; ils en étaient encore à l'étonnement, lorsque l'orphelin découvrit la silhouette de Fauvol au bas de la rue. Marielle et Gustave ne tenaient pas à se rencontrer avec l'hercule; ils firent un signe amical à Henriet et s'éloignèrent, suivis de Laurent, qui avait fait emplette d'une pipe.

VII

« J'ai du nouveau à vous apprendre, » dit le commandant en rentrant à l'Abbaye.

Gustave et Marielle, qui arrivaient de leur côté, échangèrent un coup d'œil significatif; eux aussi savaient du nouveau.

« C'est comme moi, dit Mme Pontjolin en souriant.

— C'est comme nous, s'écria Gustave, incapable de se contenir davantage.

— Ah! ah! tout le monde est bien savant aujourd'hui. Procédons par ordre : à toi de commencer, ma femme.

— Ce sera vite fait. D'abord j'ai reçu, en votre absence, la visite de Mme Marsan, une petite dame très vive que j'avais vue seulement à l'église, où elle se trémousse beaucoup. Elle s'est excusée de sa hardiesse; car il est vraiment hardi d'oser se présenter chez des personnes que l'on connaît aussi peu, m'a-t-elle dit; mais elle n'a pu y tenir. Ayant appris, je ne sais comment, que je m'occuperai du reposoir, toute mal disposée qu'elle était en faveur de la forêt, elle a fait volte-face en mon honneur, et s'est empressée de m'offrir ses services. Elle m'a amusée un instant avec sa pétulance d'enfant et sa volubilité d'oiseau; à la longue ce babillage pourrait un peu fatiguer, vu le filet aigu de la bonne dame.

« En la reconduisant, j'ai trouvé mon oncle Romain prêt à frapper chez nous. Il nous apportait... devine, Armand.

— Je suis un mauvais Œdipe, ma chère, et si le Sphinx existait de nos jours, tu serais veuve depuis longtemps.

— Il nous apportait... une invitation à dîner à Rosélian.

— De la part de la grande Mademoiselle? s'écria le commandant avec surprise.

— Certes, mon ami. J'ai cru devoir accepter en ton nom.

— C'est fort bien fait à toi. Pour quel jour cette invitation magnifique?

Le maire m'a raconté l'aventure du noyé.

— Pour demain, à six heures très précises; Mlle Herminie ne supporte pas l'inexactitude. Voilà mon nouveau dit; à ton tour.

— J'ai envie de passer le dernier. Voyons, enfants, à qui ou à quoi se rapportent vos nouvelles?

— A Henriet, père, répondit Marielle.

— Henriet, qui est Henriet? demanda Mme Pontjolin.

— C'est le petit garçon des ruines, maman. »

Ils commencèrent l'histoire du petit marchand, parlant à la fois ou s'interrompant l'un l'autre, si bien que leur père dut les prier tous deux de se taire, après quoi il chargea Marielle du rapport, sûr de l'avoir moins long et plus clair.

« Que penses-tu de ce récit, Hélène? demanda-t-il quand elle eut
fini.

— Mon Dieu, je ne sais que penser. Cela semblerait un conte, si les
larmes de cet enfant...

— Il a dit vrai, reprit le commandant. Je me suis enquis de notre
vagabond d'hier, et le maire a mis beaucoup de complaisance à me
renseigner.

« Simon Fauvol a des papiers en règle; il exerce la profession de colporteur et parcourt régulièrement les départements de Maine-et-Loire,
des Deux-Sèvres et de la Vendée. On croit qu'il gagne peu, ses marchandises sont toujours en petite quantité; deux fois par an, en juin et
en décembre, il passe quelques jours à Bois-l'Abbé. L'hiver il couche
à l'auberge; l'été il se contente de confier ses marchandises à l'auber-
giste, et les ruines lui servent de dortoir. On ne lui en a jamais em-
pêché, m'a dit le maire, puisque l'Abbaye était inhabitée. Du reste, on
n'a rien à lui reprocher, si ce n'est de faire au cabaret des stations un
peu trop prolongées. Ses antécédents sont purs de tout démêlé avec la
justice; il possède même à son actif un sauvetage dont je puis vous
faire le récit.

« Là-dessus le maire m'a conté l'aventure du noyé, avec quelques
détails en plus.

« La malheureuse victime de cet accident était un homme de trente
ans à peine, vêtu d'un simple mais élégant costume de voyage;
ses traits étaient délicats, ses mains blanches; mais, chose étrange,
on ne trouva sur lui ni argent, ni un objet qui pût établir son identité.

« Ce détail fit tout d'abord croire à un crime; mais les suppositions
s'arrêtèrent faute de preuves; l'enfant, qu'on essaya d'interroger, ne
put fournir aucun éclaircissement, — il avait trois ans à peine. — Un
accident était plus probable, d'autant que le lendemain un cheval fut
arrêté à six heures du matin sur la route de Thouars, où il retournait; cet animal fut reconnu par un loueur de voitures et de chevaux
qui l'avait fourni la veille à un monsieur accompagné d'un petit
garçon. Un hôtelier de Thouars raconta que le même monsieur avait
déjeuné chez lui; il appelait son fils Henri, mais n'avait pas dit son
propre nom. Ces renseignements insuffisants furent tout ce que l'on
recueillit sur le malheureux. On présuma que le cheval s'était cabré et
avait jeté son cavalier dans la rivière, tandis que l'enfant, échappé
à l'étreinte de son père, roulait sur le gazon. La berge, extrêmement
étroite en ce lieu, et une énorme pierre qui se trouvait sur le bord,
confirmèrent cette idée, et la justice abandonna promptement une
instruction impossible à continuer.

« Mon prédécesseur, poursuivit le maire, était un vieillard paisible et facile à déconcerter. Cette affaire, qui fit du bruit, lui créa mille embarras; aussi confia-t-il sans peine l'orphelin à Simon Fauvol, arrangement qui lui épargnait de nouvelles démarches. Peut-être a-t-il aussi bien fait : l'enfant a grandi en liberté; son costume, il est vrai, ne brille pas par l'élégance.

« — Ni même par la propreté, ajoutai-je; mais c'est le moindre des inconvénients de sa position. Quelle éducation a-t-il reçue? quel avenir lui est réservé par cette éducation de grands chemins?

« — Bah! répondit le maire en haussant les épaules, on n'en finirait pas si l'on approfondissait toutes choses. Il y a une mauvaise face à chaque situation; l'hospice ne peut toujours conserver ses orphelins; on les place de bonne heure, et, à la garde de Dieu!

— Oh! père, il aurait toujours été mieux qu'avec ce vilain homme qui le bat, soupira Marielle.

— Sa chemise est déchirée sur l'épaule, et j'ai vu des marques, affirma Gustave.

— Ceci serait une raison pour l'enlever à cet homme, fit le commandant d'un air songeur. Après tout, ces choses ne nous regardent pas.

— Sans doute; mais on s'intéresse toujours aux orphelins, mon ami, murmura la jeune femme avec des yeux humides, et celui-là est si malheureux! S'occuper un peu de lui serait une grande charité. »

Elle ajouta plus bas :

« Cela porterait bonheur à nos chers enfants. »

Le commandant ne répondit pas, et il ne fut plus question d'Henriet.

Le lendemain était jour de grand'messe; c'est ainsi que Gustave qualifiait le dimanche. La seule pendule qui marchât à l'Abbaye indiquait dix heures moins vingt minutes lorsque parents et enfants franchirent le seuil.

« Surtout, Madame, n'oubliez pas de m'apporter des nouvelles du petit de ma nièce si vous la voyez, cria Gothille de sa cuisine. Le meunier et ses grands étaient à la première messe; mais dame! le temps de faire un signe de croix, ils avaient détalé comme des lièvres. Les hommes sont si guère fins, » conclut-elle sans égard pour son maître, qui n'avait pas l'idée de s'en choquer.

Mme Pontjolin promit de se conformer à la recommandation, et l'on partit d'un si bon pas, que les cloches lançaient leur dernière volée quand on déboucha sur la place.

« Écoutez comme chante Raymonde, dit la mère en s'arrêtant pour mieux jouir du son très harmonieux des voix aériennes.

— Raymonde est la plus petite cloche, je crois, fit le commandant.

— Oui, mon ami, celle qui gazouille comme un oiseau dans sa cage de pierre. Elle fut donnée, en 1787, par notre aïeule, la comtesse Raymonde, dont elle prit le nom.

— Et dont tu as l'honneur d'être la vivante image, ajouta Gustave en s'inclinant profondément devant sa sœur.

— De la raison, mon fils; nous ne sommes pas à l'Abbaye. La grosse cloche est due à son mari, le comte Jacques.

— D'où il suit qu'elle s'appelle Jacquette, dit le commandant; un vilain nom pour une cloche comme pour une femme.

— Elle s'appelle Jacqueline, rectifia Mme Pontjolin. Notre sonnerie est une des plus belles du pays. En 92, les bleus formèrent le projet de fondre les cloches pour les convertir en canons; c'était alors la mode; mais ils comptaient sans leur hôte : nos paysans s'armèrent et les reçurent si bien, qu'ils ne purent approcher de l'église. Ils ne tardèrent pas à revenir en force; mais les cloches étaient en sûreté dans un souterrain creusé sous le château, et dont il fut impossible de trouver l'accès. Pour se venger de cet échec, les bleus mirent le feu à Rosélian, dont une aile fut détruite.

« La révolution passée, les cloches reprirent leur place et recommencèrent à chanter. J'aime surtout la voix de Raymonde; même à Paris, je n'ai point trouvé de cloche dont le son me fût aussi agréable.

— Maman, voyez cette voiture, s'écria Gustave. Est-elle drôle!

— C'est le carrosse de Rosélian, » répondit Mme Pontjolin.

Une voiture de forme antique s'avançait au trot de superbes chevaux d'un noir d'ébène. Mlle Herminie l'avait fait construire il n'y avait pas seize ans, l'ancien carrosse de famille étant tout à fait hors d'usage. L'ouvrier qui reçut la commande, désespéré à l'idée d'exécuter une voiture sur un modèle datant de près d'un siècle, essaya de faire agréer quelque chose de plus moderne. La grande Mademoiselle répondit : « Ce modèle était bon pour mon père, il sera bon pour ses enfants. » Et le carrosse fut calqué sur son vénérable devancier.

Les chevaux s'immobilisèrent devant l'église, et les hommes se découvrirent avec respect en présence de Mlle Herminie, toute vêtue de noir, un voile de crêpe tombant sur son visage. Cette vue fit pousser à Marielle un gros soupir de commisération; la mignonne eût étouffé sous ce masque épais.

La bonne figure de M. Romain, encadrée dans ses favoris et sa barbe poivre et sel, et la taille étriquée de Mlle Lazarine escortaient cette majestueuse personnalité, l'aînée de la famille, dernière héritière d'un privilège que notre siècle ne connaît plus.

Ils se rencontrèrent sous le porche avec les Pontjolin. On échangea saluts et sourires; la grande Mademoiselle fit une inclinaison assez raide et mit sa main sèche sous le menton de Marielle en disant de sa voix hautaine, mais profonde :

« Bonjour, ma petite belle. »

Puis elle entra, traversa la nef avec une démarche souveraine, et son front altier ne se courba qu'en face de l'autel.

Toute l'animation de Bois-l'Abbé se concentrait le dimanche sur la place de l'église. Les joueurs de boules se donnaient rendez-vous dans la première allée des tilleuls; les autres hommes se promenaient sous l'ombrage de la seconde, quand ils n'entraient pas au café, établissement tout neuf et tout doré. De là, en fumant ou en buvant un petit verre de n'importe quoi, ces messieurs voyaient les groupes se former après les offices, amis et connaissances tenant beaucoup à ne pas déroger à l'usage établi de causer un moment sur la place.

En vertu de cette coutume invariable, la famille Pontjolin fut accaparée à la sortie par les Hélion et les Reynault. Mᵉ Hélion, notaire à Bois-l'Abbé, était un petit homme replet, souriant, soigneusement rasé, ayant l'air de porter avec une satisfaction bien sentie l'abdomen proéminent qui se dessinait sous son gilet, d'une blancheur immaculée.

Lorsqu'il donnait le bras à la veuve de son fils, plus d'un malin sourire les suivaient sans qu'ils s'en doutassent. Mᵐᵉ veuve Hélion était une femme de cinq pieds et quelques pouces, droite et sèche comme un bâton, menant cavalièrement la maison, les clercs de l'étude, son petit beau-père et ses deux espiègles garçons.

A ce groupe s'était joint le groupe Reynault, composé du capitaine Reynault, officier de cavalerie en retraite, de sa femme et de leurs quatre enfants. La conversation était parfois couverte par la formidable voix de basse-taille du capitaine, organe trop bien constitué dont les éclats ébranlaient sa maison et les nerfs de sa femme.

Enfin la pétulante Mᵐᵉ Marson vint apporter son contingent d'amabilités à la réunion, ce qui n'empêcha pas Mᵐᵉ Pontjolin de rompre le cercle en priant qu'on lui permît de dire un mot à la meunière qu'elle voyait paraître, deux bambins accrochés à sa jupe.

« Comment va le petit ce matin, ma bonne? »

La figure de Catherine s'éclaira.

« Merci, Madame, il est joliment mieux à cette heure. Le remède de Mˡˡᵉ Lazarine lui a enlevé son mal comme avec la main; le médecin a bien recommandé de continuer. Tous ces petits, c'est vite mourant et vite ressuscité; s'il n'était pas un tant soit peu pâlot, on ne dirait pas qu'il a été si malade. »

Elle se mit à rire.

« Bon signe, Catherine, la gaieté est revenue, dit Mme Pontjolin.

— Mon Dieu, oui, Madame. Faut que le chagrin me tâte fort pour m'empêcher de rire; mais, dame, les petiots, ça vous tient au cœur, n'est-ce pas?

— J'en sais quelque chose. Au revoir, Catherine, je vais rassurer votre tante avec ces bonnes nouvelles.

— Dites-lui que j'avancerai la voir tantôt, Madame. Marc, veux-tu bien lever la tête? et toi, Louison, as-tu fini de te fourrer le nez dans ma robe? On croirait qu'ils n'ont jamais vu Mme Hélène. Sont-ils sauvages, doux Jésus! »

Elle s'éloigna en les gourmandant, et la femme du commandant se rapprocha du groupe et tira sa montre.

« Onze heures un quart, dit-elle. Je crois, mon ami, qu'il est temps de retourner chez nous, si nous ne voulons pas fâcher Gothille.

— Madame, ce n'est pas tout à fait le quart, cria impétueusement Mme Marson. Nous n'avons pas eu une minute pour jouir de vous, vous nous échappez et ne reparaissez que pour rappeler l'heure. »

Mme Pontjolin sourit; elle avait suffisamment joui de la société de Mme Marson, et ne trouvait pas que la place fût un salon de conversation bien choisi. Mme Hélion vint à son aide, en déclarant qu'il était temps de se séparer, et, joignant le geste à la parole, elle poussa vigoureusement ses fils devant elle, et prit le bras de son beau-père. Sur ce, le capitaine serra la main de son supérieur hiérarchique, et commanda de sa voix de stentor : « En avant, marche! » Voyant qu'elle allait rester seule, Mme Marson se résigna à gagner ses pénates.

« Henriet était à l'église, dit Marielle en revenant; je l'ai aperçu derrière le premier pilier; quand nous sommes passés à côté de lui, il a rougi et détourné la tête.

— Pauvre petit! soupira Mme Pontjolin, je ne sais pourquoi son sort m'intéresse tant.

— C'est qu'il n'est pas heureux, » murmura la petite fille.

VIII

Trois ou quatre minutes avant l'heure indiquée, la famille du commandant arrivait au château. Mlle Herminie reçut ses invités dans un salon moresque peu éloigné de la salle à manger. Cette pièce, tendue de soieries orientales aux nuances adoucies, remplie d'ottomanes et de divans très bas, était toute parfumée des senteurs du jardin, qui y pénétraient avec de tièdes bouffées.

Le notaire et le curé du bourg avaient précédé les Pontjolin. Depuis quarante ans, ces deux notabilités étaient les seuls convives admis à Rosélian de temps à autre. Il y avait eu des changements : Me Hélion avait remplacé son père; l'abbé Bernard n'était que depuis huit ans à la tête de la paroisse, mais tous les deux avaient recueilli les privilèges de leurs prédécesseurs, et les relations étaient demeurées les mêmes entre le château, le presbytère et l'étude.

Quand l'aiguille dorée de la pendule marqua cinq heures, un domestique annonça avec solennité que Mademoiselle était servie; la maîtresse de la noble demeure accepta le bras du notaire, et l'on passa dans la salle à manger. La beauté de la décoration frappa les enfants d'une surprise admirative, et les splendeurs du couvert, ces cristaux, cette argenterie, ces corbeilles de filigrane d'argent débordant de roses achevèrent de les plonger dans une silencieuse stupeur.

Le dîner fut cependant assez animé. Mis en verve par la présence de Mme Pontjolin, Me Hélion déploya les grâces un peu surannées de son esprit alerte, aiguisé d'une pointe de causticité gauloise; l'abbé Bernard lui donnait la réplique avec la gravité souriante qui faisait le fond de son caractère.

Une discussion soulevée à propos des origines de l'Abbaye fit prendre feu au curé. Une des fenêtres du nord et le pan de mur dans lequel elle s'ouvrait étaient certainement antérieurs au reste du monument, le plein cintre ne permettait aucun doute; mais cette construction primitive était une simple chapelle, un ermitage, assurait l'abbé; un grand monastère qui, tombant en ruines, fut restauré à l'époque ogivale, au dire du notaire. Le sujet passionnait les deux adversaires; le commandant se mêla à la dispute et apporta de solides arguments à l'appui des raisons du curé. M. Auguste de Rosélian avait jadis employé ses rares loisirs à l'étude de cette question, et son gendre trouva plusieurs cahiers écrits de sa main, et renfermant le fruit de ses patientes recherches. L'officier avait lui-même de solides connaissances archéologiques, et il mit dans ses paroles une courtoisie de bon aloi qui lui valut, à diverses reprises, l'attention approbatrice de Mlle Herminie.

Au dessert, la conversation se généralisa, la discussion étant close par la défaite de Me Hélion. Jusqu'alors Mlle Lazarine s'était silencieusement occupée du soin de la table; voyant qu'elle n'était plus nécessaire, elle dit quelques mots à sa sœur, qui fit un signe d'assentiment, et, se levant sans bruit, elle adressa aux enfants un geste d'appel.

« Ai-je eu tort de penser que vous trouviez le temps un peu long?» leur dit-elle dans le corridor.

Ils sourirent pour toute réponse; ils n'étaient pas fâchés de changer de place.

« Voulez-vous visiter l'intérieur du château? continua-t-elle. Cela vous amusera. »

La proposition fut acceptée avec plaisir, et Mlle Lazarine promena ses jeunes hôtes de la cave au grenier. Le château était littéralement peuplé de merveilles. Maîtres d'une grande fortune et véritables amis des arts, les seigneurs de Rosélian s'étaient fait une délicate jouissance d'embellir leur somptueuse demeure; et chacun d'eux, de père en fils, avait ajouté quelque trésor aux trésors accumulés par ses ancêtres.

Gustave et sa sœur étaient trop jeunes pour comprendre la valeur de ces richesses artistiques, ils n'en furent pas moins éblouis. Depuis la salle d'armes aux panoplies magnifiques jusqu'à la galerie appelée le musée, dans lequel on avait patiemment et savamment collectionné des raretés prises dans les cinq parties du monde, ils admirèrent tout d'instinct.

Il y avait beaucoup à voir, la visite fut longue, et le crépuscule tomba. L'obligeant cicerone prit sur une console un candélabre bizarrement tourmenté et alluma les trois bougies, qui exhalaient une odeur d'ambre. Grâce à cette lumière, les enfants ne perdirent aucun détail, et ils remercièrent avec effusion la bonne demoiselle.

Comme ils repassaient en descendant devant une porte du premier étage, Gustave fit remarquer qu'ils n'étaient pas entrés là.

« C'est qu'il n'y a rien de curieux, répondit Mlle Lazarine. Cette porte est celle de ma chambre.

— S'il vous plaît, montrez-nous votre chambre, tante Lazarine, » fit Marielle de son joli ton caressant.

La vieille fille mit la clef dans la serrure.

La vieille fille sourit et mit la clef dans la serrure.

Ce simple réduit produisait un étrange effet au sortir des splendeurs de son entourage. Les meubles, anciens sans être beaux, la pendule, un bronze vulgaire, le tapis fané, des livres à reliure ternie sur les rayons de chêne d'une petite bibliothèque arrachèrent à Gustave une moue de désappointement. Marielle alla naturellement aux deux seules jolies choses qu'on y vit: la fenêtre ouverte au large qui s'égayait d'un balcon en saillie, et une gerbe de roses pourpres s'épanouissant dans un vase de cristal d'une forme très pure, aux pieds d'une Madone à l'enfant.

La petite fille trouva bien belle cette Vierge au type suave, présentant

Fauvette.   12

son fils aux adorations des hommes par un geste à la fois majestueux et maternel. Elle courut ensuite au balcon en fer forgé, qu'une glycine inondait de ses grappes violettes. De là on apercevait un coin sauvage et charmant des jardins. La forêt formait à Rosélian un parc naturel plus beau que l'art n'eût pu le faire, mais il n'était pas nécessaire d'aller jusque-là pour jouir d'une retraite ombreuse et paisible : un bosquet composé d'essences diverses était planté au milieu des jardins; au centre de ce bois en miniature était tracé un rond-point enchâssant une jolie nappe d'eau, si unie, si transparente, que Marielle battit des mains d'admiration.

« Oh! tante, que votre chambre est jolie! s'écria-t-elle, et que vous devez y être bien!

— Oui, j'y suis très bien, chère petite. Je vois que vous aimez l'étang, — nous appelons ainsi cette mare limpide. — S'il faisait jour, vous y verriez de beaux cygnes, et vous pourriez leur jeter du pain. Il faudra y revenir. »

La petite fille s'arracha avec peine à ce charmant spectacle. En se retournant pour suivre son frère, qui était déjà sorti, elle aperçut un tableau posé dans une ombre voulue, car on pouvait choisir dix autres places. C'était une tête d'homme, belle et expressive, dont le regard d'un bleu profond semblait vivant. L'enfant murmura en le désignant :

« Ce monsieur était votre père, tante?

— Pourquoi pensez-vous cela, mon enfant?

— Parce que... il ressemble à Mlle Herminie.

— C'était notre frère aîné; nous l'avons perdu depuis longtemps. »

La voix de Mlle Lazarine s'altéra légèrement en donnant cette réponse. Marielle le remarqua sans en être surprise : c'est si naturel de regretter un frère.

La bonne demoiselle sortit derrière les enfants, et ceux-ci ne la virent pas s'essuyer une larme à la dérobée.

« Il vous reste à voir les jardins, reprit-elle de son ton tranquille et comme voilé. Vous plairait-il de vous y promener un peu? »

Ils répondirent joyeusement oui.

Les jardins formaient un demi-cercle autour du château, puis descendaient en pente douce jusqu'à la rivière. L'ombre envahissait les parterres, les corbeilles élégamment dessinées, les massifs d'arbustes verts disposés de distance en distance.

Gustave aurait voulu pousser jusqu'au petit bois; Mlle Lazarine déclara qu'il était trop tard, et, laissant le jeune garçon vaguer par les allées, elle s'assit sous un catalpa, où Marielle la rejoignit bientôt.

« Vous ne jouez plus, chérie? lui demanda la vieille demoiselle.

— J'ai chaud tout de suite quand je cours, tante, et d'ailleurs je préfère rester près de vous. Je voudrais... »

Elle hésita un peu.

« Je voudrais vous demander quelque chose.   .

— Dites, ma petite Marielle.

— Tante, voulez-vous me tutoyer comme votre vraie petite nièce? »

Cette prière, toute chaude de tendresse, alla droit au cœur de Mlle Lazarine.

« De tout mon cœur, puisque tu le désires, chère mignonne, » dit-elle en lui mettant au front un baiser ému.

Dans le salon moresque où les convives étaient revenus, Mlle Herminie disait à Mme Pontjolin :

« Votre Marielle est une ravissante créature. Plus je la regarde, plus je découvre en elle les traits caractéristiques de notre famille. Elle est Rosélian de la nuque aux talons, le saviez-vous?

— Je sais que ma fille a reçu de Dieu ce don fragile entre tous qu'on nomme la beauté, Mademoiselle.

— Voilà qui est parler, non répondre. Ma question vous semble puérile, vous ne savez pas ce que c'est de porter le deuil d'une race : on se rattache alors à un fil, à une ombre, et l'on a tort, mon Dieu! puisqu'on n'est pas compris. »

La jeune femme se sentit touchée par cette expression de poignante tristesse.

« Pardonnez-moi, dit-elle doucement. Si je vous ai blessée, ç'a été sans le vouloir. Je n'avais pas remarqué cette ressemblance, mais vous me l'avez fait apercevoir.

— Parce qu'elle existe. C'est chose naturelle, après tout; votre fille vous ressemble. Ah! j'avais fondé sur vous bien des espoirs, vous les avez mis à néant.

— Mademoiselle...

— Ne vous récriez pas, je n'ai point l'intention de récriminer. Je reconnais d'ailleurs que votre choix est heureux : M. Pontjolin n'est pas le premier venu, il est quelqu'un. »

La jeune femme sentit une douce émotion; l'éloge n'était pas banal dans la bouche de Mlle Herminie.

« Vous l'aimez bien, cette enfant, Hélène? »

La mère sourit sans répondre; la question était superflue.

« Il y a des gens qui aiment, reprit la grande Mademoiselle, poursuivant une pensée insaisissable, et qui ne sauraient s'imposer un sacrifice pour l'objet aimé.

— Je ne comprends pas, Mademoiselle.

— Pourquoi ne plus m'appeler votre tante, Hélène?

— Je ne comprends pas, ma tante; mais je vous dirai que si le bonheur des enfants est en cause, les mères ne mesurent pas leurs sacrifices; elles sont toutes faites ainsi. »

Elle se leva. A la table de jeu, placée dans une des embrasures, le commandant venait de faire M. Romain échec et mat; sur un autre point, Me Hélion terminait par une éclatante victoire une partie de dominos chèrement disputée et raillait le vaincu, c'est-à-dire l'abbé Bernard, qui mettait son camail. Sur ces entrefaites, Mlle Lazarine entra, suivie de Gustave et tenant par la main Marielle, les joues roses et les yeux brillants. Pour empêcher la fraîcheur de faire mal à l'enfant, la bonne demoiselle avait jeté sur sa tête et ses épaules une mantille de fine laine blanche. Ce cadre vaporeux faisait ressortir les tons de fleur du visage et l'or des boucles qui se jouaient sur le front. Mlle Herminie embrassa la petite fille, des bonsoirs s'échangèrent, et des laquais portant des flambeaux escortèrent les hôtes de Rosélian jusqu'au bas du perron.

Lorsque Mme Pontjolin vint, selon sa coutume, embrasser ses enfants dans leur lit, Marielle, qui ne dormait pas, lui dit :

« Petite mère, comment se nommait le frère aîné de tante Lazarine?

— Je n'en ai jamais connu un autre que l'oncle Romain.

— Il y en avait un pourtant, j'ai vu son portrait, et tante m'a dit qu'il était mort depuis longtemps; c'était peut-être avant votre naissance, maman.

— Cela doit être, ma fille. Dors maintenant.

— Attendez encore un peu, s'il vous plaît, mère. Dites, ne croyez-vous pas que tante Lazarine est très bonne?

— Si fait, mon enfant. Pourquoi cette question?

— C'est que... — ce n'est pas mal de demander cela, au moins? — on n'a pas l'air de faire beaucoup d'attention à elle; personne ne s'en occupe, et pourtant elle s'occupe de tout le monde; je l'ai bien remarqué ce soir, et je voudrais savoir pourquoi. »

Mme Pontjolin réfléchit. Comment faire une réponse appropriée à l'âge de Marielle? La mère prit enfin les deux mains de l'enfant, et le regard plongé dans les grands yeux interrogateurs, elle dit :

« Quand tu seras plus grande, ma fille, tu sauras qu'il est des âmes qui se sont fait une vie à part, tout intérieure, que les bruits du monde effleurent à peine. Celles-là mettent autant de soin à se dérober que d'autres à se produire; elles se dépensent sans réserve au profit d'autrui, et il leur suffit que l'œil de Dieu les contemple; tout est là pour elles. Tu es bien jeune pour me comprendre, ma chérie. »

Les beaux yeux prirent une expression singulière, sérieuse.

« Je vous comprends, maman, murmura Marielle. Ma tante Lazarine est de ces âmes-là?

— Oui, ma fille.

— C'est bien beau, et j'aime beaucoup tante Lazarine. A présent, je crois que je vais dormir. Bonsoir, petite mère. »

Elle se souleva pour un baiser et retomba sur son oreiller, les yeux mi-clos et le sourire aux lèvres.

IX

Le commandant ne se sentait nulle envie de dormir. La nuit était magnifique; le ciel faisait scintiller les myriades d'étoiles qui brodent son manteau bleu. L'officier s'accouda à sa fenêtre et fuma un cigare en contemplant les ruines; il eût probablement prolongé longtemps sa rêverie si l'on n'eût frappé à sa porte.

« Êtes-vous couché, mon commandant? demanda la voix de Laurent.

— Pas encore. Qu'y a-t-il? » fit l'officier, contrarié d'avoir été troublé.

L'ordonnance entra sur la pointe du pied.

« Il y a, mon commandant, que le vagabond est revenu.

— Ah!

— Il est ivre, et jure qu'il couchera cette nuit dans les ruines; qu'il ne craint ni Dieu, ni diable, ni officier; le tout en lançant des blasphèmes à faire dresser les cheveux sur la tête. J'avais envie de lui lancer Fox dans les jambes, mais j'ai réfléchi : ça ferait du vacarme, et madame s'en effrayerait peut-être. Quels sont vos ordres, mon commandant?

— Bah! laisse-le en paix. S'il est ivre, il ne tardera pas à s'endormir. J'éprouve une certaine répugnance à le jeter dehors à cause de l'enfant. Nous n'avons rien à craindre, le mur est réparé. »

Laurent hocha la tête.

« Mon commandant, si vous me permettez de vous donner mon avis, je serais moins tranquille à votre place. Le mur est réparé dans un

endroit, mais il n'en manque pas d'autres qui sont mauvais et pas trop
hauts; d'ailleurs, ce vaurien est dans un méchant vin.

— C'est égal, ne lui dis rien. Je ne me coucherai pas immédiate-
ment, veille un peu de ton côté. Je parierais qu'il ronflera avant dix
minutes. »

L'ordonnance s'en alla sans avoir l'air convaincu. Le commandant se
remit à la fenêtre et écouta les bruits du dehors; c'était bien faible : un
léger *frisilis* des feuilles, selon la gracieuse expression du saint évêque
de Genève, et le chant monotone du grillon. Au bout d'une minute
cependant un éclat de voix monta des ruines, puis un second, un
troisième. M. Pontjolin descendit à pas de loup. Laurent rôdait le long
du mur du préau; il fit signe à son maître de garder le silence

« Je te dis que je resterai là et que j'y coucherai, criait Fauvol de
l'autre côté, et tu resteras avec moi, et je te défends de bouger, chenapan
de malheur! »

Une voix basse et troublée de pleurs lui répondit, mais il fut impossible de comprendre le sens des paroles.

Un silence suivit, puis un rugissement.

« Ah! misérable drôle, si je te rattrape, je te tue! »

Le commandant ouvrit la petite porte qui menait aux ruines avec
tant de précaution, que nul grincement ne se produisit.

Placé dans la pénombre, il jeta autour de lui un regard interrogateur.
Une partie du préau était plongée dans l'obscurité; dans la zone
éclairée on ne voyait que les grandes herbes, dont une portion était
foulée; l'ivrogne s'y était étendu, on aurait pu y mesurer sa lon-
gueur.

Le commandant se demandait ce qu'étaient devenus l'homme et
l'enfant lorsque ce dernier parut, sortant des cloîtres, haletant, les
cheveux en désordre. Il passa comme un éclair, se dirigeant vers la
sortie, et il l'atteignait presque, quand une ombre qui semblait faire
corps avec la muraille s'en détacha, et un poing formidable s'abattit sur
la tête du jeune garçon. Il étendit les bras en avant et tomba la face
contre terre, sans un gémissement.

L'hercule ébaucha un ricanement féroce, mais ne l'acheva pas : une
main le saisit au collet à l'instant où il levait le bras pour la seconde
fois.

« Encore toi, l'officier maudit, gronda Fauvol. Tant pis! tu l'auras
voulu. »

Par un seul mouvement d'épaule il se dégagea de l'étreinte du commandant, et se jeta à sa gorge ainsi qu'une bête fauve.

Malgré la vigueur de M. Pontjolin, la lutte était disproportionnée, et il n'eût été que trop facile d'en prévoir l'issue si Laurent ne se fût précipité au secours de son maître, armé d'un solide gourdin dont il déchargea un coup violent sur le bras de Fauvol.

Le misérable hurla de douleur, et sa main droite retomba inerte.

C'en fut assez pour rendre au commandant sa liberté d'action; il saisit son revolver, et, le dirigeant vers le front de son adversaire :

« Si tu fais un mouvement, dit-il, je te tue comme un chien.

— Comme un chien, » répéta Laurent, le bâton levé.

Fauvol grinça des dents.

« Laurent, va chercher des cordes, » reprit le commandant d'un ton calme.

L'ordonnance partit et revint en courant. Fauvol, cloué sur place par le canon du revolver, n'avait pas fait un geste.

Il essaya pourtant de la révolte quand on voulut le garrotter; le commandant fit mine d'appuyer sur la détente, le misérable fut dompté.

Il s'agissait maintenant de secourir la petite victime; l'officier s'agenouilla près de l'enfant et l'examina avec attention.

« Grâce à Dieu, il n'est qu'étourdi, » dit-il en laissant échapper un soupir de soulagement.

Il le prit dans ses bras, et, avec l'aide de Laurent, le transporta dans sa propre chambre. Sur le seuil, ils rencontrèrent Mᵐᵉ Pontjolin, toute pâle d'angoisse.

« Mon Dieu, Armand, que se passe-t-il? » balbutia-t-elle.

Son mari la mit en quelques mots au courant de la situation; puis, rassuré sur Henriet, qu'il confia à ses soins, il retourna près de Fauvol. Le misérable, transporté sous les arceaux des cloîtres, se plaignait sourdement. Le commandant fit délier son bras meurtri, absolument hors de service.

« Est-ce que vous allez me livrer aux gendarmes? Je ne vous ai pas fait de mal, insinua l'hercule d'un air inquiet.

— Il n'y a pas de ta faute, répliqua Laurent; la bonne volonté y était, à coup sûr.

— On peut bien pardonner à un malheureux qui a eu le tort de boire une goutte d'eau-de-vie. J'ai le bras cassé, c'est-y pas assez?

— Nous apprécierons cela demain, » répondit froidement M. Pontjolin.

Quand il rentra dans sa chambre, Henriet avait rouvert les yeux; il essaya de tourner vers son sauveur sa jolie tête souffrante.

« Oh! Monsieur, que vous êtes bon! » murmura-t-il en attachant sur lui ses grands yeux remplis d'une indicible reconnaissance.

Le commandant s'assit près du lit et prit la main brûlante du petit garçon.

« Souffres-tu beaucoup, mon enfant? lui demanda-t-il avec bonté.

— Ma tête me fait mal, Monsieur, mais je suis si à l'aise..., et si bien soigné! ajouta-t-il en regardant tendrement la jeune femme.

Fauvol, cloué sur place par le canon du revolver, n'avait pas fait un geste.

— Est-ce la première fois que ton maître te maltraite de la sorte?

— Non, Monsieur, mais c'est moins fort ordinairement. Hier il est resté toute la journée au cabaret, il aura bu beaucoup de petits verres; dans ce cas-là, il devient très méchant. »

Le commandant regarda sa femme, elle avait des larmes dans les yeux.

« Nous ne l'abandonnerons pas, murmura-t-elle; n'est-ce pas, mon ami?

— Sois tranquille, Hélène, » répondit-il à voix basse; puis se penchant sur le lit :

« Dors en paix, mon petit ami, nous veillerons sur toi. »

L'enfant ne dit rien, mais saisissant la main de son protecteur, il y appuya ses lèvres frissonnantes.

Il y eût quelques pourparlers entre M. et Mme Pontjolin quand il s'agit de décider lequel des deux passerait le reste de la nuit au chevet du petit malade. Après une courte lutte, cette dernière l'emporta et s'installa dans un vaste fauteuil en déclarant qu'elle s'y trouvait au mieux.

Le soleil était à peine levé que le commandant était debout. Henriet dormait d'un sommeil fiévreux; sa respiration était saccadée, ses pommettes se teignaient de rouge, mais son état n'était pas de nature à inspirer de sérieuses inquiétudes, et M. Pontjolin exigea que Laurent prît la place de sa maîtresse.

Cette substitution accomplie, il se dirigea vers les ruines, le front baissé sous l'empire d'une vive préoccupation. En pénétrant sous l'arceau, il redressa la tête, et le vagabond, qui s'était soulevé au bruit de ses pas, rencontra son regard ferme et sévère.

« Dites donc, si les gendarmes doivent venir, ça serait charité de les envoyer tout de suite, geignit Fauvol, tandis qu'une profonde anxiété se peignait dans ses yeux louches. Je serai encore mieux logé en prison qu'ici.

— Ce n'est pas à vous à donner des ordres, répliqua le commandant. Écoutez-moi, vous parlerez ensuite.

« Vous êtes un misérable, j'en ai la preuve; vous avez lâchement abusé de votre force en maltraitant un orphelin, un abandonné.

— J'ai tiré le père de l'eau, moi.

— Ce fait vous donne-t-il le droit d'assommer l'enfant? Les coquins seuls mettent en avant de telles excuses. »

Fauvol courba la tête sous ces paroles véhémentes, et ses yeux s'attachèrent sur ses gros souliers.

« Votre conduite m'a donné le droit indiscutable de vous livrer à la justice; il y a des lois pour protéger l'enfance délaissée et châtier les bourreaux. Votre effroi est déjà une punition; je puis consentir à vous en épargner une autre et vous laisser la liberté. »

Durant les longues heures de la nuit, Simon Fauvol avait eu le temps de savourer la peur; le mot de liberté le galvanisa; il tressaillit de tout son corps et regarda avidement l'officier.

« La liberté? répéta-t-il. Vous me laisseriez aller comme ça, vous?

— Oui, à une condition.

— Bon, reprit Fauvol mis en défiance, voyons la condition.

— La voici : vous abandonnerez tout droit sur l'orphelin que vous appelez Henriet; vous ne vous occuperez plus de lui.

— Tiens, c'est drôle! dit l'hercule, auquel la mansuétude de l'officier rendait l'insolence. Pour une méchante gifle appliquée à un gamin entêté, on veut me l'ôter sur le coup. Ah! mais non, par exemple! J'aurais pris soin de lui tout petit, je l'aurais nourri en fainéant depuis quasi dix ans, pour me le voir soutirer juste à l'heure où il peut commencer à me rendre service! Ça ne serait pas juste, voyez-vous.

— Votre raisonnement est faux d'un bout à l'autre. D'abord on ne vous a pas imposé la charge de cet enfant, c'est vous qui l'avez réclamé comme une faveur. Vous seriez si heureux, prétendiez-vous, d'avoir à travailler pour quelqu'un, de ne plus être seul dans vos courses continuelles. Vous vous êtes engagé positivement à tenir lieu de père à celui qui n'en avait plus, et ce n'est qu'à cette condition qu'on voulut bien vous le confier. Or comment avez-vous exercé ces devoirs paternels dont vous preniez la charge? quelle instruction, quels exemples avez-vous donnés à ce pauvre petit? Parlez, défendez-vous. L'ivresse, le blasphème, l'abus de la force contre la faiblesse, voilà votre enseignement, n'est-ce pas? »

L'hercule gardait le silence.

« Quant aux dépenses dont vous paraissez demander une indemnité, continua le commandant, elles se réduisent à peu de chose, si l'on juge de la nourriture par le vêtement; d'ailleurs, il y a longtemps déjà que l'enfant vous aide dans votre commerce, ou plutôt qu'il en est chargé presque exclusivement, puisque la plupart de vos journées se passent au cabaret.

— Eh bien! quand ça serait?... Je suis libre de passer mon temps où je veux.

— Silence! articula sévèrement M. Pontjolin. Je suis las de vos grossièretés, et vous oubliez par trop votre rôle. Vous êtes mon prisonnier, et votre sort est entre mes mains, ne me forcez pas à la rigueur. Un seul mot : voulez-vous partir, ou préférez-vous la prison? Je vous donne cinq minutes pour y réfléchir. »

Le commandant tira sa montre, et, tournant le dos à Fauvol, il se mit à arpenter le préau. Quand il arriva en face du cloître, il consulta de nouveau le cadran, et, revenant au vagabond :

« Votre choix est-il fait? interrogea-t-il.

— Laissez-moi partir, je veux être libre. »

Le commandant se baissa et coupa les liens du prisonnier, qui se leva avec lenteur et détira ses membres, regardant en dessous l'officier;

celui-ci, très calme, laissait voir, sous son vêtement, la crosse du revolver.

Sous cette menace latente, Fauvol courba la tête et marcha vers le porche. Debout à l'entrée du cloître, M. Pontjolin le regarda s'éloigner.

X

Trois jours se sont passés. Henriet, qu'une petite fièvre a retenu à la chambre, commence à sortir et suit partout Gustave et Marielle, qui se font ses compagnons assidus.

Les soins, les paroles amicales, la bonté ont transformé l'enfant sauvage. Plus d'ombres sur son front, plus de gestes farouches à force de timidité. S'il baisse encore la tête et rougit à la moindre parole, c'est qu'il n'est pas tout à fait habitué à son bonheur actuel, c'est qu'il se souvient du passé, et qu'il a peine à comprendre la sympathie qui l'accueille, lui, le paria d'hier.

La reconnaissance s'épanouit dans ses grands yeux aimants, dans son sourire, ses paroles, son empressement à se rendre utile.

Il propose à Gothille de faire ses commissions, à Laurent d'arroser le jardin; tous deux refusent de concert, ce qui l'attriste.

Marielle et Gustave le trouvent charmant. L'écolier est ravi d'avoir momentanément pour camarade un garçon qu'une aventure tragique a fait orphelin et qu'une autre aventure non moins tragique sans doute, — le commandant n'a pas jugé nécessaire d'instruire son fils de ces détails, — a jeté à l'Abbaye.

Gustave brûle de connaître ce récent événement et ne manque pas d'interroger Henriet; mais ce dernier possède, entre autres qualités, une discrétion au-dessus de son âge. Les questions de Gustave lui indiquent que ses parents ne lui ont rien dit, et, bien qu'il n'ait reçu personnellement aucune défense, il croit devoir se taire.

On comprend qu'avant de le laisser dans la société de leurs enfants, le père et la mère ont épié, questionné, épluché, pour ainsi parler, l'orphelin avec un soin minutieux. Une joyeuse surprise remplaça bientôt leurs craintes : à défaut d'une protection terrestre, Dieu avait étendu la sienne sur l'abandonné.

Une candeur absolue faisait le fond de son âme; si son intelligence était une terre neuve et inculte, aucune herbe vénéneuse n'y mêlait son poison; les impressions malsaines avaient glissé, sans la flétrir, sur cette innocence.

Tout ce qui était mauvais ou grossier lui inspirait une invincible répugnance. Il s'était fait naturellement un langage délicat; sa voix était douce, sa démarche gracieuse; ses mouvements avaient une aisance, une dignité étranges chez l'élève de Fauvol.

« Cet enfant sort d'une honnête famille, dit le commandant à sa femme après un long interrogatoire qu'ils venaient ensemble de faire subir à Henriet. C'est pour moi une vérité évidente. Comment expliquer autrement les sentiments élevés qui ont germé en lui sans culture?

— Je suis de ton avis, répondit Mme Pontjolin. La marque d'origine se retrouve ordinairement chez les hommes. Je sais que cette règle, comme toutes les autres, souffre des exceptions, cependant...

— L'exception n'est pas ici, la souche était bonne. Mais sais-tu, ma femme, l'idée qui m'est venue tout à l'heure?

— Non, mon ami.

— Je crois que la justice n'a pas bien suivi le fil mystérieux de cette affaire. — Je parle de la mort du père d'Henriet. — Pourquoi Simon Fauvol n'en saurait-il pas là-dessus plus long qu'il n'en veut dire?

— Quoi! tu supposerais...?

— N'as-tu pas entendu ce qu'il vient de conter? Un jour que Fauvol le frappait brutalement, l'enfant épouvanté essaya de s'échapper; le misérable le rattrapa, et, se calmant soudain, il lui dit : Petit imbécile, tu perdrais tout en me fuyant. Le jour où je le voudrai, tu seras riche, riche, entends-tu? »

— Propos d'ivrogne.

— Les ivrognes dévoilent parfois leurs secrets de cette façon.

— Cependant il faudrait d'autres preuves. Admettrais-tu donc que Fauvol a connu le père de l'enfant?

— Je croirais plutôt qu'il l'a dépouillé.

— Mais il n'était pas seul. Les rouliers auraient vu quelque chose.

— Avec le secours d'une lanterne qui perçait mal l'obscurité, quand un geste suffisait pour s'assurer de l'existence d'une bourse, d'un porte-feuille sous les vêtements, je ne vois rien d'impossible... Remarque bien que je fais là une simple supposition, devant toi seule, et que je me garderais de la communiquer à d'autres.

— Je le comprends, » répondit la jeune femme.

L'entretien en resta là et ne se renoua pas sur ce sujet.

On commençait les préparatifs du reposoir, et Mme Pontjolin recevait tous les jours la visite des dames de Bois-l'Abbé, unanimes dans leur empressement. Le salon havane avait été converti en atelier, et rien n'était frais, délicat, riant comme le travail des ouvrières.

On aurait pu répéter, en pénétrant dans ce sanctuaire où s'élaboraient les plus délicieuses combinaisons :

> Ce ne sont que festons, ce ne sont qu'astragales.

Mme Pontjolin gardait la haute direction des travaux; elle excellait dans l'art si difficile de concilier toutes les préférences, d'amener des caractères également absolus à se faire de mutuelles concessions. Tout en sollicitant les conseils de chacune, elle mettait tant d'adresse et de tact à faire prévaloir son goût très sûr, que ses auxiliaires s'imaginaient avoir conçu la première idée de tel ou tel détail charmant.

La présence d'Henriet à l'Abbaye causa la première fois à ces dames une profonde stupéfaction, à laquelle succéda une curiosité ardente. Toute fille d'Ève conserve, dit-on, cet héritage maternel, et Mme Pontjolin se vit assaillie de questions insidieuses et multipliées.

Elle les reçut avec une amabilité exquise, mais ne répondit que ce qu'elle voulait bien répondre. Le commandant sut évincer de la même manière les interrogateurs trop empressés.

L'orphelin était intéressant; le métier de colporteur ne lui plaisait pas; Simon Fauvol avait cédé à l'officier le droit de s'occuper de lui, voilà tout.

« Mais vous ne comptez pas le garder avec vous ! s'écria Mme Marson, très surprise que le mystère n'eût rien de plus piquant. Vous ne ferez pas de ce vagabond le compagnon de vos enfants?

— Nous n'avons pas assez de fortune pour nous le permettre, répliqua tranquillement Mme Pontjolin. Mon mari le placera à la campagne ou à la ville, selon les goûts de l'enfant; de toutes façons nous ne cesserons de veiller sur lui. »

Cette courte réponse acheva de déconcerter la curiosité, et on ne parla plus d'Henriet dans les réunions quotidiennes.

Les interrogations se produisirent ailleurs sous une autre forme, et le commandant et sa femme donnèrent pleine satisfaction à ce désir de savoir qu'on appelle l'intérêt ou la charité. M. Romain, Mlle Lazarine et l'abbé Bernard écoutèrent avec émotion la triste histoire de l'orphelin, et félicitèrent M. Pontjolin d'avoir arraché une victime à la misère et au vice.

L'avant-veille de la Fête-Dieu, il fut décidé qu'on irait le lendemain dans la forêt chercher des feuillages et des fleurs.

« Il y aura de la besogne pour tout le monde, dit le commandant au souper. Tout le monde est invité par conséquent; mais tant pis pour les retardataires : ceux qui ne seront pas prêts à cinq heures seront impitoyablement laissés au logis.

— Je serai debout dès l'aube, » cria Gustave.

Cette belle ardeur n'empêcha pas maître Gustave de dormir à poings fermés quand déjà la pendule avait sonné cinq coups.

« Quand te lèveras-tu, paresseux? » vint lui crier Marielle à travers la porte.

Le jeune garçon s'éveilla en sursaut et se dépêcha tant, qu'il mit ses bas à l'envers, ce dont il ne prit nul souci lorsqu'il s'aperçut de sa méprise.

Sa précipitation fut en pure perte, Mmes Marson et Reynault se firent attendre une heure.

Le commandant renonçait à les voir arriver, et, malgré les instances obligeantes de sa femme, il se disposait à donner le signal du départ, quand Mme Marson, rouge et animée, entra au salon, traînant après elle la langoureuse Mme Reynault à la façon d'un remorqueur.

« Croiriez-vous qu'il m'a fallu la relancer dans son lit, chère Madame? dit-elle en serrant avec effusion les mains de Mme Pontjolin. Elle se plaignait de lourdeur de tête, d'un commencement de migraine. Parlez-moi de l'air des bois pour dissiper ces malaises. J'ai eu la constance de prêcher trois quarts d'heure, et nous voilà. »

La société s'ébranla, les enfants les premiers. Henriet était naturellement de la partie; mais cette nombreuse compagnie le gênait, en dépit des poussées amicales de Gustave et de la grâce de Marielle.

Son embarras disparut quand on fut entré dans la forêt. Là les groupes s'éparpillèrent, et l'on ne songea qu'à jouir en travaillant de cette matinée radieuse.

L'air était saturé d'émanations pénétrantes; les arbres secouaient les diamants dont la rosée les avait surchargés; il y avait sur la mousse des échappées lumineuses; les cuirasses des scarabées étincelaient comme des pierreries, des roulades et des sifflements descendaient des cimes feuillues.

Les hommes jouaient de la serpe avec dextérité; les femmes avaient pour mission de réunir en faisceaux les rameaux odorants du genévrier et du buis, les sombres branches des pins et la verdure argentée des bouleaux. Gustave et Henriet grimpaient aux arbres comme des écureuils, et Marielle faisait des bottes de toutes les fleurs éparses sous

Les travailleurs reprirent le chemin de l'Abbaye.

ses pieds, ayant soin de les emmailloter de mousse humide pour les garder fraîches.

Enfin la moisson s'acheva, et les travailleurs reprirent le chemin de l'Abbaye, escortant une carriole toute pleine de branches vertes et de mousse des bois.

Le grand jour de la Fête-Dieu se leva dans un ciel pur, et trouva les fronts sereins et les cœurs unis.

Le curé était radieux; depuis longtemps il n'avait eu si belle solennité en perspective, et il attribuait une partie de cette joie sacerdotale à ses excellents paroissiens de passage.

Henriet, bien peigné, proprement vêtu, se glissa à la suite des fidèles.

Fauvette. 13

Gothille l'avait pris sous sa protection; mais le garçonnet conservait de sa vie vagabonde un instinctif besoin d'indépendance et d'isolement. Il sut profiter avec adresse d'un remous de la foule qui se massait sur la pelouse du château pour se glisser à l'écart, au pied du reposoir, à l'ombre d'une ample draperie de velours cramoisi qui tombait jusque sur le gazon.

De là il distinguait toutes les magnificences de l'autel élevé par les soins de la grande Mademoiselle. Il n'y avait rien là qui n'appartînt en propre aux Rosélian. Tapisseries anciennes et potiches du Japon, candélabres d'or et fleurs éclatantes, tout venait du château, et c'était un éblouissement pour le petit orphelin que la contemplation de ces merveilles.

Tous les habitants de la demeure seigneuriale étaient rangés en avant, ayant à leur tête Mlle Herminie, dont les crêpes ressortaient d'une façon lugubre sous ce soleil splendide, dans ce cadre animé d'une population en habits de fête, au milieu de cette verdure, de cet or, de ces dentelles précieuses.

Les mains jointes sur son prie-Dieu sculpté, le corps droit, le visage rigide, elle ressemblait à une statue de la Désespérance. A cet instant solennel où toute âme chrétienne se fond, où tout cœur chrétien palpite en face du Dieu fait hostie par amour, elle restait sombre et concentrée, comme si tout son être eût été de bronze.

Un peu en arrière, M. Romain priait comme un chevalier des anciens jours. Dans l'ombre de sa haute stature se perdait la frêle personne de Mlle Lazarine, qu'on n'eût pas appelée une ombre à cette heure, tant son regard rayonnait d'une flamme intérieure.

Chose étrange! l'enfant contemplait avec un intérêt dont il ne se rendait pas à lui-même un compte exact cette noble famille dont l'extinction était si proche, et il fallut la vue de l'ostensoir radieux dans les mains de l'abbé Bernard pour lui faire courber le front.

Comment le pauvre abandonné connaissait-il assez les choses divines pour que dans ses yeux bleus passât cette lueur de foi, pour que ses mains se joignissent avec ferveur et que de ses lèvres jaillît une prière?

Henriet n'était jamais allé au catéchisme; le jour de la première communion, cette si douce fête de l'enfance, ne s'était pas levé pour lui.

Dans ses courses continuelles, lorsque son maître, tenté par une branche de gui, le laissait à la garde de la boutique, Henriet avait appris d'une vieille femme ou d'un petit pâtre que lui aussi, l'orphelin, avait un Père dans les cieux. Il retint le *Pater* et l'*Ave,* et les répéta matin et soir, y goûtant une douceur secrète.

Parfois aussi, attiré par les sons de l'orgue et l'harmonie des chants sacrés, il se glissa furtivement dans une église, tremblant d'être chassé à cause de ses haillons, et, blotti dans un coin, il assista au saint sacrifice, respira l'encens, écouta avec l'avidité d'une intelligence altérée les paroles qui tombaient de la chaire. S'il ne les comprenait pas toutes, il en gardait assez pour les repasser dans sa mémoire, et de ce chaos Dieu permit qu'une lumière sortît.

L'enfant qui avait côtoyé de si près la laideur physique et morale aimait Dieu d'instinct, comme le bon et le beau, et il se sentait à cette heure des élans de reconnaissance.

La clochette tinta, grêle et claire; toutes les têtes s'inclinèrent comme les épis qu'un souffle ardent courbe sur les sillons, et le Seigneur bénit en Père cette multitude prosternée.

Et s'il est vrai que le père de famille réserve sa plus tendre caresse à l'enfant le moins favorisé des dons de la nature, pour le dédommager de sa disgrâce, pourquoi Jésus n'aurait-il pas donné une bénédiction spéciale, plus amoureuse et plus sensible, à ce déshérité?

Les fidèles se levaient. Henriet vit passer Mme Pontjolin, Marielle, semant des roses à pleines mains, un visage de chérubin sous sa blanche couronne, puis le dais étincelant de broderie d'or que suivaient le commandant et son fils, graves et recueillis. Il resta le dernier sur la pelouse, prit sa course à travers champs et gagna l'Abbaye, pour se cacher une seconde fois à l'ombre du reposoir et éprouver de nouveau ces émotions puissantes qui lui versaient une joie ignorée jusqu'alors.

XI

LE PETIT BERGER

Cette journée laissa une trace profonde dans l'âme d'Henriet, et il fit à Marielle, sa confidente ordinaire, une foule de questions dans lesquelles la petite fille démêla une extrême ignorance en même temps qu'un ardent désir de savoir.

« Écoute, lui dit-elle avec une gravité naïve, tu dois faire ta première communion l'an prochain; mais les catéchismes ne commencent qu'en novembre, et tu es si grand, que tu as besoin d'étudier davantage. Je demanderai à maman la permission de t'apprendre le catéchisme jusqu'à ce que nous partions.

— Jusqu'à ce que vous partiez! répéta tristement Henriet. C'est vrai, vous ne resterez pas toujours. »

Il poussa un gros soupir.

« Nous ne partirons qu'au commencement d'août, répliqua la fillette avec de tendres inflexions de voix, et puis nous reviendrons; maman aime beaucoup l'Abbaye, nous aussi.

— Je serai bien content toutes les fois que vous reviendrez, reprit-il; et, en attendant, je me conduirai bien, allez, pour que le commandant ne regrette jamais de s'être occupé de moi.

— Mais, si tu l'avais voulu, tu nous aurais suivis à Thouars, puisque papa t'a proposé de t'y mettre en apprentissage.

— Et quand vous seriez venus à l'Abbaye, je vous aurais perdus. Vous voyez bien que ce serait la même chose. D'ailleurs, il me semble que je ne pourrais pas m'enfermer dans une ville, et j'aime mieux

Bois-l'Abbé que tous les pays du monde, parce que la tombe de mon père est là, » acheva-t-il avec émotion.

Par un mouvement d'instinctive sympathie, Marielle lui pressa la main. Il était si malheureux de n'avoir plus de père !

« Tu seras donc berger, car papa dit que tu n'es pas assez fort pour faire autre chose à présent.

— Oui, Mademoiselle, et je crois que je me plairai dans les champs et que j'aimerai mes bêtes.

— Mais tu ne les quitteras pas pour courir à la forêt, reprit-elle avec son rire frais comme un gazouillis d'oiseau.

— C'était bon autrefois, quand j'étais très triste. J'irai dans la forêt le dimanche.

— C'est cela. Mais, voyons, si nous profitions de l'absence de Gustave pour prendre notre première leçon de catéchisme ?

— Je ne demande pas mieux, si ça ne vous ennuie pas trop, » répondit-il, le regard brillant.

Mme Pontjolin sourit en octroyant, sans se faire prier, la permission sollicitée. Elle voyait avec joie se développer chez sa fille cette fleur divine de la charité dont le parfum réjouit les anges; elle assista, de la fenêtre où elle travaillait, à la leçon donnée sous un pommier, et ce fut pour elle un charmant spectacle de voir la maîtresse et l'élève, assis sur le même banc, l'une sérieuse et convaincue, l'autre attentif et docile.

La brusque arrivée de Gustave en bruyante compagnie, celle de Jules et de Frédéric Hélion, dérangea le professeur; on ferma le livre pour engager une partie, mais, le soir venu, Marielle dit gravement à sa mère :

« Je suis très satisfaite d'Henriet, maman.

— Tant mieux, ma fille.

— Il apprendra vite, je crois. Mais... j'ai pensé à autre chose. Si Henriet savait lire, il pourrait étudier son catéchisme tout seul, et puis ça le désennuierait quelquefois. C'est triste de ne pas savoir lire, petite mère... Vous ne m'aidez pas, ajouta la fillette, évidemment embarrassée.

— J'attends que tu me fasses connaître ton projet, car je vois que tu as un projet.

— Oui, mère, et vous devez l'avoir deviné déjà; ordinairement vous devinez tout ce que je pense. Enfin, je voudrais apprendre à lire à Henriet.

— Tu n'auras pas le temps, ma chère petite fille. Nous partirons au mois d'août, et il est possible qu'Henriet ne reste pas à l'Abbaye jusqu'à cette époque. Ton père cherche à le placer, tu le sais.

— Oui, mais s'il n'était pas trop loin, maman, il pourrait venir tous les soirs. J'avais aussi pensé à Gustave; s'il voulait m'aider, nous irions plus vite.

— A deux professeurs, je ne doute pas du succès. Eh bien, ma fille, adresse ta requête à ton frère. »

Gustave accueillit l'idée de Marielle avec enthousiasme, et les leçons de lecture commencèrent dès le lendemain.

Un soir de la fin de juillet, le commandant appela l'orphelin.

« J'ai trouvé une place pour toi, mon enfant, lui dit-il. Le fermier des Ramières a congédié son berger, un petit vaurien, paraît-il; il te prendra sur ma demande. Qu'en dis-tu?

— Je dis... que vous êtes bien bon, Monsieur, et que je vous remercie, répondit le jeune garçon en rougissant.

— Tiens-toi donc prêt à me suivre demain de bonne heure aux Ramières, le fermier a besoin de son berger sur-le-champ.

— Quoi! sitôt! s'écrièrent Gustave et Marielle.

— Eh! oui, mes enfants. Il faut prendre la place quand on la trouve, autrement elle serait perdue pour Henriet : le père Jouvenet ne manquera pas de domestiques. D'ailleurs, les Ramières sont tout près du bourg, et, tant que nous serons à l'Abbaye, Henriet viendra tous les soirs s'il le désire. Vous voyez que je me suis souvenu de vos recommandations, » ajouta le bon père avec un sourire.

Le frère et la sœur lui sautèrent au cou pour le remercier.

Henriet était debout le lendemain au petit jour, et avalait, sans avoir grand'faim, une assiette de soupe dans laquelle Gothille n'avait pas épargné le beurre.

« Au moins tu ne sortiras pas de l'Abbaye l'estomac vide, disait-elle. Pauvre petiot! ne voilà-t-il pas que tu vas quasiment me manquer! Après tout, c'est pour ton bien; tu verras qu'il n'y a pas de pain meilleur que celui qu'on a gagné. »

Et l'orphelin sentit qu'elle avait raison. S'il lui était pénible de quitter la demeure hospitalière qui s'était ouverte devant son abandon, il n'envisageait pas sans une secrète fierté la pensée que désormais il gagnerait sa vie, suivant l'énergique expression populaire. Le pâtre effacerait le vagabond.

Sa dernière cuillerée de soupe mangée, il alla rejoindre le commandant dans le vestibule. Toute la famille l'attendait, malgré l'heure matinale. Mme Pontjolin l'embrassa maternellement, Gustave lui donna des billes, Marielle des images; on lui dit : « A ce soir. »

Le fermier des Ramières jeta sur son nouveau pâtre un regard scrutateur. Sans que Simon Fauvol eût donné prise au soupçon, on professait à son égard une médiocre confiance, et Henriet s'en ressentait quelque peu.

En dépit de ses préventions, le père Jouvenet trouva un abîme entre le petit déguenillé d'autrefois et ce garçonnet propre et gracieux, aux cheveux bouclés, aux yeux limpides; il se dérida et lui tendit sa large main en disant :

« J'espère que tu marcheras droit, mon garçon, et que tu contenteras tes bienfaiteurs. Si tu es sage et honnête, nous nous arrangerons ensemble, n'aie pas peur. »

Il sembla cependant à Henriet que le terrain manquait sous ses pas quand le commandant se fut éloigné, et qu'il entrevit la perspective de cette nouvelle existence avec des inconnus; mais lorsqu'il sortit de la ferme, son troupeau défilant en bon ordre sous la garde d'un chien à l'œil intelligent et amical, et qu'il se trouva en pleine campagne, sous le ciel où couraient des nuages blancs, les blés jaunes à ses côtés, la forêt à l'horizon, il se rasséréna et fut saisi comme jadis de l'enivrement de la solitude.

Et quel bonheur de retrouver, le soir, ses chers protecteurs et ses jeunes amis! De nombreuses questions lui furent faites, après quoi Gustave célébra, à l'instar de Virgile, les charmes de la vie champêtre et le sort fortuné des bergers; à l'entendre, cette condition était le *nec plus ultra* de la félicité humaine. Pour son propre compte, lui, Gustave, échangerait volontiers les thèmes latins et grecs et les traités d'algèbre contre une houlette et un chien.

« J'aimerais à être bergère pour avoir de jolis agneaux blancs à caresser, déclara Marielle; mais j'aurais peur de finir par m'ennuyer toute seule.

— Je ne m'ennuierai pas; j'étudierai ma leçon de tous les soirs, et après je penserai, » répliqua Henriet avec un beau regard rêveur.

Les autres furent saisis de la profondeur de ce mot.

« Penser tout un jour, c'est long, reprit Marielle au bout d'un instant; mais quand tu sauras lire... »

Cette perspective lui paraissait illuminer l'avenir d'Henriet.

Malheureusement, il lui fallait se l'avouer, l'ardeur de l'élève et le zèle des professeurs ne suffisaient pas tout à fait: il manquait un peu de temps, et, à mesure que les jours s'écoulaient, la petite fille se disait tristement que l'art de la lecture conservait encore bien des mystères pour l'orphelin.

Elle ne put s'empêcher de le dire tout haut un jour.

C'était le premier dimanche d'août; toute la famille était réunie au château, où elle avait dîné. M. Romain demandait aux enfants des nouvelles de leur élève.

« Il fait des progrès étonnants, dit Gustave.

— Oui, mais il a encore beaucoup à apprendre, soupira Marielle, et nous partons la semaine prochaine.

— Déjà! » murmura Mlle Lazarine.

Entre elle et Mme Pontjolin s'était nouée une amitié profonde. Presque tous les jours la jeune femme accompagnait sa tante dans ses tournées charitables, et, à mesure qu'elles se connaissaient mieux, elles s'appréciaient davantage.

Elle ne serait pas la seule à regretter; car l'annonce du départ prochain des Pontjolin amena la même exclamation : « Déjà! » sur toutes les lèvres.

« La chasse va me sembler étrangement fastidieuse sans mon bon compagnon, dit M. Romain au commandant.

— Soyez sûr qu'elle me manquera, mon oncle. Mais nous chasserons l'an prochain avec un plaisir nouveau. »

Mlle Herminie changea brusquement le sujet de l'entretien en s'adressant aux enfants.

« Puisque vous prenez tant à cœur l'instruction du petit berger, que ne chargez-vous quelqu'un de se faire son répétiteur en votre absence?

— Charger quelqu'un! Et qui donc, ma tante? balbutia Marielle interdite.

— Moi, par exemple, fit doucement Mlle Lazarine après avoir interrogé sa sœur du regard. Mon temps n'est pas précieux, et mon mince bagage scientifique suffit pour un écolier de cette force.

— Permettez, Mademoiselle, vous empiétez sur mes droits, dit l'abbé Bernard en souriant. Savez-vous que je brigue cette faveur depuis trois semaines? Je rencontre Henriet à peu près tous les jours; j'ai causé plusieurs fois avec lui, et nous sommes les meilleurs amis du monde. Vous n'allez pas m'enlever mon élève, je pense.

— Comment, M. le curé, vous voudriez apprendre à lire à cet enfant?

— A lire, à écrire et le reste, si tout marche comme je l'imagine. Il paraît très intelligent et ne demande qu'à s'instruire.

— Mais, M. le curé...?

— Il n'y a pas de mais, Mademoiselle; je prétends bien gagner ma cause. Comment voulez-vous que le petit berger ose venir au château tous les soirs? Au presbytère, à la bonne heure! J'en appelle à

Mlle de Rosélian, qui serait privée de votre présence une partie de la soirée.

— J'y aurais consenti pour faire plaisir à Marielle, déclara Mlle Herminie. Mais le petit ne perdra pas au change, gardez-le.

— N'allez pas faire un érudit de mon protégé, dit en riant le commandant à l'abbé Bernard.

— Je ne m'engage à rien, commandant. Il en sera ce qu'il plaira à Dieu.

Après une journée passée à la chasse en compagnie du commandant.

— Merci à tous pour lui, fit Mme Pontjolin. Je suis heureuse de penser que ce pauvre petit ne sera pas abandonné. »

Le lendemain, après une journée passée à la chasse en compagnie du commandant, M. Romain accepta de partager le repas de famille à l'Abbaye.

Contre l'ordinaire, la conversation languissait. Le vieillard, dont l'esprit était demeuré alerte en dépit des années, qui avaient mêlé nombre de fils d'argent à ses cheveux et creusé des sillons sur son front paisible, semblait être sous l'empire d'une préoccupation ou d'un souci.

« Décidément vous nous quittez la semaine prochaine? dit-il tout
à coup.

— Décidément, mon oncle. Nous avons fait un assez long séjour à
Bois-l'Abbé.

— Trop court, mes amis, beaucoup trop court pour nous.

— Ne ravivez pas les regrets d'Hélène, fit le commandant. Heureux
sommes-nous d'avoir pu nous rapprocher assez pour faire des appa-
ritions à l'Abbaye de temps à autre, avec l'espoir de nous y fixer défini-
tivement plus tard, quand j'aurai pris ma retraite. »

M. Romain repoussa sa chaise.

« Une promenade dans les ruines vous agrée-t-elle, ma nièce? » demanda-t-il à demi-voix.

La jeune femme, étonnée, prit le bras qu'il lui offrait.

Le ciel était gris, le vent d'ouest avait amené toute la journée de
courtes, mais fortes averses; ils marchèrent en silence sur l'herbe
mouillée.

« Un temps maussade, » dit tout à coup le vieillard.

Mme Pontjolin le regarda avec surprise. Était-ce pour parler du temps
qu'il l'avait conduite aux ruines.

« Je suis peu habitué aux circonlocutions, reprit-il. Il faut me pardonner si je suis maladroit et aussi m'aider un peu, mon enfant. Ce
que j'ai à vous dire pourra vous paraître étrange, mais vous ne vous
montrerez pas blessée, n'est-ce pas?

— Vous ne pouvez vouloir me blesser, mon oncle, » répondit-elle
avec un calme sourire.

Il reprit :

« Herminie ne ressemble pas à tout le monde, il ne faut pas lui en
vouloir. Sa vie s'est écoulée dans un isolement qui, tout volontaire qu'il
est, n'en reste pas moins pénible. Un héritier de notre nom lui eût fait
oublier ses chagrins. Dieu ne l'a pas voulu.

— Mon oncle, pourquoi ne lui avez-vous pas donné cette joie
suprême? »

Mme Pontjolin avait dit cette parole d'une façon presque inconsciente;
elle s'en repentit en voyant l'expression de poignante tristesse qui se
peignit sur les traits de M. Romain.

« Moi? fit-il, est-ce ma faute? Jeune femme et bel enfant, tout me fut
ravi en quelques heures. Mon cœur fut broyé. »

Elle resta saisie. Jusqu'à cette heure elle avait ignoré que M. Romain
eût été marié.

« Pardonnez-moi, mon oncle. Je regrette vivement..., je ne savais
pas..., bégaya-t-elle.

— C'est juste. Vous n'étiez pas née alors, Hélène; plus tard, vous aviez autre chose en tête que les solitaires de Rosélian. Mon bonheur fut si court, que c'est à peine si les gens du pays s'en souviennent; on s'est accoutumé à me considérer comme un vieux garçon.

« Herminie fut frappée du même coup que moi. Devant le cadavre de mon fils, elle s'abandonna à une douleur que nous fûmes seuls à voir. Pourtant elle ne désespéra pas encore : Auguste restait, c'était un Rosélian; elle applaudit à son mariage. J'étais absent quand vous vîntes au monde, mais je sais que votre naissance fut une déception pour ma sœur : elle attendait un garçon. A mon retour, votre mère était morte; Herminie me dit en frémissant :

« — Notre race est donc maudite ! »

« Plus tard, elle fit des projets pour vous. Vous étiez jolie, spirituelle; elle rêva de vous marier à son gré et d'obtenir pour le gentilhomme de son choix le droit de porter ce nom de Rosélian destiné à s'éteindre. Elle s'en ouvrit à votre père, mais en vain : il préféra votre bonheur à un héritage, et, à mon sens, il eut raison.

« Maintenant elle reprend le rêve en sous-œuvre à propos de Marielle, qui lui a plu de prime abord, qui est Rosélian, etc. etc. Elle a dû vous le dire plusieurs fois. C'est ici, Hélène, que j'ai besoin de votre aide et aussi un peu de votre pardon pour ma pauvre sœur.

— Je ne vous comprends pas, mon oncle. Quelles vues peut-elle avoir sur ma fille, une enfant?

— C'est une folie, je le sais, et voilà pourquoi j'ai pris les devants. Elle vous aurait exposé ses projets sans ménagement, comme elle sait le faire, et votre réponse, très nette, très catégorique, l'aurait certainement froissée. Ce serait encore une fois la rupture de nos relations affectueuses, ce serait une vive souffrance pour Lazarine, pour moi, pour Herminie elle-même; je ne veux pas cela.

« Voici donc le dessein qu'elle nous a communiqué au déjeuner : elle voudrait garder Marielle, l'élever, la façonner et... la marier à son gré. A cette condition, elle lui léguera la totalité du patrimoine des Rosélian, dont elle est restée la maîtresse absolue.

— Mon oncle...

— De grâce, Hélène, ne vous récriez pas si vite. Je savais que vous n'accepteriez pas, mais j'ai sollicité votre indulgence. »

Mᵐᵉ Pontjolin prit les mains du vieillard et les serra avec affection.

« Vous n'en avez pas besoin, mon oncle. Je reconnais les bonnes intentions de ma tante, et mon mari les reconnaîtra comme moi.

— Vous lui en parlerez?

— Je lui raconterai notre entretien, et nous serons du même avis, comme toujours. Nous refuserons, parce que nous ne voulons pas nous séparer de notre fille, parce que nous ne céderons jamais, nous vivants, nos droits sur elle, et surtout que nous ne voudrions, pour rien au monde, engager son avenir.

— N'en parlons plus. Je préviendrai ma sœur avec assez de précautions pour ne pas la froisser; elle s'abstiendra de vous faire des ouvertures, et ses idées changeront plus tard, je l'espère. »

Ils revinrent lentement à la maison. Par une subite éclaircie, les nuages s'étaient déchirés, le soleil se couchait dans des vapeurs roses, et toutes les vitres de l'Abbaye étincelaient.

« Vous nous trouvez un peu fous sans doute, reprit soudain M. de Rosélian. Cette déférence de deux vieillards envers une sœur aînée, cette soumission quasi enfantine ne sont plus de notre temps. Que voulez-vous! Herminie porta le poids des peines de notre père, elle était une femme quand nous étions encore enfants, et nous avons contracté à son égard une de ces vénérations qui ne se discutent pas. En droit, nous avons une fortune personnelle dont il nous est permis de disposer; en fait, le domaine patrimonial de Rosélian appartient à Herminie, et nous sommes en tutelle. N'est-ce pas bien ridicule, mon enfant?

— C'est plus respectable et plus touchant que je ne saurais l'exprimer, répondit-elle avec attendrissement. Faites-moi un plaisir, mon oncle : que la question d'héritage ne soit plus traitée entre nous. »

Il lui serra la main, et ils rentrèrent à l'Abbaye.

XII

L'ANTIQUAIRE

Ils ne parlèrent plus d'héritage, et la famille Pontjolin reçut un excellent accueil à Rosélian, où elle alla faire ses adieux. Mlle Herminie avait-elle été désillusionnée ou gardait-elle le secret espoir de réussir, à un moment donné, dans sa difficile négociation. C'est un point que nous ne chercherons pas à éclaircir. Ce qui est certain, c'est qu'elle ne témoigna aucune froideur à ses parents et leur recommanda de ne plus oublier Bois-l'Abbé.

Dans tout le bourg on fit de même; les plus aimables regrets furent exprimés à nos amis, mais personne ne fut affligé comme Henriet.

Le pauvre enfant avait eu beau se dire que ses protecteurs s'en iraient un jour, il lui semblait que ce jour ne devait pas arriver, et, quand il se leva, ce fut le cœur bien gros que le berger, avec la permission de son maître, accourut à l'Abbaye.

Tout était prêt pour le départ, et, en attendant la diligence, Marielle et Gustave faisaient ce que ce dernier appelait un voyage sentimental aux ruines. Tout en regrettant franchement l'Abbaye, qui représentait pour lui une somme de liberté dont il ne jouirait pas ailleurs, il ne pouvait s'empêcher de mêler à l'expression vraie de ce sentiment des tirades ampoulées et comiques qui faisaient rire sa sœur, bien qu'elle eût plutôt envie de pleurer, dit-elle au petit pâtre.

Ils revinrent à la maison afin d'embrasser M. Romain et Mlle Lazarine, accourus pour dire une fois encore : Au revoir.

« Ce serait dommage d'abandonner le jardin que Laurent a presque transformé, disait M. Romain. J'y enverrai le jardinier de Rosélian, et moi-même j'y jetterai un coup d'œil de temps en temps.

— Recommandez au jardinier mon petit parterre, s'il vous plaît, mon oncle, fit Marielle, qui regardait avec tristesse ses reines-marguerites et ses résédas.

— Sois tranquille, je m'en occuperai, lui dit Mlle Lazarine; j'arroserai tes fleurs; je ferai planter au milieu de ton petit jardin un de ces rosiers blancs que tu aimes beaucoup. Tu verras comme ce sera joli et grandi à ton retour.

— Que vous êtes bonne, chère tante! » reprit la petite fille en lui sautant au cou.

Le bruit des roues de la diligence fit hâter les adieux. Le commandant mit sa main sur la tête d'Henriet, qui tournait vers lui sa jolie figure toute bouleversée.

« Sois toujours un honnête garçon, lui dit-il, et fais en sorte que j'entende dire du bien de toi. Tu pleures? Allons, ce n'est pas raisonnable, tu es un homme à présent.

— Au revoir, Henriet, nous ne t'oublierons pas, » lui dirent Marielle et Gustave.

Ils l'embrassèrent, Mme Pontjolin l'embrassa, et il les vit monter en voiture à travers un brouillard. Tant qu'il put apercevoir le coffre jaune cahotant sur les cailloux, il resta debout devant la porte, son chapeau à la main; enfin tout disparut, et l'enfant reprit tristement le chemin de la ferme.

En consultant les dictionnaires géographiques, on lit à peu près ceci: « Thouars, chef-lieu de canton sur le Thouet, à vingt-six kilomètres de Bressuire; deux mille six cents habitants; château bâti par Marie de Latour, etc. etc. » Ce que ces savants ouvrages oublient communément de mentionner, c'est que cette petite ville est d'un aspect animé, que les mœurs y sont paisibles, les caractères liants et généralement gais. Comme dans tous les centres peu considérables, on y voisine volontiers, et le commandant, n'ignorant pas que sa femme, sans vouloir se tenir à l'écart, chose d'ailleurs impossible dans sa position, aimerait à s'isoler un peu à cause de Marielle, avait abandonné le logement loué d'abord par lui, pour une maison située dans le quartier le moins bruyant, à proximité de la campagne.

Ce logis n'était pas neuf; les appartements n'avaient ni rosaces au plafond, ni dorures, mais ils étaient vastes, commodes et possédaient un avantage très apprécié de toute la famille : une vue agréable.

Mme Pontjolin se plaisait surtout dans le salon intime du premier étage, d'où l'on apercevait la suite des jardins de la basse ville et les coteaux; elle y avait son piano, sa corbeille à ouvrage et sa petite bibliothèque; elle y donnait des leçons à Marielle, et Gustave y venait faire ses devoirs.

Près de cette pièce se trouvaient, d'un côté le bureau du commandant, de l'autre un étroit cabinet éclairé par un œil-de-bœuf très haut percé et dont on avait fait un lieu de décharge. Laurent y avait posé des crochets pour y suspendre son uniforme; Gothille y reléguait divers ustensiles trop vieillis pour orner sa cuisine, encore utiles cependant; Gustave avait un coin tout à lui où il entassait cordes, billes, toupies, livres, ballons, bref, tout ce qui alourdissait trop ses poches. Un de ses exercices favoris consistait à grimper à l'œil-de-bœuf, à s'y suspendre et à inspecter les alentours.

Malheureusement il ne voyait pas grand'chose. La maison du commandant tenait le bout de la rue. En face, un mur et le jardin d'une demeure bourgeoise; au delà, une ruelle étroite dans laquelle le regard plongeait sans obstacle, mais où il n'apercevait qu'une suite de maisons plus ou moins lézardées, terminées par une boutique aux vitres embrouillées, au-dessus de laquelle était peint un vase à peu près doré entouré de ces mots, en grandes lettres noires :

A LA COUPE DE PHARAON

Et plus bas :

URBAIN DAVRENNES

TIENT LES CURIOSITÉS, OBJETS ANTIQUES ET AUTRES

Cette mirifique enseigne faisait rêver Gustave. Quels pouvaient être les objets antiques et autres contenus dans ce magasin sordide, désordonné, à travers les carreaux sales duquel apparaissait le maître de céans, vieillard ratatiné, dont les petits yeux glauques s'abritaient derrière de larges lunettes bleues?

Cependant il n'était pas rare de voir un curieux fureter dans la boutique, et plus d'un vrai savant y entrait sans dégoût, demandant à Urbain Davrennes quelles trouvailles il avait faites depuis la dernière fois. On savait que le vieux brocanteur était doué d'un flair particulier pour découvrir et acquérir à vil prix les raretés exceptionnelles dont il faisait profiter ses clients sans trop les écorcher.

Si le marchand était absent, les visiteurs trouvaient à sa place une vieille servante encore leste, qui savait à merveille où se trouvaient les vraies richesses de la boutique, mais ne les découvrait qu'à bon escient et seulement si elle devinait un amateur sérieux. La Clausette avait le flair à sa manière.

Le soir, elle tirait devant la vitrine deux volets soigneusement repeints tous les cinq ans. « La peinture conserve le bois, » disait Davrennes, et la servante le répétait avec emphase, ayant coutume d'ériger en oracle chaque parole tombée de la bouche de son maître, « un homme pas coquet, non, mais un savant tout de même. »

On comprend que ces menus détails n'étaient pas connus de Gustave. Il n'avait d'autres raisons pour s'intéresser au magasin de curiosités que le désœuvrement des récréations, les jours de pluie, et aussi la rencontre qu'il fit un matin du marchand, en houppelande et en bonnet de soie noire. Il lui trouva un type d'usurier et le baptisa Shylock, pour avoir lu quelques jours auparavant les contes de Shakespeare. A cette occasion, il narra tout au long à Marielle l'histoire de l'effroyable contrat passé entre le juif et le marchand de Venise. La petite fille frémit, et ses pleurs coulèrent tout à fait quand son frère lui montra Shylock aiguisant son couteau pour couper la chair de sa victime.

Un soir de septembre, la famille se préparait à faire sa promenade quotidienne, quand le ciel se couvrit rapidement, et de larges gouttes commencèrent à tomber. Il fallut prendre son parti de ce contretemps; le commandant prit son journal, sa femme une couture, et Marielle tira son tricot d'un petit sac de paille. Elle avait entrepris un gros ouvrage : il s'agissait de faire des bas de laine à Henriet, et, pour qu'ils fussent achevés au jour de l'an, ce n'était pas trop tôt de les commencer au mois de septembre. Tricoter n'amusait pas Marielle; oh! non; mais elle savait déjà qu'on ne fait point le bien en s'amusant.

« Ça n'avance guère, maman, dit-elle au bout d'une minute avec un petit soupir. Voyez, en quinze jours je n'en ai pas fait plus de quatre doigts.

— Tu n'y travailles pas souvent, ma fille.

— C'est bien vrai, mère. Il me faudrait pour avancer beaucoup de mauvais temps comme celui-ci.

— Grand merci! je préfère le soleil, s'écria Gustave en exécutant une pirouette. Si Henriet n'a que tes bas pour lui tenir les pieds chauds cet hiver, petite sœur, il court le risque de s'en passer.

— Tu as beau rire, il les aura, répliqua Marielle d'un petit ton résolu. Je me le suis promis, et on doit toujours tenir ses promesses; n'est-il pas vrai, papa?

— Toujours, ma petite fille, même si l'on ne s'est engagé qu'envers sa conscience.

— Tu vois bien. Et puis le pauvre Henriet aura si grand froid dans les champs.

> Que ne suis-je berger!
> Que n'ai-je une chaumière! »

Fredonna Gustave, et, soudain s'interrompant :
« Si j'allais voir ce que devient Shylock?
— Qui est Shylock? demanda le commandant.

Urbain Davrennes tient les curiosités, objets antiques et autres.

— Gustave a ainsi surnommé, je ne sais pourquoi, le marchand de curiosités du bout de la ruelle, répondit Mᵐᵉ Pontjolin, que Marielle avait mise au courant.

— Papa, il ressemble à l'usurier de Venise. Je voudrais que vous eussiez vu son nez d'oiseau de proie, son menton pointu, ses lunettes.

— J'ai vu tout cela et n'ai point saisi la ressemblance, n'ayant pas eu l'honneur de connaître Shylock. Où vas-tu?

— A l'œil-de-bœuf. Je verrai si la pluie a lavé la vitrine, ce qui ne serait point un luxe inutile. »

Il disparut et revint après deux minutes, l'air ahuri.

Fauvette.   14

« Devinez, devinez qui est entré chez Shylock. Je vous le donnerais en cent, en mille, que vous ne trouveriez pas.

— Aussi te prions-nous de le dire tout bonnement, mon fils, dit Mme Pontjolin.

— Eh bien, maman, je viens de voir entrer... Simon Fauvol.

— Fauvol! ce n'est pas possible.

— Je l'ai vu, de mes yeux vu, ce qui s'appelle vu, appuya Gustave. Il avait sa boîte sur le dos. Avant de passer le seuil, il a jeté un coup d'œil dans la rue, où il n'y avait pas un chat, vous comprenez; puis il a poussé la porte et s'est faufilé là dedans comme une anguillle. »

Le commandant et sa femme se regardèrent, mais ne dirent mot ni l'un ni l'autre, et le jeune garçon n'osa pas se donner carrière en se lançant dans un monde d'invraisemblables suppositions. Il retourna plusieurs fois à son poste d'observation; mais il eut beau s'écarquiller les yeux, il ne vit que la pluie continuant à tomber. La nuit vint de bonne heure, la Clausette tira les volets, et tout fut dit.

Le mauvais temps ne devait pas durer; le soleil parut de bon matin dans un ciel sans nuages.

« J'ai revu aujourd'hui une ancienne connaissance, mon commandant, dit Laurent en amenant le cheval de son maître.

— Laquelle?

— Une vilaine connaissance, je veux dire : le Fauvol qui est sorti au petit jour de la boutique de là-bas.

— Tu en es sûr, Laurent?

— Comme de mourir un jour. Quand j'ai vu une manière d'hercule comme ceux qui jonglent avec des haltères sur la foire, je me suis dit: C'est la tournure du nôtre; mais voilà qu'il a tourné ses yeux louches par ici, et j'ai bien reconnu le personnage.

— T'a-t-il vu?

— Pas du tout. La porte était entr'ouverte, et il filait de l'autre côté.

— C'est bon. Je suppose, Laurent, que tu as gardé le secret de ce qui s'est passé entre cet homme et nous; je te recommande le même silence sur ce que tu as remarqué ce matin.

— Suffit, mon commandant. »

L'officier sauta en selle et s'éloigna d'un air préoccupé.

Dans la journée il pensa plusieurs fois à Henriet, et, rentré chez lui, il relut la dernière lettre de M. Romain, où se trouvait un passage ainsi conçu :

« Votre gentil protégé est un peu devenu celui de tout le monde. Il ne se fortifie guère; le père Jouvenet le trouve nonchalant et triste, et croit qu'il ne sera jamais bon qu'à faire un berger. S'il est nonchalant, ce n'est pas avec M. le curé, qui lui donne des leçons de lecture, d'écriture, de catéchisme, et de bien d'autres choses encore, je crois; il fait en tout, paraît-il, des progrès surprenants. Lazarine a remarqué qu'il prie à l'église avec une piété d'ange. Quant à moi, il m'arrive, en passant par les guérets, de m'arrêter à cet enfant, qui a quelque chose de très distingné, particulièrement étonnant si l'on considère le genre de vie qu'il a menée pendant si longtemps et le mentor de ses premières années.

« Une fois il chantait je ne me rappelle plus quel air d'une si jolie voix, que, ma parole! je suis resté planté derrière un buisson, sans plus bouger que le dieu Terme jusqu'à la fin de la chanson. Plus je vais, plus je partage votre sentiment, à savoir : que ce petit est né de parents honorables. Par malheur, on ne le saura sans doute jamais. »

Le commandant plia la lettre en murmurant : « Qui peut prévoir ?... si j'essayais... »

Il feuilleta un carnet sur lequel il avait pris des notes pendant son séjour à l'Abbaye, marqua deux adresses au crayon rouge, et à son premier moment de loisir se dirigea vers le meilleur hôtel de Thouars.

L'hôtelier, qui le connaissait peu, ne le remit pas du tout sous ses habits bourgeois.

« Je voudrais un renseignement, lui dit M. Pontjolin. Pourriez-vous vous souvenir d'un voyageur qui prit un repas chez vous le 14 novembre 18..., c'est-à-dire il y aura bientôt dix ans? »

La question était bizarre, mais l'aspect du questionneur était si grave, que l'hôtelier ne se permit pas un sourire.

« Je suis fâché de ne pouvoir vous satisfaire, Monsieur, dit-il poliment. Je n'ai pris l'hôtel que depuis deux ans, et le voyageur dont vous parlez n'ayant point couché dans la maison, ce serait en vain que nous chercherions son nom sur les registres.

— Savez-vous où demeure la personne qui tenait l'hôtel avant vous?

— Elle est morte il y a six mois, Monsieur. »

Le commandant n'avait plus rien à demander; il remercia l'hôtelier, et, consultant de nouveau son carnet, il se dirigea vers la ville basse et s'arrêta devant une enseigne qui surmontait une porte cochère, et annonçait que Préjoux louait des voitures et des chevaux à la course et à l'heure.

Le maître du logis était absent; une femme d'un âge mûr reçut le commandant et lui demanda ce qu'il y avait pour son service.

Il répéta la question déjà posée à l'hôtelier. Pensait-elle que M. Préjoux eût souvenance d'un voyageur auquel il avait loué un cheval le 14 novembre 18...?

« Et qui fut trouvé dans la rivière, interrompit la femme avec vivacité, tandis que le cheval retournait tranquillement chez nous. Nous nous en souvenons, oui, Monsieur; c'était assez remarquable. L'étranger avait un petit garçon d'à peu près trois ans, tout frisé et gentil. Mon mari fut appelé à faire une déposition là-dessus, une chose qui ne servit de rien, car on ne put jamais découvrir le nom du pauvre monsieur.

— Je vois que vos souvenirs sont précis, Madame. Probablement vous avez vu cet étranger.

— Je l'ai vu, Monsieur; j'étais avec mon mari quand il vint demander un cheval. Comme Préjoux ne le connaissait pas, il hésita une minute; mais je ne sais pas pourquoi cette figure m'allait tout plein, et je fis signe à mon mari de consentir. Je m'en suis repentie depuis. Le pauvre monsieur! si j'avais su que ce cheval causerait sa mort...

— Il avait donc la physionomie honnête?

— Honnête et distinguée, Monsieur. C'était un beau garçon, tout jeune, de bonnes manières, et une voix douce comme une femme.

— Et... vous a-t-il payé? »

Mme Préjoux regarda le commandant d'un air défiant; il s'en aperçut.

« Madame, dit-il gravement, croyez bien que j'ai un intérêt majeur à vous adresser ces questions, et répondez-y sans aucune crainte. Songez que de votre sincérité dépend peut-être l'avenir d'un orphelin qui ne sait même pas le nom porté par son père. »

La femme du loueur de voitures fut émue de cet accent. D'ailleurs, l'homme qui lui parlait avait cette tenue toujours un peu raide qui distingue le militaire sous les vêtements civils, et sa voix brève annonçait l'habitude du commandement. L'idée lui vint que c'était un agent haut placé dans la police.

« C'est différent, reprit-elle; je répondrai à tout, Monsieur, mais je ne sais pas grand'chose. L'étranger a payé mon mari; il a tiré un portefeuille en cuir rouge qui ne paraissait pas mal garni.

— Vous n'avez pas remarqué autre chose?

— Mon Dieu, Monsieur, que voulez-vous qu'on remarque en si peu de temps? Cependant pour prendre son portefeuille il ouvrit son pardessus, et je vis qu'il avait une montre en or assez grosse, tenue par un cordon de soie noire; il y avait au cordon un petit médaillon avec un portrait de femme dessus et un rang de perles blanches très jolies. Ma nièce, qui était avec nous, me dit après le départ de l'étranger que c'étaient des perles fines, et elle devait s'y connaître, puisque son mari était bijoutier.

— Pourquoi n'avez-vous pas parlé de ces bijoux et du portefeuille lorsqu'on vous interrogea?

— Je n'ai pas été interrogée, Monsieur, et mon mari n'avait pas remarqué tous ces détails de montre et de médaillon. Quant au portefeuille, il oublia d'en parler, et après il n'en fut pas trop fâché, car on n'aime pas beaucoup à se trouver mêlé dans ces affaires de justice.

— L'inconnu n'avait-il pas de bagages?

— Il tenait à la main une petite valise; je n'y ai rien vu de particulier. Mon mari en a parlé, du reste; on a pensé que le cheval l'avait perdue sur la route en faisant des sauts. »

Le commandant se leva.

« Je vous remercie de votre obligeance, dit-il; ces renseignements peuvent être utiles à l'occasion.

— Je regrette de n'en pas savoir plus long. Mais j'espère que de tout ça il ne nous arrivera rien de mal, reprit-elle avec inquiétude.

— Soyez tranquille, Madame, » répondit-il en la saluant avec cette courtoisie qui ne l'abandonnait jamais en présence d'une femme.

Il dut s'avouer en s'éloignant que les indications obtenues étaient peu de chose. Où trouver le portefeuille et les bijoux dont avait parlé la femme du loueur de voitures? Depuis longtemps sans doute le portefeuille était devenu la proie des flammes, et montre et médaillon s'étaient métamorphosés dans les mains de l'orfèvre.

A quoi bon chercher après dix ans? se dit-il avec un soupir. L'orphelin ne connaîtra jamais sa famille si Dieu ne fait éclater un coup de sa Providence.

XIII

La voix d'airain de Raymonde tinte harmonieusement pour la dernière messe; l'horizon se noie dans une brume transparente et fraîche; les arbres se penchent sur la rivière comme une coquette sur son miroir.

Et certes ils ont le droit de se refléter avec complaisance dans cette glace limpide, car ils ont revêtu la plus brillante comme la plus éphémère de leurs parures, cette livrée ruisselante de pierreries dont l'automne les habille avant de les dépouiller.

Le couvert est déjà disposé dans la salle à manger de Rosélian, et les sœurs et le frère y pénètrent à la file, suivant leur habitude.

Mlle Herminie se place devant son fauteuil et récite à haute voix le *Benedicite;* M. Romain et Mlle Lazarine répondent *Amen.*

Dans ce très simple déjeuner de famille il règne une sorte d'étiquette; par une convention tacite, les cadets de Rosélian ne se permettraient pas de prendre les premiers la parole; ils attendent.

« Le chocolat n'a pas reçu ce matin le degré de cuisson nécessaire, dit Mlle Herminie en posant sa tasse. Ne l'avez-vous pas surveillé, Lazarine ?

— Pardonnez-moi, ma sœur, je me serai trompée. Je tâcherai de mieux faire demain.

— C'est la faute d'Annette; je ne vous oblige point à vous mêler de ces choses. Jadis on ne croyait pas qu'une fille noble dérogeât en s'occupant de cuisine; c'est tout le contraire aujourd'hui. Pour ma part, j'ai préparé jusqu'au dernier jour le thé qui formait, avec deux sandwichs, le premier déjeuner de mon père. Il avait pris cette coutume en Angleterre lorsqu'il était encore enfant. »

Elle se tut; le souvenir de son père amenait ordinairement ce silence. M. Romain prit la parole.

« Hélène doit être arrivée d'hier, dit-il.

— D'hier! reprit Mᴵˡᵉ Herminie avec surprise. Je croyais que le commandant vous avait écrit qu'il ne pouvait quitter Thouars avant le dix-sept.

— Justement, nous sommes au dix-huit. »

Elle jeta les yeux sur le calendrier.

« Vous avez raison. Comme le temps passe!

— Irez-vous à l'Abbaye, Romain?

— J'y entrerai certainement. Il me tarde de savoir comment va Marielle.

— Cette enfant est très délicate; il lui faudrait continuellement l'air de la campagne.

— L'air de Thouars n'est pas mauvais pourtant. Comment était-ce donc à Paris?

— Je l'ignore, mais sa croissance prématurée la fatigue; songez qu'elle n'a pas onze ans.

— Ils auraient dû venir plus tôt; les beaux jours ne dureront pas, et le moment est mal choisi pour Gustave, voici l'époque de la rentrée.

— Elle n'aura lieu qu'à la mi-octobre; cela lui donne presque un mois encore. Vous savez qu'Hélène n'aime pas à laisser son mari seul, voilà ce qui l'a fait hésiter si longtemps; il a fallu l'ordre exprès du docteur pour la décider. Tout en étant assez près de Thouars, Bois-l'Abbé est trop loin pour que le commandant puisse venir tous les jours. »

Ce disant, M. Romain se levait et prenait des mains de Florentin son fusil et son carnier. Quelques instants après, ses sœurs le virent traverser la pelouse à grandes enjambées. Mᴵˡᵉ Herminie se pencha et appela : « Romain! »

Il se retourna sur-le-champ et mit sa casquette à la main.

« Attendez un instant. Si Lazarine vous accompagnait, elle me ramènerait Marielle. »

Mᴵˡᵉ Lazarine ne tarda pas à paraître; son frère lui offrit le bras, et la grande Mademoiselle les suivit des yeux jusqu'à la grille.

Il fallait, certes, que la petite fille lui tînt au cœur pour qu'elle s'en occupât ainsi. Elle la connaissait depuis quinze mois seulement, et les séjours de la famille Pontjolin à l'Abbaye avaient été coupés de longs intervalles; néanmoins ils avaient suffi à Marielle pour faire un chemin considérable dans les affections de l'aînée des Rosélian.

Puis, sans qu'elle le sût très bien elle-même, Mlle Herminie s'intéressait beaucoup aux Pontjolin, et le commandant lui était devenu éminemment sympathique.

Le premier être humain qu'aperçurent M. et Mlle de Rosélian en arrivant à l'Abbaye fut Gustave, lequel se promenait gravement sur la crête de la muraille.

Il s'empressa de descendre en poussant un retentissant hourra qui fit accourir le reste de la famille.

« Gustave, tu m'étourdis, s'écria M. Romain. Quel organe! Viens me donner une poignée de main, je ne peux plus t'embrasser comme un bébé. Je crois, Dieu me pardonne! que j'aperçois là une ombre de moustache. »

Gustave rit en passant la main sur ses lèvres, qui conservaient encore la fraîcheur et le velouté de l'enfance.

« Eh! mais, Marielle, tu as l'air d'une jeune fille; c'est à peine si j'ose te tutoyer. Quelles poussées! A chaque voyage, il s'en faut de peu que je ne puisse te reconnaître.

— Elle grandit trop, dit Mme Pontjolin; nous ne savons que faire pour la fortifier. »

Il y avait une sourde angoisse dans l'accent de la mère.

« Il lui fallait l'Abbaye, dit en riant le commandant; le grand air lui rendra vite ses couleurs.

— Permettez-vous que je vous l'enlève pour la matinée? dit Mlle Lazarine. Herminie voudrait l'embrasser. Vous viendrez la chercher tantôt. »

La réponse n'était pas douteuse. Marielle posa sur ses longues nattes dorées un chapeau de paille à larges bords, et se suspendit au bras de sa tante.

« Mon Dieu! il faut que tu marches près de moi pour que je me rende compte de ta hauteur, Marielle. Tu me dépasses, orgueilleuse.

— Pas tout à fait, tante; je suis seulement de votre taille.

— Avec quelque chose en plus. Voyons un peu tes yeux; tu sais que j'ai des prétentions à la médecine. Bon, un cerné bleuâtre, un peu de langueur; tout cela aura disparu dans huit jours. Et te voilà contente?

— Je serais très contente d'être à l'Abbaye pour quelque temps; mais pensez que nous y resterons jusqu'en novembre; c'est bien long pour mon pauvre papa.

— Je le conçois, ma petite fille; mais ta santé avant tout.

— Oh! tante, que c'est ennuyeux d'être si souvent malade! Si j'étais forte comme mon frère, nous ne nous séparerions pas, et maman ne serait pas triste. Elle essaye de le cacher pour ne nous pas faire de peine; mais je le vois bien, et Gustave aussi.

— Gustave est beaucoup moins réfléchi que toi, ma chérie.

— Il a l'air léger, ma tante, mais il a le fond très raisonnable. Si vous saviez comme il a bien travaillé cette année... Au commence-

Gustave se promenait gravement sur la crête de la muraille.

ment, ça n'allait pas beaucoup; ses professeurs le trouvaient dissipé, il avait do mauvaises notes. Quand il revint à la maison, aux vacances de Noël, papa fut sévère avec lui, et maman avait du chagrin. Moi, je sais comment il faut le prendre; je lui ai parlé, je ne l'ai pas laissé tranquille avant qu'il m'ait dit : « Je serai sage, » du ton qu'il prend quand il est très résolu. Et il a tenu sa parole; il a gagné tous les premiers prix de sa classe.

— Je vois que tu fais de lui ce que tu veux.

— Parce que je le prends par le cœur, tante. Il a un cœur d'or; il donne jusqu'à son dernier sou aux mendiants, et même... (je puis bien vous confier cela, à vous) il a ses pauvres : deux bons vieux qui demeurent près du collège; c'est lui qui leur paye du tabac, et ils l'appellent le bon petit monsieur, ce qui le fait bien rire.

— Tu es un éloquent avocat, chérie, et tu convaincrais un auditoire plus récalcitrant que ta vieille tante. »

Elles avaient atteint le château, où Mlle Herminie les attendait avec impatience.

Marielle dut entendre de nouvelles dissertations sur sa taille.

« En cela comme en tout, vous tenez de famille, dit la grande Mademoiselle avec complaisance. Tous les Rosélian ont été grands; quelques-uns parmi les hommes ont atteint les six pieds qui sont le maximum de la stature européenne. Je ne sais pourquoi Lazarine est si petite; c'est une exception. »

La fillette passa au château une matinée charmante. Elle se plaisait à Rosélian, les somptuosités la laissaient à l'aise; elle s'y mouvait avec une grâce toute naturelle, sans ces pétulances inattendues, sans ce babil d'une puérilité niaise dont la plupart des enfants fatiguent les grandes personnes; également éloignée de la hardiesse et d'une gêne excessive, deux défauts qui font le tourment des parents, Marielle ne se laissait pas intimider par la grande Mademoiselle.

Elle causa avec cette dernière, descendit aux jardins, pénétra dans le bosquet et alla s'asseoir au bord de l'étang, sur lequel poussaient des nénuphars; elle émietta des biscuits aux beaux cygnes, qui venaient prendre les morceaux dans sa main; enfin elle cueillit deux bouquets pour la table, et Mlle Herminie l'admira en silence, tandis que ses doigts blancs et déliés se promenaient entre les tiges fleuries.

« Vous êtes une petite enchanteresse, » dit-elle en l'embrassant.

Il restait près d'une heure avant le déjeuner; Marielle suivit tante Lazarine dans sa chambre, et, pendant que celle-ci cherchait dans un tiroir, elle resta en contemplation devant le portrait qu'elle savait être celui d'un Rosélian. Un rayon furtif, glissant jusqu'au cadre, donnait une étrange animation au regard bleu foncé qui suivait la petite fille avec persistance.

« Veux-tu venir avec moi? » lui demanda Mlle Lazarine.

Marielle la suivit. Elles montèrent un assez grand nombre de marches, et la vieille fille ouvrit une porte basse.

« Le grenier, fit Marielle en voyant une longue mansarde.

— Oui, je veux te faire voir quelque chose d'intéressant. »

Elle ouvrit une grande malle aux lourdes ferrures et en tira un à un les objets qu'elle renfermait.

Un musée de vêtements de femme défila ainsi sous les yeux de Marielle. Il y en avait de toutes les époques et de tous les genres, depuis les guimpes passées au safran des dames du XIIIe siècle, jusqu'aux paniers que nos modes actuelles ont remis quelque temps en honneur. Les uns avaient dû être seyants; les autres semblaient surtout bizarres; tous étaient uniformément fanés. Marielle s'amusait à les passer en revue, lorsque sa tante, avisant une jupe de satin blanc et un corsage de velours dont les broderies n'étaient pas trop défraîchies, les mit à part.

« Il y en a encore au fond de la malle, dit la petite fille d'un ton de regret.

— Nous y reviendrons une autre fois; laisse-moi faire. »

Elle ôtait la robe de Marielle et lui passait la jupe de satin.

« Vous voulez me déguiser, tante?

— Un peu. Ce jupon est encore joli; on dirait qu'il a été fait pour toi. Au corsage maintenant. Il est trop large, je vais faire des pinces. Là, c'est fini.

— Comme je dois être drôle! s'écria Marielle. Je voudrais bien me voir, mais il n'y a pas de glace.

— Tu te verras tout à l'heure au salon.

— Je descendrai au salon comme cela? Que va dire ma tante Herminie?

— C'est pour la surprendre; elle sera très contente. Attends, il faut défaire tes nattes. »

Elle tordit en un instant les beaux cheveux de la petite fille, y mit quelques épingles et se recula pour admirer son ouvrage.

« Tante, à qui appartenait cette robe? demanda Marielle en descendant l'escalier.

— A notre aïeule la comtesse Raymonde. Orpheline de bonne heure, elle fut élevée au château; c'est là un de ses costumes de jeune fille; elle n'était pas alors beaucoup plus grande que toi. »

Marielle était bien un peu embarrassée de sa personne en pénétrant dans la salle à manger. Mlle Herminie et M. Romain, qui entraient d'un autre côté, s'arrêtèrent à la fois.

« Salut à la comtesse Raymonde, s'écria M. Romain en s'inclinant profondément.

— Frappant, absolument frappant, dit la grande Mademoiselle, dont le regard ravi ne quittait pas la fillette. Venez m'embrasser, ma petite châtelaine. Lazarine, où avez-vous déniché ce costume?

— Je l'ai trouvé par hasard l'autre jour au fond du grenier. J'ai pensé vous faire plaisir, ma sœur.

— Vous avez eu une bonne inspiration. Merci, Lazarine. »

Les traits de la cadette s'éclairèrent de façon à montrer qu'elle n'était pas accoutumée à cette affectueuse bienveillance.

Marielle s'étonnait d'une telle émotion à propos d'une bagatelle. Mais, tout en ne s'expliquant pas le culte quasi idolâtrique de Mlle Herminie pour le passé, elle entra franchement dans son rôle de petite comtesse, s'assit au haut bout de la table sur un fauteuil armorié, et garda sous son costume une dignité charmante, dont elle ne se départit qu'à l'arrivée de ses parents.

XIV

Dans la semaine qui suivit son retour à l'Abbaye, Mme Pontjolin écrivit à Mlle du Frainard :

« L'Abbaye, ce 22 septembre 18...

« Depuis le commencement d'avril, ma chère Pauline, tu mets à la fin de toutes tes lettres : « J'arriverai bientôt, ne me gronde plus. » Je suis lasse de ces délais perpétuels; sois assurée que sœur Anne elle-même, si elle avait dû rester six mois à la fenêtre de Mme Barbe-Bleue, sans voir autre chose que *le soleil qui poudroie et l'herbe qui verdoie*, se serait certainement fatiguée. Ne trouve donc pas étrange que je n'aie pas une plus grande dose de patience que cette respectable personne, et cesse de me faire languir.

« Tu nous trouveras à l'Abbaye, où nous a amenés et nous retiendra jusqu'aux froids la santé de notre Marielle. Elle ne se fortifie pas; il lui faut de l'air à outrance; sa taille est un roseau qui penche, comme disent les poètes. Ils trouvent cela charmant, les poètes; s'ils voyaient nos enfants avec l'œil d'une mère, ils seraient moins enthousiastes. Il me vient des frissons et des larmes quand je regarde ces formes grêles; j'ai peur d'y trouver un indice fatal. Tu vas te récrier, n'est-ce pas? Eh bien, non, amie, je me rétracte, et tu as raison; les mères sont presque toujours folles... à force d'amour. Est-ce leur faute?

« Du reste, ma frêle Marielle, ma grande Marielle recommence à s'épanouir sous l'influence du soleil encore chaud, dans cet air de l'Abbaye tout saturé de parfums forestiers. Il n'est plus question de devoirs et d'études; du matin au soir elle est dehors. Elle a beaucoup de goût pour le dessin et s'amuse à croquer arbres, fleurs, animaux, tout ce qu'elle trouve sur son passage. Je n'ai pas besoin de te dire que son frère lui tient fidèle compagnie, à l'exception des journées où notre oncle Romain l'emmène avec lui dans les bois. En ce cas, j'accompagne ma fille au château, où nous recevons le plus gracieux accueil.

« Ils s'aiment bien, mes enfants, et, je le remarque avec joie, toutes les fois qu'un léger dissentiment s'élève, c'est toujours la raison, c'est-à-dire Marielle, qui triomphe; l'aîné se laisse subjuguer par la douce influence de sa cadette. Quand je regarde dans l'avenir, je vois mon fils à l'âge des passions, écoutant encore la voix qui parle du devoir. N'est-ce pas le rôle des sœurs d'être les anges gardiens de ces pauvres garçons, à la fois plus forts et plus faibles qu'elles, qui ont l'air de les protéger et que bien souvent elles soutiennent?

« Ils sont charmants à contempler quand ils s'en vont, la main de Marielle s'appuyant sur le bras de Gustave, les grandes nattes de l'une venant caresser le cou de l'autre. Mon fils est fort pour son âge et vigoureusement charpenté, mais à peine dépasse-t-il sa sœur de quelques pouces. Ils ne se ressemblent pas : Gustave est Pontjolin, Marielle est Rosélian; c'est le mot favori de ma tante Herminie; mais je les trouve également beaux, et je dis après Racine :

> Enfants, ainsi toujours puissiez-vous être unis.

« A propos de tante Herminie, je te dirai qu'elle semble distraite, préoccupée depuis notre retour; elle nous témoigne une amitié très vive qui n'est pas dans son caractère, et je ne puis m'empêcher de croire qu'elle poursuit un projet, sinon pour nous, au moins pour nos enfants. C'est trop vague pour que je te le confie sur ce papier; si tu étais près de moi, à la bonne heure ! nous ferions ensemble des suppositions, nous nous forgerions des chimères. A deux les chimères sont si douces !

« Je te vois intriguée de ce que tu appelles mes airs mystérieux, mais je ne dirai rien de plus; viens si tu veux savoir. La curiosité deviendrait presque une vertu à mes yeux si elle avait le pouvoir de t'attirer.

« Mais non, ce sera la charité qui te fera quitter Paris. Ta présence m'est nécessaire; je trouve les journées longues, en dépit de mes occupations, de mes enfants, de mes rêves. Armand vient deux fois par semaine, c'est bien peu.

« L'Abbaye s'est parée pour te recevoir; décidément son manteau d'automne est celui que j'aime le mieux. La verdure du printemps est trop éclatante pour sa vétusté; à présent c'est autre chose : les teintes s'adoucissent, se fondent harmonieusement, et ma vieille ruine recouvre son prestige; c'est une majesté déchue, mais elle se souvient qu'elle fut reine.

« T'en ai-je assez dit ? Oui, certes, et plus qu'il ne faut, méchante, pour te décider. Je t'attends cette semaine et suis, à cette condition expresse,

« Ton amie,

« Hélène PONTJOLIN. »

La femme du commandant cachetait sa lettre quand Gothille l'appela d'en bas.

« Descendez, s'il vous plaît, Madame, M. le curé vous attend. »

L'abbé Bernard, introduit par Gothille dans le salon havane, se leva en l'apercevant.

« Mon Dieu! Madame, vous me voyez désolé de vous déranger.

— Me déranger, monsieur le curé! Au contraire, c'est charité de visiter une pauvre isolée telle que moi, répondit-elle aimablement.

— Pas si isolée que vous voulez bien le dire, reprit le prêtre en souriant. Les enfants sont une si jolie société !

— Quand on les possède; mais ils sont rarement à la maison, et il ne me reste que la consolation de penser à eux.

— C'en est une très grande, Madame. Puis-je voir le commandant?

— Vous arrivez trop tard, il est reparti depuis deux heures.

— La mauvaise chance me poursuit, dit le curé d'un ton paisible. Je savais que le commandant était arrivé d'hier; je comptais sur la matinée, mais il m'arrive un petit garçon au moment où j'allais venir : il s'agissait de porter les secours de la religion à son grand-père, qui demeure à la Saulaie. Ce n'est pas tout proche, deux bonnes heures y ont passé. Au retour, je trouve un de mes plus anciens amis, un missionnaire, prêt à partir pour la Chine; nous causons, nous déjeunons, nous attendons la diligence, et..., comme vous voyez, je ne trouve plus le commandant.

— Je suis vraiment fâchée, monsieur le curé...

— Ne le soyez pas trop, Madame; c'est une de ces petites contra-

riétés que le bon Dieu sème fréquemment sur notre chemin. Rien ne
m'empêche d'ailleurs de vous exposer ma requête. Il s'agit de votre
petit protégé. Vous l'avez revu, je suppose?

— Dès le lendemain de notre arrivée. Ce pauvre petit a la passion de la reconnaissance, il accourt sitôt qu'il nous sait revenus.

— Il est bien intéressant, Madame.

— Très intéressant. Nous l'aimons tous; nos enfants lui font fête, et
je crois qu'ils vont souvent le retrouver dans les champs. Il a un défaut
pourtant : il est trop svelte, trop grêle d'apparence pour un futur laboureur. »

Le curé hocha pensivement la tête.

« Cet enfant ne fera jamais un laboureur, dit-il.

— Et que fera-t-il, monsieur le curé? Il a refusé d'apprendre un
métier, aurait-il changé d'avis?

— Non, Madame. Le confiner dans une ville serait l'étioler inutilement. Il aime la campagne avec passion, mais pas à la façon de nos
paysans, qui ne voient dans la terre que le payement de leurs sueurs,
dans un sillon que le grain nourrissant, dans un arbre que les bûches
et les planches. Non, il chérit la nature pour elle seule, en désinté-
ressé et en rêveur.

— Est-ce un bien? murmura la jeune femme.

— Je me le suis demandé comme vous, Madame, et, après mûre
réflexion, je me suis dit que Dieu distribue ses dons à qui il lui
plaît et que nous n'avons pas à lui demander compte de ses dé-
crets. L'intelligence d'Henriet, demeurée si longtemps inculte, est
étonnamment vive; il a appris en quinze mois ce que les enfants
ordinaires savent mal au bout de plusieurs années; ceci m'amène
à vous faire connaître le but de ma visite : je voudrais lui faire commencer le latin.

— Quoi! monsieur le curé, auriez-vous découvert en lui le germe
de la vocation ecclésiastique?

— Non, Madame, ce n'est pas cela. Je vois seulement une riche intelligence, un champ qui ne demande qu'une culture assidue pour
donner une abondante moisson, et il me paraît dur de fermer la source
de la science devant ces lèvres altérées. Vous avez des objections à me
faire, Madame?

— Une seule. Les déclassés sont nombreux, les demi-savants four-
millent, et leur vernis intellectuel ne sert qu'à les rendre dédaigneux de
la position sociale à laquelle ils sont condamnés, envieux de celle qu'ils
ne peuvent atteindre.

— Les déclassés sont ordinairement des vaniteux, et il n'y a pas l'ombre d'une vanité dans l'âme de mon petit pâtre.

— Je le crois. Mais enfin quelle situation rêvez-vous pour votre élève, monsieur le curé?

— Mes visées sont loin d'être ambitieuses. Lui communiquer le peu que je sais, le mettre en état de remplir une place qui convienne à ses goûts: voilà tout. Si l'emploi est modeste, il pourra y joindre celui d'organiste dans quelque paroisse.

Cet enfant ne fera jamais un laboureur, dit-il.

— Lui enseignez-vous donc aussi la musique?

— Je n'en sais pas une note, fit en riant l'abbé Bernard. Mlle Lazarine ne vous a-t-elle pas dit qu'elle lui donnait des leçons à ses moments perdus?

— Tante Lazarine suit à la lettre le précepte de l'Évangile, sa main droite ignore ce que fait sa main gauche. Vous m'apprenez ce détail, dont je ne m'étonne pas du reste: Henriet a une voix magnifique.

— Une voix d'ange, Madame. Il a chanté, à la grand'messe du jour de l'Assomption, un *O salutaris* et un cantique qui ont fait pleurer les les fidèles.

Fauvette.   15

« Revenons à nos moutons. Pensez-vous que le commandant accède à ma prière?

— Mon mari n'a aucun droit sur Henriet, monsieur le curé.

— Il s'est constitué moralement son tuteur, Madame; il l'a arraché à la dégradation, peut-être à la mort. L'orphelin respectera toujours sa volonté; nous n'aborderons le latin qu'avec son autorisation.

— Je ne sais ce qu'en pensera mon mari; pour ma part vous m'avez convaincue, dit Mme Pontjolin avec un doux sourire.

— Tant mieux, Madame, car il est rarement d'un avis contraire au vôtre.

— Vous pourriez dire jamais, monsieur le curé.

— Il m'est donc permis de m'applaudir de mon succès, » dit le prêtre en se levant pour se retirer.

Le déjeuner finissait le lendemain à l'Abbaye, lorsque M. Romain se présenta.

« As-tu envie de jeter de la poudre aux moineaux, Gustave? dit-il.

— Toujours, mon oncle, s'écria impétueusement le jeune garçon.

— C'est bon, je viens te chercher. Naturellement ces dames sont attendues à Rosélian; nous les retrouverons au dîner. Est-ce entendu, Hélène?

— C'est entendu, mon oncle. Je vous recommande Gustave. Pas d'imprudence, mon fils.

— N'ayez aucune crainte, maman; la poudre et le plomb commencent à me connaître, répondit-il avec aplomb.

— Et l'oncle Romain sera là pour parer aux étourderies, » acheva le vieillard, qui, en passant devant la cuisine, cria à la vieille servante :

« N'attendez personne avant neuf heures, Gothille.

— Bien, bien, Monsieur, » répondit-elle.

En conséquence la mère et la fille allèrent passer l'après-midi au château. Mlle Herminie les voyait toujours avec plaisir, et Mlle Lazarine retrouvait le sourire et la parole en leur présence.

Marielle apportait la vie, les rires perlés, les élans de l'enfance dans cette noble demeure qui avait, comme ses maîtres, un cachet de grandeur morne et d'insondable tristesse. Les vieux serviteurs se déridaient à son aspect, et le vieux jardinier lui proposa de détacher le batelet amarré à la tige d'un saule pour la promener sur la rivière.

On pouvait se fier à l'habileté de Philibert; Mme Pontjolin accorda la permission demandée, et la petite fille fit une promenade délicieuse et rapporta une gerbe de nénuphars.

Elle revint à temps pour cueillir les bouquets qui devaient orner la table; c'était sa tâche habituelle, et M¹¹ᵉ Herminie n'aimait rien tant que de la voir manier les fleurs.

« Voyez comme mes bouquets sont beaux, tante, lui dit-elle en entrant au salon.

— Beaucoup de chrysanthèmes, mon enfant. C'est une fleur triste.

— Les jardins en sont pleins. Ils sont cependant très variés. Regardez celui-ci, d'un rouge brun avec un cœur d'or, et cet autre qu'on dirait en velours cramoisi, et ce blanc bordé de rose pâle.

— C'est fort joli. Dites-moi, Marielle, aimez-vous Rosélian?

— Oh! oui, ma tante.

— Pourquoi? »

La fillette ouvrit de grands yeux surpris.

« Mais... d'abord parce que vous y êtes, tante, et ma tante Lazarine, et mon oncle Romain, et puis... parce que le château est très beau et que le grand-père de maman l'a habité.

— Vraiment! vous songez à ces choses, petite fille? »

La grande Mademoiselle tourna un visage presque joyeux du côté de Mᵐᵉ Pontjolin.

« Cette enfant possède une raison au-dessus de son âge, » lui dit-elle à voix basse.

Après le dîner, on revint au salon moresque. La soirée étant trop fraîche pour que Marielle descendît aux jardins, M. Romain installa un jeu de loto sur une petite table et monta à sa chambre, d'où il rapporta cinq ou six albums.

« Je me suis heureusement souvenu que ce fatras moisissait dans un placard, dit-il. Quand vous serez las de jouer, vous regarderez les images. »

La partie fut interrompue sur-le-champ, et les enfants ouvrirent les albums avec curiosité.

Ils renfermaient des dessins, des gravures et quelques photographies; le plus petit, le plus intéressant pour Gustave, contenait des croquis des plus beaux paysages de l'Europe. Il tomba sur une page qui reproduisait avec une très grande sûreté de crayon un coin des montagnes tyroliennes; au bas était collée une de ces petites roses qu'on rencontre dans les sentiers alpestres. Gustave lut tout haut les mots tracés au-dessous de la fleur :

« A ma sœur Herminie, souvenir du Tyrol. Huit août 1826.

« Arnaud de Rosélian. »

Mlle Herminie poussa une sourde exclamation, marcha vers la table et prit l'album d'une main qui tremblait.

« C'est cela, c'est bien cela, murmura-t-elle comme si elle se parlait à elle-même. Je l'ai tant cherché, et il était là ! »

Brusquement elle arracha la page, rejeta l'album et sortit du salon.

—————

XV

LA MALÉDICTION PATERNELLE

Après son départ, un silence embarrassé régna dans le petit groupe.

« Mon fils aurait-il commis, sans le savoir, une indiscrétion? demanda enfin la jeune femme.

— En aucune façon, répondit M. Romain. La faute en est à moi, qui n'ai pas réfléchi; je savais cependant que ma sœur a longtemps cherché ce dessin; j'aurais dû penser qu'il était dans un de ces albums. Que voulez-vous, on ne songe pas à tout. »

Mlle Lazarine dit un mot à l'oreille de son frère, et prit le bras de Mme Pontjolin,

« Venez un peu dehors, Hélène, Romain s'entend à merveille à amuser les enfants. »

Elles sortirent et s'engagèrent dans une belle allée de magnolias qui gardaient encore quelques fleurs.

« Ne craignez-vous pas que ma tante Herminie ne soit souffrante? dit Mme Pontjolin à demi-voix.

— Non, elle est très forte, et l'émotion que lui cause toujours le souvenir d'Arnaud a été mélangée d'une sorte de joie.

« Hélène, mon cousin Auguste ne vous a-t-il jamais parlé de notre frère aîné?

— Jamais. J'ignorais son existence; quand Marielle me dit que vous conserviez le portrait d'un frère mort il y a longtemps, je fus très étonnée. »

Mlle Lazarine soupira.

« C'est une triste histoire, c'elle d'un passé bien lointain déjà. Voulez-vous l'entendre, Hélène?

— Ma tante, je me reprocherais de réveiller des souvenirs pénibles.

— Ne vous reprochez rien; ce sera pour moi un soulagement, pour vous une explication des étrangetés d'Herminie.

« Notre père, le comte Robert de Rosélian, resté veuf de bonne heure avec quatre enfants, montra une prédilection très marquée pour l'aîné, Arnaud, le plus beau, le plus intelligent peut-être. Toute petite, je l'entendis déplorer le mode actuel de répartition des héritages, une des causes, prétendait-il, de la décadence des vieilles races. Je crois que son intention formelle était de donner à Arnaud la part de fortune dont la loi lui permettait de priver ses autres enfants.

« Il l'aurait fait qu'aucun de nous ne se fût révolté; nous étions élevés dans un trop profond respect des volontés de notre père pour nous permettre le plus léger blâme.

« Arnaud et Herminie n'étaient séparés que par une année; leur intimité fut d'autant plus grande que leurs natures se ressemblaient sur les points essentiels, avec cette différence qu'Arnaud, plus gai, plus expansif que notre sœur, se montrait beaucoup moins docile. L'éducation d'alors avait peu de rapports avec celle d'aujourd'hui; les châtiments corporels étaient fréquemment employés, et le comte de Rosélian n'épargnait pas à l'occasion son fils aîné, son orgueil. Celui-ci se cabrait, et il fallait toute l'influence d'Herminie pour le réduire au repentir et à la soumission.

« La jeunesse amena des orages. L'exubérance d'Arnaud, ne pouvant plus être contenue par l'autorité paternelle, se répandit au dehors en dissipations et en folies. Il s'absentait souvent, et le comte ignorait une partie de ses désordres. Un jour vint où il fut impossible de les cacher, Arnaud avait des dettes assez fortes, les créanciers réclamaient, il fallut en arriver à un aveu. Ce fut une scène violente; notre père s'emporta, et dans sa colère il se servit de termes très durs, car de la pièce voisine j'entendis Arnaud s'écrier : « Je n'en supporterai pas davantage. »

« Il partit brusquement et entreprit un voyage en Suisse, en Allemagne et en Autriche. C'est de ce temps que date l'envoi de plusieurs dessins à Herminie, à laquelle il écrivait toujours. Elle lui répondait longuement, et quand elle quittait sa chambre pour donner sa lettre à Florentin, elle avait les yeux rougis, en dépit de l'eau fraîche dont elle les avait baignés. Romain et moi ne disions rien, mais nous comprenions qu'Arnaud ne s'amendait point, et que là était la cause de l'affliction de notre sœur.

« Un soir nous étions réunis au grand salon, notre père très sombre,

Herminie silencieuse et abattue, nous, les plus jeunes, tristes par contre-coup, quand la porte s'ouvrit tout à coup, et Arnaud parut sur le seuil, ruisselant sous son ample manteau. La pluie tombait à flots.

« Il fit un pas vers le comte, qui l'arrêta d'un geste impérieux en disant : « Que voulez-vous, Monsieur?

« — Vous parler seul, mon père, » balbutia-t-il.

« Il était fort pâle et s'appuyait sur le dos d'un fauteuil.

« — Inutile, répliqua notre père avec une hauteur glaciale; tout le monde doit pouvoir entendre ce que vous avez à me dire. »

« Il fallut qu'il parlât, qu'il avouât de nouveau ses fautes. Il venait de Bade; il avait joué follement et perdu trois cent mille francs sur parole.

« Je ne vous répéterai pas ce qui se dit ensuite. Les exclamations vio-lentes se croisaient. Arnaud supplia, puis, se révoltant sous la dureté des reproches, il réclama la part d'héritage à laquelle il avait droit du chef de notre mère.

« Ce mot fut la goutte d'eau qui fit déborder le vase.

« — L'héritage de votre mère? dit le comte d'une voix rauque. Cette réclamation, Monsieur, me donne votre mesure; mais puisque nous sommes sur ce terrain, restons-y : les sommes que j'ai précédemment payées pour vous ont fait à votre part une brèche considérable; mes comptes sont faits, il vous reste dû quatre-vingt mille francs, que vous irez toucher demain chez mon notaire. »

« Arnaud parut atterré, moins de la colère douloureuse du comte que de la faiblesse du chiffre énoncé.

« — Que ferai-je de quatre-vingt mille francs? dit-il. Songez-y, mon père, c'est une dette d'honneur; j'ai engagé ma parole de gentilhomme.

« — Vous, de l'honneur! vous, gentilhomme! Taisez-vous! ces mots sont flétris par votre bouche; vous avez foulé aux pieds tous les nobles sentiments, vous vous êtes dégradé.

« — Assez, mon père, assez d'insultes, je ne me possède plus, s'écria Arnaud; et, saisissant le bras du comte, il le serra violemment. Celui-ci se dégagea et frappa mon frère au visage.

« Hélène, je vois encore cette scène terrible. Arnaud leva la main, Her-minie, blanche comme un spectre, s'élança entre notre père et lui, et reçut sur la joue le soufflet qui ne lui était pas destiné.

« A peine son bras s'était-il abattu, que le malheureux comprit l'énor-mité de sa faute; il fit un mouvement pour tomber aux genoux du comte. Ce dernier ne lui en donna pas le temps; les yeux fixes, la main étendue, il dit à voix haute :

« — Sortez et soyez maudit! »

« Arnaud se voila le visage, et, sans un mot, le corps secoué par un tremblement nerveux, il sortit du salon. Un instant après, nous entendions le galop de son cheval sur la pelouse; la grille grinça, puis retomba avec un bruit sourd. Alors seulement notre père chancela et tomba sans connaissance entre les bras d'Herminie. »

La voix de Mlle Lazarine faiblit, et les pleurs inondèrent ses joues; Mme Pontjolin lui pressait affectueusement les mains.

« Pauvre chère tante, fit-elle; je comprends que ces tristes événements aient pesé d'un poids si lourd sur votre jeunesse. Ne parlez plus, continuer ce récit vous ferait trop de mal. »

La bonne demoiselle essuya ses yeux mouillés.

« C'est un moment de faiblesse, dit-elle. Pardonnez-le-moi, Helène, et laissez-moi achever mes confidences, le plus pénible est passé.

« Notre père fut très malade, et pendant six longues semaines Herminie resta nuit et jour à son chevet. Le notaire, mandé par lui, reçut l'ordre de rechercher et de payer les créanciers d'Arnaud, et le nom de notre malheureux frère ne fut plus prononcé parmi nous. Nos domestiques nous étaient entièrement dévoués; on répandit le bruit qu'Arnaud voyageait en Espagne, puis qu'il y était mort. Ne l'était-il pas pour nous, qui ne devions jamais le revoir?

« Le comte vécut six ans encore, soigné, servi par notre sœur avec un infatigable dévouement; il reporta sur elle la plus grande part de sa tendresse; elle devint son bras droit, son auxiliaire fidèle; elle repoussa toute proposition d'avenir, mais nous ne la vîmes plus jamais sourire.

« Cependant notre père déclinait à vue d'œil; ses forces le trahissaient, mais son intelligence restait lucide. Il mourut dans son fauteuil. C'était un soir de décembre; le ciel était noir, le vent soufflait en plaintes lugubres. Le curé était venu dans la journée, le mourant était prêt au départ; nous nous y attendions et le regardions dormir avec angoisse. Il s'éveilla, Herminie s'agenouilla près de lui.

« — Le temps est triste, dit-il d'un accent encore ferme, et vous êtes tristes aussi, mes pauvres enfants. Si faible que je sois, je restais un lien entre vous. Que ferez-vous quand je ne serai plus là?

« — Soyez en paix, mon père, répondit Herminie, vos enfants resteront unis; ils garderont pieusement votre mémoire. »

« Elle continua plus bas, mais très distinctement :

« — Tous ne sont pas ici pourtant, et c'est de l'absent que je voudrais parler. Mon père, me le permettez-vous? »

« Romain et moi tremblions de tous nos membres. Le comte dit d'un ton bref :

« — Parlez, ma fille.

« — Mon père, reprit-elle, le fils coupable que vous avez banni a peut-être quitté ce monde, peut-être aussi il erre en quelque coin du globe; partout, j'en suis sûre, il est malheureux. Un père offensé peut, à l'exemple de Dieu même, exercer la miséricorde. Au nom de la clémence divine, ne laissez pas votre fils aîné sous le poids écrasant de votre malédiction; rétractez votre sentence, vos enfants vous en supplient. »

Le comte leva la main, et d'une voix solennelle...

« Nous tombâmes à genoux près de notre sœur. Il y eut un court silence, puis le comte leva la main, et, d'une voix solennelle :

« — Au nom du Père, et du Fils, et du Saint-Esprit, prononça-t-il, que mon fils Arnaud soit béni ! »

« Herminie mit ses lèvres sur la main du mourant et dit avec ferveur :

« — Merci, mon père. »

« Nous fîmes comme elle en retenant nos sanglots. Il reprit :

« A vous trois, chers enfants, ma meilleure bénédiction. Aimez-vous, soutenez-vous, suivez les conseils d'Herminie. »

« Sa main se glaça sur le front de notre sœur.

« Après les funérailles, Herminie nous fit appeler dans la chambre de mort. Elle était telle qu'on l'a vue depuis lors, enveloppée de longs crêpes, froide, imposante, mais nimbée à nos yeux de l'auréole du dévouement filial et fraternel.

« — En bénissant Arnaud à son dernier moment, nous dit-elle, notre père l'a rétabli dans ses privilèges d'aîné; le titre de comte de Rosélian lui appartient. N'est-ce pas votre avis, Romain?

« — C'est mon avis, ma sœur, et jamais je ne prendrai ce titre.

« — Il est donc juste de faire des recherches pour retrouver notre frère. Je vais m'en occuper incessamment. »

« Elle le fit, Hélène, et, ai-je besoin de vous l'apprendre? elle le fit en vain. Les consulats étrangers ne fournirent aucun renseignement sérieux. Une fois on crut avoir découvert un fil conducteur à Lisbonne; une autre fois, ce fut à Copenhague. Ces vagues données renfermaient-elles quelque certitude? nous ne le sûmes jamais. Herminie concentra sa déception avec un courage stoïque, mais avec une amertume que nous pouvons seuls approfondir.

« Avec le temps, ses derniers espoirs se sont envolés; nous ne reverrons plus Arnaud sur la terre, car, s'il était vivant, il serait revenu. Ce n'était pas un perverti, il a dû fléchir sous la malédiction paternelle.

« Son portrait est tout ce qui nous reste de lui. Enlevé du grand salon pendant la maladie de mon père, il fut longtemps relégué au grenier. Un jour je demandai à Herminie la permission de le mettre dans ma chambre, il y est toujours demeuré.

— Je vous remercie de votre confiance, chère tante, dit la jeune femme; je conçois maintenant l'émotion de ma tante Herminie.

— Et vous ne vous étonnerez plus de ses singularités, n'est-ce pas, Hélène?

« Il fait bien frais, rentrons. Peut-être ma sœur est-elle revenue. »

Mlle de Rosélian n'était point au salon, et les deux enfants riaient à plein cœur des silhouettes bizarres que l'oncle Romain découpait dans du papier blanc et promenait sur la tapisserie. L'heure du départ était sonnée, Mme Pontjolin prit congé.

XVI

LES RECHERCHES DU COMMANDANT

Du jour où le commandant conçut un soupçon sur Fauvol, il conçut en même temps le désir d'éclaircir le mystère qui planait sur la naissance d'Henriet, et de rendre à l'orphelin le nom qu'un drame ténébreux, accident ou crime, lui avait enlevé.

La Providence n'avait pas inutilement jeté cet enfant sur sa route; cette pensée l'aiguillonnait dans une recherche qui, de prime abord, semblait folle. Poursuivre, après dix ans, la solution d'une énigme insoluble pour la justice, c'était, humainement parlant, se fatiguer en vains efforts.

Pourtant le commandant osa, nous l'avons vu, entreprendre cette tâche, et, si la faiblesse des indices recueillis lui en démontra les difficultés, il ne se découragea point et s'en remit à Dieu pour vaincre les obstacles. Les rouliers qui assistèrent au sauvetage inutile du voyageur pouvaient lui fournir quelques indications. L'officier mit plusieurs mois à chercher leurs traces. A la fin il apprit que l'un d'eux était mort; l'autre avait quitté le pays à la suite d'un petit héritage et s'était établi à Marseille. Le commandant se procura son adresse avec des peines inouïes et lui écrivit. La réponse ne lui apprit rien; il était inutile d'attendre une découverte de ce côté.

Un problème restait insoluble : qu'était venu faire Simon Fauvol chez le marchand de curiosités ?

Ici tout demeurait dans le domaine de l'hypothèse, et les improbabilités se dressaient à chaque pas en face du chercheur. Urbain Davrennes était-il ou non le complice de Fauvol ? S'il l'était, quelle part avait-il dans le vol ?

Le temps s'écoula sans amener d'éclaircissement. Plusieurs fois le commandant eut envie de pénétrer dans la boutique; il s'arrêta en se demandant à quoi le mènerait une visite chez le brocanteur. En étudiant à la dérobée la physionomie rusée du petit vieillard, il se répondait : « A rien. »

Shylock ne laisserait pas surprendre son secret, au cas où il aurait un secret.

Voilà où en était le commandant au bout de quinze mois.

A son dernier voyage à Bois-l'Abbé, comme il traversait le cimetière de grand matin, il aperçut Henriet agenouillé dans un coin, travaillant à assujettir de son mieux, à l'aide de deux grosses pierres, une croix de bois noir aux trois quarts pourrie sur un tertre isolé.

L'officier aida l'enfant dans sa tâche, et, quand la croix fut à peu près solide, il s'assit auprès du jeune garçon, qui le remerciait.

« C'est très bien à toi de ne pas abandonner la tombe de ton père, dit-il, mais il ne faut pas espérer que cette croix tiendra longtemps. Voici l'époque des vents, elle sera tous les jours à terre, du reste elle ne tardera pas à tomber en morceaux. Écoute : en passant dans le bourg, je chargerai le menuisier de t'en faire une neuve et de la faire peindre. Tu la planteras bien toi-même. »

Les yeux d'Henriet brillèrent de joie.

« Oh! merci, Monsieur, merci, fit-il tout ému. Ça me ferait tant de peine de voir sans croix la tombe de mon pauvre père! Il n'a que cela, lui, pas même de nom dessus. »

Le commandant resta un moment silencieux; l'exclamation de l'enfant trahissait la souffrance.

« Serais-tu content de connaître ce nom ? » demanda-t-il presque inconsciemment.

Henriet tressaillit.

« Si je le serais! dit-il en joignant ses mains frémissantes. Oh! si vous saviez, Monsieur, combien de fois j'ai cherché dans ma mémoire un ressouvenir du passé plus ancien que la mort de mon père... Je n'ai rien trouvé, rien, pas seulement une image confuse de mes parents. »

Le commandant mit la main sur le front de l'orphelin.

« Du courage, mon pauvre petit! dit-il. Tu n'as pas de nom? eh bien, tu t'en feras un, un nom d'honnête homme et de chrétien.

— Je vous le promets, Monsieur. J'aimerais mieux mourir que de me montrer indigne de vos bontés. »

Cette conversation ranima l'ardeur de l'officier. Dieu ne semblait-il pas l'avoir choisi pour être l'instrument du bonheur d'Henriet, et, en ce cas, ne saurait-il pas, quand il lui plairait, lui montrer la voie qu'il fallait suivre ?

De retour à Thouars, comme il confiait son cheval aux mains de Laurent :

« Mon commandant, dit l'ordonnance en prenant la bride de Tibère, il paraît que Fauvol connaît M. Davrennes; il y était encore hier au soir.

Il rêva longtemps en rongeant ses ongles.

— En vérité! Où l'as-tu vu ?

— Je regardais par hasard à l'œil-de-bœuf, histoire de me désennuyer, quand je l'ai vu arriver en marchant le long du mur; il jetait son œil louche de notre côté, mais je lui conseille de chercher plus haut une autre fois. Il n'a rien aperçu; alors il est entré dans le magasin. Probablement il sait que nous demeurons là; c'est amusant de voir comme ce particulier vous craint, mon commandant. »

M. Pontjolin ne répondit pas, mais son parti fut pris. Le lendemain, vers huit heures, il enfila la ruelle et se rendit à la boutique de Shylock.

Le temps était brumeux, il faisait à peine jour; il n'y avait pas long-temps que les volets étaient ouverts.

Le commandant poussa le battant; une sonnerie grêle retentit et fit apparaître la Clausette.

« Que désire Monsieur? » demanda-t-elle avec empressement.

Avant de répondre, il jeta autour de lui un coup d'œil rapide et in-vestigateur.

Le magasin présentait au dedans un aspect moins sordide qu'on ne l'aurait cru à l'extérieur. Le comptoir était vieux, mais paraissait encore solide; des casiers garnis de velours fané contenaient une trentaine de médailles plus ou moins authentiques, rangées en assez bon ordre; derrière les pots ébréchés qui leur servaient de rem-part s'alignaient quelques belles faïences; sur une planchette de chêne étaient posés divers objets, bronzes et cristaux, dont on n'aperce-vait que le bord, l'anse ou le pied, le reste étant soigneusement enveloppé de papier gris. Les autres planches clouées autour de la boutique étaient vides, ou supportaient des bouquins disparates et sans valeur.

« Je voudrais parler à M. Davrennes, dit-il.

— Mon maître est sorti, répondit la vieille.

— Je l'attendrai. »

La servante, flairant un acquéreur dans ce monsieur sérieux, offrit de lui montrer les vraies curiosités.

« Celles qui sont là sont pour tout le monde, dit-elle dédaigneuse-ment. Nous en avons d'autres, vous allez voir. »

Là-dessus elle s'empressa de fureter dans les coins et les recoins de ce capharnaüm, qui était une véritable boîte à surprises. Le comman-dant y vit des médailles vraiment curieuses, des vases antiques, des spécimens de l'orfèvrerie du moyen âge, des armes étrangères, des ivoires, des figurines; il attendait toujours.

S'il ne se lassait pas d'attendre, la Clausette ne se lassait pas de chercher; elle finit par grimper sur une chaise branlante pour atteindre un tiroir assez élevé. Soudain il y eut un craquement, la chaise se dis-loquait; la vieille, effarée, se cramponna au tiroir qui tomba avec bruit, tandis que le commandant la retenait dans ses bras.

Le contenu du tiroir s'étalait maintenant sur le plancher. La servante, revenue de sa frayeur, se mit à genoux pour le ramasser, et l'officier l'imita.

Tout à coup il s'arrêta et faillit, dans son trouble, lâcher la boîte qu'il tenait à la main.

Elle s'était ouverte et laissait voir, sur un lit de coton, une montre en or de grosseur moyenne, ressemblant à toutes les montres. Le commandant n'y eût fait aucune attention si, au bout du cordon de soie qui y était attaché, il n'eût aperçu un médaillon ovale, entouré d'un rang de perles fines et montrant sur l'émail transparent une miniature de femme.

Il tournait et retournait le médaillon dans sa main, sans que la Clausette vît dans son examen autre chose que l'attention minutieuse d'un connaisseur. Voyant qu'il restait absorbé dans sa contemplation, elle continua de ramasser les objets épars, ce qui permit au commandant de reprendre son sang-froid.

Il pressa le ressort du médaillon, qui s'ouvrit; il renfermait une toute petite boucle de cheveux bruns; aucun nom n'était gravé à l'intérieur. Ce bijou était muet par lui-même, mais sa présence en ce lieu avait toute une éloquence; il n'y avait pas un doute à concevoir, c'étaient bien là les objets remarqués par la femme de Préjoux, la dépouille de l'infortuné père d'Henriet.

« Votre humble serviteur, Monsieur. Qu'y a-t-il pour votre service? » grinça derrière le commandant une espèce de crécelle.

L'officier se retourna brusquement. La crécelle sortait d'une large fente rouge tracée sous un nez recourbé en bec de vautour, au-dessus duquel luisaient deux étincelles derrière des lunettes bleues.

« Votre serviteur, répéta-t-il en exécutant une profonde révérence. Qu'est-ce qui me vaut l'honneur de la visite de Monsieur? »

En dépit de la politesse obséquieuse de l'accueil, le commandant vit je ne sais quoi de gêné ou d'effrayé dans l'attitude de Davrennes.

« Le prix de ce médaillon? demanda-t-il négligemment.

— Je suis très fâché, Monsieur, très contrarié; ce bijou n'est pas à vendre, » repartit vivement Shylock.

Le commandant s'attendait à cette réponse; il parut pourtant étonné.

« S'il n'est pas à vendre, pourquoi se trouve-t-il ici?

— Monsieur voudra bien remarquer qu'il n'était pas en étalage, » reprit Davrennes en lançant à la dérobée sur la servante un regard de colère que M. Pontjolin saisit sans le vouloir.

« Il m'a été confié pour... une réparation. Je me charge de faire réparer les bijoux endommagés.

— Excusez-moi, M. Davrennes, j'ignorais ce détail. Cette figure de femme est charmante; pouvez-vous m'indiquer le propriétaire? »

Shylock perdit contenance sous le sourire ironique de l'officier.

« Monsieur, balbutia-t-il, j'étais loin de m'attendre à..., le maître de ces bijoux m'est inconnu; je ne demande jamais le nom des personnes qui m'honorent de leur confiance. »

Le trouble du pauvre homme avait suffisamment édifié le commandant, qui reprit d'un ton indifférent :

« Tant pis! Après tout, je ne dois pas oublier l'affaire qui m'a amené chez vous. »

Il se rapprocha du comptoir et marchanda une épingle délicieusement travaillée, selon le goût des artistes italiens du XVIᵉ siècle.

Shylock retrouva sa faconde, le prix fut assez longuement débattu; à la fin, M. Pontjolin déclara qu'il réfléchirait et sortit.

A peine fut-il dehors que le marchand pirouetta sur sès talons et se planta, les yeux flamboyants, devant la servante terrifiée.

« Qui vous a permis de vous mêler de la vente? » gronda-t-il. « De quel droit ouvrez-vous mes tiroirs? qui vous l'a commandé?

— Monsieur, s'écria-t-elle lorsqu'elle put poser un mot, je l'ai toujours fait, et jamais vous ne m'avez grondée. Est-ce que je pouvais savoir que vous faisiez des cachotteries là dedans?

— Des cachotteries ! répéta-t-il en se radoucissant tout à coup. En voilà une idée, ma pauvre vieille ! »

Il leva les épaules et rit de son rire de crécelle.

« Dame! fit-elle avec humeur, vous ne pouvez pas dire que vous n'avez pas refusé de vendre avec vos contes de réparations. Si c'est comme ça que vous allez vous mettre à recevoir les acheteurs...

— Un acheteur! dit-il avec dédain. Vous vous y connaissez, la Clausette ; il n'a rien acheté et n'achètera rien, vous verrez.

« Voilà justement ce qui m'a agacé : voir tout sens dessus dessous et ne pas vendre. Allons, c'est une bourrasque passée, vous ne m'en voulez pas pour si peu? »

Il frappa amicalement sur l'épaule de la Clausette, qui gardait une mine rechignée, et monta dans sa chambre.

La chambre d'Urbain Davrennes, située au-dessus du magasin, était un réduit obscur, assez malpropre, dont la petite fenêtre aux rideaux jaunes donnait sur la ruelle. Le vieillard se laissa tomber plutôt qu'i ne s'assit sur un fauteuil de paille et rêva longtemps en rongeant ses ongles, pour se distraire sans doute. Enfin il se leva comme mû par un ressort et grommela entre ses dents :

« Non, c'est fini, je ne garderai pas ça davantage. Bête d'aventure, va! diable de commandant! Où prendre l'autre à l'heure qu'il est? Depuis hier il a dû faire faire du chemin, et je ne peux pas courir après lui. Il ne sera pas à B*** avant huit jours, je parie. »

Tout en poursuivant son monologue à l'instar d'Auguste, Davrennes griffonna le billet suivant :

« Viens au plus tôt. Il s'agit des marchandises que tu sais; un autre veut te couper l'herbe sous le pied.

« U. D. »

Il mit cette suscription : « M. Simon Fauvol, colporteur, auberge du Cygne-Noir, à B*** (Deux-Sèvres), » et porta lui-même sa lettre à la poste.

Fauvette.

16

XVII

La première idée du commandant, en quittant le magasin de curiosités, fut d'avertir la justice. La réflexion l'arrêta : sur des données aussi
vagues, la justice consentirait-elle à entreprendre de nouveau la poursuite d'une affaire qui n'excitait plus aucun intérêt?

« Mieux vaut attendre encore, se dit-il, attendre et observer. L'effroi
significatif de Davrennes peut lui faire commettre une imprudence. A la
grâce de Dieu! »

Avant de retourner à Bois-l'Abbé, il recommanda à Laurent de surveiller la boutique.

« Soyez tranquille, mon commandant, répondit l'ordonnance, la
besogne n'est pas grosse en votre absence, et j'aurai le temps de regarder
par là. »

L'officier trouva du nouveau à l'Abbaye. La diligence s'y était arrêtée
la veille pour y déposer une femme de taille moyenne, délicate et vive,
que des exclamations accueillirent.

« Pauline!

— Ma marraine!

— Mlle du Frainard! »

On l'entoura, elle se laissa embrasser et rendit chaudement les
caresses. Gustave lui offrit le bras pour entrer dans la maison.

« A la bonne heure! voici des airs de jeune homme, » dit en riant
l'aimable Parisienne.

Quelques minutes après, elle était assise dans la chambre qui lui
avait été préparée, en face de son amie, toute joyeuse de la revoir.

« Causons, dit-elle. D'abord je te dirai que tu rajeunis, Hélène. L'air de la province t'est sain.

— Tu trouves?

— Certes; n'ai-je pas dix ans de plus que toi?

— Finis, répliqua en souriant Mme Pontjolin, ou je vais t'accuser de coquetterie : tu veux me faire dire que tu es loin de porter tes trente-cinq ans.

— C'est bon, brisons là. Que me contais-tu à propos de Marielle? Elle est superbe; cette enfant, grande, c'est vrai, mais fraîche comme une rose des haies, un amour de fillette. Hélène, Hélène, tu es trop heureuse, c'est ce qui te gâte!

— C'est peut-être vrai, répondit la femme du commandant. Trop de bonheur effraye, ma chérie.

— Tu as mille fois tort de t'effrayer. Vous êtes de la rare espèce de ceux qui méritent les bénédictions divines.

— Pauline, fit Mme Pontjolin d'une voix pénétrante, où as-tu vu que les bénédictions divines soient synonymes de joies terrestres? »

Mlle du Frainard tressaillit.

« La terre est une vallée de larmes, et Dieu ne nous permet pas de l'oublier, poursuivit la jeune femme; nous ne devons jamais plus craindre qu'à l'heure où tout semble nous sourire.

— Écoute, tu es en disposition de broyer du noir et tu t'alarmes pour un rien, avoue-le.

— Je l'avoue, puisque tu le veux.

— Mais tu ne sens donc pas que ta défiance est injurieuse envers la Providence? Il n'y a pas un point sombre à ton horizon, entends-tu? car la prétendue faiblesse de Marielle se retrouve chez la plupart des fillettes de son âge, et cela ne signifie rien du tout, terrible amie que tu es!

— Comme j'ai bien fait de te faire venir pour me gronder! Tous les papillons noirs vont s'envoler à ton approche.

— Il ferait beau voir qu'ils ne s'envolassent pas. Je suis leur implacable ennemie, et, si je suis venue à l'Abbaye, ce n'est pas pour m'y désoler, au contraire.

— Puis-je entrer? demanda la voix de Marielle.

— Tout de suite, » répondit Mlle du Frainard.

Elle attira la fillette sur ses genoux.

« Figure-toi, dit-elle, que j'avais eu primitivement l'idée de t'apporter une poupée de Paris. Quelle bonne inspiration m'a fait abandonner ce projet! Je n'aurais jamais osé présenter mon cadeau à une superbe personne de ta taille.

— Je joue encore à la poupée à Thouars, marraine; mais en arrivant à l'Abbaye je mets tous les jouets de côté.

— Par conséquent j'ai mieux fait de choisir ceci. »

Elle ouvrit une caisse d'où elle tira un très beau stéréoscope et un mignon carton à dessin.

« Voici, je crois, ce qui convient à une jeune paysagiste de votre sorte, Mademoiselle. »

La petite fille dénoua le ruban bleu qui fermait le carton, embrassa d'un coup d'œil ravi le papier teinté, les crayons de grosseurs différentes, la gomme à effacer; elle fit glisser une image dans le stéréoscope et se jeta au cou de la voyageuse.

« Ne me dévore pas tout à fait, dit celle-ci en riant, et appelle Gustave, je te prie. »

Le jeune garçon ne tarda pas et reçut avec autant de plaisir que sa sœur un joli fusil à canon rayé.

« Pour ceci, j'ai dû m'en rapporter à l'armurier; il m'a assuré que c'était au mieux pour un futur Nemrod. »

Le commandant fut enchanté de trouver Pauline à l'Abbaye. Il la connaissait de longue date et savait que, mieux que personne, elle arracherait sa femme à la mélancolie dans laquelle elle se plongeait.

Gaie, spirituelle et bonne, la Parisienne fit promptement la conquête des habitants du bourg. Les dames s'accordèrent à déclarer qu'elle avait des manières très simples en même temps que fort engageantes; la famille de Rosélian lui fit bon accueil, sans excepter Mlle Herminie, qui daigna trouver des charmes à sa conversation enjouée.

Pour sa part, elle prit goût à tout ce qui l'entourait, causant archéologie avec le notaire, bonnes œuvres avec le curé, voire chiffons et modes avec les dames Reynault et Marson, tombant en extase devant une fleur sauvage ou un brin d'herbe, en vraie fille de Paris qui se délasse de l'asphalte et du zinc.

Elle s'intéressa même très chaudement à Henriet, qui, sur l'autorisation donnée par le commandant, déclinait avec zèle rosa, la rose, et Dominus, le Seigneur.

« M. le curé, avait dit l'officier après que l'abbé Bernard lui eut exposé sa demande, je ne suis pas, règle générale, un ardent partisan de la fièvre d'instruction qui dévore notre société. Le fils qui se juge supérieur à son père est bien près de le mépriser. La question est ici tout autre; peut-être, en instruisant l'enfant, ne ferez-vous que le rendre à son véritable milieu social. »

La gravité de ces paroles étonna le prêtre.

« Que dites-vous, commandant! Auriez-vous quelques indices sur l'origine de ce pauvre petit? »

Le commandant hocha la tête.

« Les indices, si indices il y a, sont bien peu de chose, répondit-il. Les ténèbres se sont légèrement éclairées, mais Dieu seul fera la lumière.

— *Fiat lux!* » murmura le curé avec ferveur.

Une semaine s'était écoulée depuis l'arrivée de Mlle du Frainard. Le temps, uniformément beau jusqu'alors, subit un de ces brusques revirements qui ne sont pas rares en octobre, et la pluie se mit à tomber, triste, monotone, agaçante.

On était condamné à rester à la maison, où l'on avait, pour se distraire, la vue des torrents que les nuages gris versaient sans se lasser et des feuilles qui, arrachées par le vent d'automne, tourbillonnaient un instant et s'abîmaient sur le sol fangeux, toutes souillées, comme si une puissance ennemie eût tenu à les avilir en les détruisant.

M. Romain, ne pouvant courir la forêt, nettoyait son fusil dans le salon où travaillaient ses sœurs, tout en portant de temps à autre la main à sa bouche pour étouffer un bâillement.

Comme il faisait un pas vers la porte, Mlle Herminie leva les yeux et l'arrêta d'un geste.

« Où allez-vous?

— Je ne sais. Il y a une petite éclaircie, j'en profite pour flâner du côté des bois.

— Restez un moment, j'ai à vous parler. »

Il se rassit avec la docilité d'un enfant.

« Vous êtes convaincus comme moi, reprit lentement Mlle Herminie, que tout espoir est perdu au sujet de notre frère Arnaud? »

Ils firent un signe d'assentiment.

« En cette triste occurrence, il me paraît bon de fixer par un acte définitif la transmission de notre fortune. Nous ne sommes pas immortels; avant que l'un de nous disparaisse, il doit savoir à qui passera l'héritage de ses pères; ainsi le dernier s'en ira en paix, certain que la volonté de tous sera accomplie. J'ai sur ce point des intentions particulières que je désire vous soumettre. »

M. Romain et Mlle Lazarine répondirent en même temps.

« Ma sœur, ce que vous ferez sera bien fait.

— Je vous sais gré de votre confiance, mais il faut que vous me donniez une approbation en toute connaissance de cause.

« Il y a quatorze mois, j'avais formé des projets qui n'ont pas abouti; vous me fîtes entendre que les parents de Marielle repousseraient mes propositions, et je suis aujourd'hui convaincue que vous eûtes raison.

Cette affaire avait deux mauvaises faces : l'exclusion de Gustave au profit de sa sœur, — Hélène et son mari n'ont pas de préférence, et je conçois qu'ils aient vu d'un mauvais œil un partage aussi inégal, — et ma volonté de garder Marielle au château. Je sais reconnaître mes torts, et je confesse que je m'étais trompée.

« Hélène est notre héritière naturelle; le plus simple serait de ne faire aucun testament et de laisser aller les choses; mais mon intention est bien arrêtée sur un point : Rosélian appartiendra à Marielle. Je me vois donc obligée de léguer notre fortune aux deux enfants par portions égales, en réservant le château à la petite fille. Est-ce bien ainsi?

— C'est parfait, ma sœur.

— Tant mieux! Si Dieu me laisse vivre assez pour voir l'union de Marielle avec un gentilhomme, si j'obtiens pour elle le droit de porter le titre de comtesse de Rosélian, je goûterai ce jour-là ma suprême consolation en ce monde. »

Elle s'interrompit, émue et oppressée, garda le silence une minute et reprit :

« La pluie a tout à fait cessé. Je vous serai obligée, Romain, de passer à l'étude; je désire voir Me Hélion aujourd'hui même. Nous arrêterons les clauses du testament, qu'il rédigera ensuite, et il nous en fera la lecture le plus tôt possible. Ces sortes de choses ne doivent pas traîner.

« Par la même occasion, vous irez à l'Abbaye et prierez Hélène de venir seule à son premier moment de liberté. Elle ne sera pas trop surprise; j'ai un peu sondé le terrain de son côté, et elle ne sera pas fâchée non plus de voir l'avenir de ses enfants assuré.

— Hélène est parfaitement désintéressée, fit Mlle Lazarine, mais quelle mère serait insensible à cette perspective?

— Voilà pourquoi je tiens à lui tout apprendre. Faut-il attendre sa mort pour avoir un peu de joie? »

Mme Pontjolin vint au château dans la soirée et resta longtemps dans la chambre de Mlle Herminie; sur le seuil elle lui serra la main en disant :

« Mon mari arrive demain, vous le verrez. Merci pour nos enfants, ma tante. »

XVIII

Urbain Davrennes s'était rarement tenu à la boutique depuis la visite du commandant. Retiré dans sa chambre, il demeurait aux aguets derrière les rideaux jaunes de sa petite fenêtre, tressaillant au moindre bruit inusité, comme s'il eût attendu ou redouté quelque chose.

Il ne vint rien; les chiens seuls passaient fréquemment dans la ruelle, et les rares promeneurs n'eurent pas l'idée de pousser la porte du magasin.

Dix jours se passèrent dans cette fiévreuse attente. Tous les soirs Shylock se disait en se mettant au lit :

« J'attendrai demain encore, puis j'agirai seul. »

Agir seul présentait sans doute des difficultés insurmontables, car Davrennes n'agissait pas.

Le temps devenait de plus en plus mauvais; des averses presque continues noyaient la ruelle, formant des flaques noirâtres entre les pavés disjoints. Il fallait un besoin absolu de sortir pour se hasarder, pendant le jour, à enjamber ces mares, qui n'avaient ni l'azur ni la fraîcheur des lacs chantés par le poète,

> Lacs purs et tranquilles,
> Dont toutes les îles
> Sont des bouquets de fleurs.

On comprend que, le soir venu, portes et fenêtres restaient closes. Ce fut dans cette ombre croissante, sous une pluie froide qui trans perçait les plus épais vêtements, qu'un homme repoussa la Clausette, laquelle se disposait à tirer les volets, et pénétra dans la boutique.

« Bon! en voilà d'une autre, grommela la servante. Quelles bêtises qu'il vient apporter encore, ce particulier? comme si la vente marchait trop bien ! »

Elle alla néanmoins vers l'escalier en criant :

« Monsieur, voilà vot' commis! » et se trouva nez à nez avec son maître, qui descendait les dernières marches.

« Tiens, il l'avait vu avant moi, » dit-elle en retournant à la cuisine.

Pour la Clausette, cet homme, qui venait une ou deux fois l'année, était un dénicheur de curiosités au service de Davrennes, une espèce de commis, disait-elle. D'abord elle s'étonna qu'il vînt seulement le soir; à cela son maître répondit :

« Personne n'a besoin de mettre le nez dans mes affaires; il faut dépister les curieux, la Clausette. »

Et la servante trouva la raison bonne; elle n'aimait pas les curieux non plus.

Les deux hommes étaient maintenant assis en face l'un de l'autre, dans la chambre de Davresnes.

« Je croyais que tu n'arriverais jamais, commença ce dernier; voilà tantôt onze jours que je t'ai écrit.

— Dame! je n'étais pas à B*** à cette époque. Quand j'y suis passé hier, la lettre m'attendait; ça m'a mordu au cœur de me la faire lire, car je voyais qu'il était question de notre affaire. Heureusement tu t'étais bien expliqué, et les autres n'y ont vu que du noir sur du blanc. Voyons, qu'est-ce qu'il y a?

— Il y a que nos cartes se brouillent. Le commandant est venu. »

Fauvol bondit.

« Le mien, le Pontjolin?

— Bien sûr, et le pis c'est que, par la maladresse de la Clausette, il a vu...

— Il a vu quoi?

— La montre et le médaillon.

— Et... les papiers aussi?

— Tu es bête! Est-ce que les papiers sont dans la boutique? ils ne quittent pas ce meuble. »

Il indiquait un secrétaire à solides ferrures.

« Le reste devait y être aussi, morbleu! il devait y être, gronda l'hercule. Si c'est comme ça que tu caches les choses, c'est pas la peine de t'en mêler, je les aurais tout aussi bien gardées.

— Et qui t'a prié de me les apporter? riposta Davrennes de sa voix de crécelle. Est-ce que je suis pour rien dans tes affaires, moi? est-ce moi qui ai laissé un voyageur se noyer sous mes yeux, qui l'ai dépouillé, qui...? »

Fauvol lui mit sa large main sur la bouche.

« Auras-tu bientôt fini? dit-il tout bas. Ça n'a pas de bon sens de répéter ces choses-là. »

Il jetait un coup d'œil effaré vers la porte.

« Il te jette un portefeuille en te criant : « Pour mon fils. »

« N'aie pas peur, ricana Shylock, tout est fermé, et la Clausette ne s'amuse pas à écouter. J'ai besoin de te rafraîchir la mémoire, vois-tu; sans ça tu finirais par m'accuser de tout.

— Laisse-moi tranquille, je sais l'histoire par cœur.

— Pas assez bien, mon bon. Je vais te la narrer couramment. Le soir du 14 novembre 18..., tu te rendais à Bois-l'Abbé. Un cheval passe à côté de toi et s'engage sur la berge; tout à coup il s'effraye devant une grosse pierre, se cabre et jette son cavalier à l'eau. Tu le devines en entendant un cri, tu sautes à la tête de l'animal, et tu trouves un petit enfant à moitié mort de frayeur et une valise. Alors tu cours à la ri-

vière; l'homme était pris dans de grandes herbes; il te jette un portefeuille en te criant : « Pour mon fils! » et s'enfonce. Tu pouvais essayer
de le sauver ; mais non, tu restes là tranquillement, puis tu retournes
sur tes pas pour cacher derrière un buisson le portefeuille et la valise,
et, quand tu entends la charrette des rouliers, tu les pries de te prendre
avec eux. Je ne te conte pas ton sauvetage, c'était risible. Ah! mon bonhomme, tu n'étais pas si bête; tu t'y étais pris de la bonne manière
pour écarter les soupçons.

« Le lendemain je te voyais arriver d'un air mystérieux, me demandant
un entretien; on ne refuse pas ça à un pays. J'écoute ton récit, passablement embrouillé, et je consens, par pure bonté d'âme, à te donner un
conseil et à garder le portefeuille.

— Parce que c'était ton intérêt, répliqua Fauvol; nous avons partagé
l'argent.

— Toute peine mérite salaire. Mais du moins ne dis plus que je t'ai
fait tort; ce qui t'a fait tort, c'est ta propre sottise. Pourquoi as-tu pris
la montre sur le noyé?

— Je l'ai sentie sous ses vêtements. Les rouliers ne voyaient rien,
c'aurait été stupide de la laisser.

— C'était stupide de la prendre, je te l'ai dit dès le premier jour.
Quand je vis que l'homme n'était pas reconnu, mes craintes se cal-
mèrent, et c'est alors que je voulus tâcher de vendre ces bijoux com-
promettants.

— Et tu n'as réussi qu'à les mettre sous les yeux de ce commandant...

— Dont il ne fallait pas te faire un ennemi. Je te le répète, tout
cela, c'est ta faute, ta très grande faute, *tua maxima culpa*.

— Ne parle pas latin et conte-moi tout.

— A la bonne heure! te voilà raisonnable. »

Sur quoi Shylock fit succinctement le récit de la visite de M. Pontjolin.

« Maintenant, conclut-il, je ne peux plus garder ni papiers ni bijoux.
Que veux-tu en faire?

— Ce que je veux en faire? Jeter les papiers au feu et la montre
dans le Thouet. »

Ce fut au tour de Shylock de bondir.

« Au feu, dit-il, au feu, des papiers de cette importance, que l'on
peut se faire payer si cher un jour venant! Tu es fou à lier, ma parole!

— Pas si fou, puisqu'ils peuvent me faire pendre.

— T'envoyer en prison tout uniment, et encore... Dans trois ans le
petit aura quelque chose comme dix-huit ans, l'âge de faire valoir ses

droits. Alors nous nous abouchons avec lui et lui tenons à peu près ce langage : « Mon jeune monsieur, quelqu'un de notre connaissance possède le moyen de vous faire connaître votre famille et restituer votre fortune, mais il n'a pas assez de bien pour vous rendre ce service *gratis pro Deo*. Ayez seulement l'obligeance de signer ce bout d'écrit, et vous êtes riche.

— C'est à merveille ; mais il faut attendre, et d'ici là...

— Il s'agit de mettre le tout en lieu sûr. »

Fauvol réfléchit, puis soudain :

« J'y songe, » dit-il.

Il se pencha à l'oreille de son complice et lui parla à voix basse ; l'autre donnait des signes d'approbation.

« Ne perds pas de temps, fit-il quand l'hercule eut achevé ; vas-y cette nuit.

— Quoi ! par ce temps ?

— Le temps est excellent ; on le dirait commandé pour la circonstance.

— On fait du bruit en pataugeant dans les flaques.

— Au contraire, la terre mouillée amortit les pas, et la pluie assourdit les écouteurs.

— Eh ! bien, apprête-toi.

— Que je m'apprête à quoi ? questionna Shylock en feignant la surprise.

— A m'accompagner, parbleu !

— Moi ? et pourquoi faire ? Quel besoin as-tu de moi, qui ne peux pas me traîner ?

— C'est-à-dire que tu ne veux pas t'exposer, mon petit, ricana Fauvol. Tu as trop grand'peur pour ta peau. Et si j'emportais le tout ailleurs, la poire serait à moi tout entière, sais-tu ?

— Tu ne mangerais pas de poire du tout, fit Davrennes en haussant les épaules. Est-ce toi qui prépareras le papier à signer ? tu n'as pas seulement pu lire ceux-ci. Tu ne peux rien sans moi, nigaud. »

Après quelques minutes, Fauvol descendit l'escalier et sortit du magasin, que Davrennes lui ouvrit lui-même, la Chausette ronflant déjà dans l'arrière-boutique, où était son lit.

Suivant l'ordre du commandant, Laurent ne perdait guère de vue la petite maison du marchand de curiosités. Sachant par expérience que Fauvol ne franchissait que le soir le seuil de la boutique, il montait sur une chaise et mettait le nez à l'œil-de-bœuf dès qu'il voyait la nuit descendre.

Le commandant étant à l'Abbaye, l'ordonnance ne manqua pas à son habitude. La Clausette tirait les volets, un homme passa en la bousculant.

« Encore le colporteur, se dit Laurent en quittant son poste, il paraît qu'ils sont grands amis. »

Il s'assit et tomba dans un demi-sommeil dont il sortit en entendant sonner onze heures. Avant de se coucher, il jeta un coup d'œil du côté du magasin; une lueur filtrait à travers les volets.

« Tiens, dit Laurent, il y a du monde si tard dans la boutique! »

La curiosité le retint un instant à l'œil-de-bœuf; tout à coup la lueur devint plus vive, le volet s'entr'ouvrit, et une ombre glissa dans l'ouverture.

« Bah! fit l'ordonnance, il n'y restera pas la nuit, cette fois? »

Au coin de la rue se trouvait un réverbère; Fauvol dut passer sous la lumière, et Laurent vit distinctement qu'il avait son chapeau rabattu sur ses sourcils et qu'il cachait quelque chose sous sa veste.

Le soldat ne prit pas le temps de réfléchir; il endossa sa capote, descendit en trois bonds et ouvrit la porte.

Fauvol marchait à grands pas sans pouvoir éviter l'eau stagnante, où il enfonçait le pied à tout coup, faisant jaillir sur ses habits de larges éclaboussures.

Au bout de cinq minutes il lui sembla entendre un pas derrière lui; il se retourna, fouilla les ténèbres et ne vit personne.

Il atteignit ainsi l'esplanade du château.

Tout était calme et solitaire; la petite ville dormait en paix; les quelques réverbères épars éclairaient suffisamment la marche de l'hercule, qui s'arrêta de nouveau et de nouveau regarda.

Décidément il est seul; derrière comme devant lui,

> Il ne voit que la nuit, n'entend que le silence.

A présent il a quitté la ville et suit la route de Parthenay, à la hauteur des coteaux de Saint-Jean; bientôt il traverse un champ et s'avance sur le bord des rochers.

La nuit est toujours noire! le ciel continue à verser une douche glacée sur le dos et les membres de Fauvol, qui frissonne et marche avec des précautions infinies; il sait que la sente est étroite, et qu'il suffit d'un faux pas pour le précipiter au bas du coteau.

Voici que le vent gémit sur un mode lugubre; mais l'hercule ne s'occupe plus des bruits qui l'environnent; il tâte autour de lui et sent enfin des piquants qui lui font retirer la main par un mouvement instinctif; il y revient et s'assure qu'il est près d'un buisson de houx.

Alors il se tapit sur le bord et frotte une allumette; la pierre mouillée est peu propre à ce service, l'allumette ne prend pas feu; il recommence et parvient, avec beaucoup de peine, à allumer la bougie d'une lanterne qu'il a cachée sous sa veste.

Dans cette ombre, la lanterne éclaire un espace bien restreint : la touffe de houx, le bout du sentier et la pointe du roc grisâtre; c'est assez pour se diriger, trop peu pour apercevoir un homme accroupi aux pieds de Fauvol, dans le chemin qui s'encaisse entre le Thouet et les coteaux de Saint-Jean.

Sa lanterne à la main, l'hercule descend lentement, s'arrête à mi-hauteur et plonge le bras dans une fissure : c'est creux et étroit, excellent pour faire une cachette.

Il prend un objet qu'il introduit dans la crevasse, puis, relevant une longue liane qui court sur le coteau, il l'applique sur cette fente de manière à la boucher complètement.

« Là, murmure-t-il d'un air satisfait, je n'ai pas eu tort de choisir cet endroit. »

Il n'entend pas l'homme blotti au bas du rocher répondre à voix basse : « Non certes, tu n'as pas eu tort, et j'ai eu, moi, cent fois raison de te suivre. »

Fauvol grimpe au sommet, souffle sa bougie et disparaît.

Une minute s'écoule.

Puis l'ordonnance escalade le rocher, atteint la cachette et en tire une sacoche de petite dimension.

« Bon, dit Laurent, j'ai l'idée d'avoir fait cette nuit de bonne besogne; le commandant sera content. »

Et le soldat prend sa course vers la ville.

XIX

LE DEVOIR

I

Le commandant était assis devant son bureau, écoutant le rapport de Laurent.

Il avait passé deux jours à l'Abbaye et en était revenu ce soir-là, le cœur joyeux, remerciant Dieu, qui pourvoyait d'une manière inattendu à l'avenir de ses enfants.

Mlle de Rosélian lui avait fait un accueil tout empreint d'aménité courtoise. Quand il voulut la remercier, elle l'arrêta.

« Vous ne me devez aucune gratitude, dit-elle. J'ai agi par pur égoïsme en me choisissant des héritiers selon mon cœur. »

Et elle embrassa Marielle, qu'elle appela sa chère petite comtesse.

Ils étaient couleur de rose, les rêves du commandant, et jamais Davrennes et Fauvol ne furent plus loin de sa pensée.

Laurent dut lui répéter deux fois qu'il avait une nouvelle à lui apprendre.

« Tu es un honnête et courageux garçon, dit-il après que l'ordonnance eut achevé son récit. L'orphelin te devra peut-être un nom honorable. En tout cas, mon estime et ma reconnaissance te sont acquises, mon ami. »

Il lui tendit cordialement la main et le congédia ; il avait hâte de savoir.

La sacoche versa deux objets sur la table : la boîte aux bijoux, que l'officier connaissait déjà, et un portefeuille rouge terni, gonflé de papiers.

Le premier qui frappa ses regards fut une enveloppe jaunie et non cachetée dont il lut la suscription avec une sorte de stupeur.

« Mlle Herminie de Rosélian, château de Rosélian, à Bois-l'Abbé (Deux-Sèvres). »

Il mit la main sur la lettre et s'arrêta.

. « Non, plus tard, s'il en est besoin. Voyons les papiers. »

. Il les ouvre et pâlit, et, à mesure qu'il lit, sa pâleur s'accentue.

C'est que ces titres sont l'anéantissement de ses espérances paternelles; c'est qu'il voit successivement :

L'acte de mariage d'Arnaud-Jacques-Raymond de Rosélian et de Susanne de Ruden, au village d'Orun, dans le Jutland;

L'acte de naissance de Gaston-Marie, fils d'Arnaud de Rosélian et de Susanne de Ruden;

L'acte de décès de la dame de Rosélian, née Susanne de Ruden;

L'acte de mariage de Gaston de Rosélian et d'Élise Bulton à Stèveland, près de Lima;

L'acte de naissance d'Henri-Gaston, fils de Gaston de Rosélian et d'Élise Bulton;

L'acte de décès de la dame de Rosélian, née Élise Bulton;

Enfin l'acte de décès d'Arnaud de Rosélian.

La lettre reste seule; le commandant la déplie et dévore ces lignes :

« Stèveland, ce 20 mai 18...

« Ma sœur,

« J'ose vous donner ce nom sacré, qui résume notre amitié d'enfance, nos joies, notre intimité d'autrefois.

« Il s'est écoulé bien des années depuis le jour où je fus banni du toit paternel; mes cheveux ont blanchi, mes doigts tremblent, mais je n'ai rien oublié.

« Vous non plus, n'est-ce pas, ma sœur?

« Sous le poids de la malédiction de mon père, j'ai souffert en désespéré, puis je me suis rattaché à la vie en trouvant sur ma route une affection compatissante. Là encore la douleur m'attendait.

« C'était justice, je ne devais pas être heureux. Ma femme, ma douce consolatrice me fut ravie, et je vois aujourd'hui mon fils courbé sous la même souffrance.

« Pourtant il est innocent, mon pauvre cher Gaston; innocent aussi, l'enfant que lui a laissé sa jeune compagne. Tous deux portent la peine de mes fautes.

« J'ai usé l'ancien et le nouveau monde dans mes pérégrinations incessantes, rien ne m'a réussi; la fortune, après m'avoir souri, m'a tourné le dos.

« A cette heure, je le sens, mes jours sont comptés, la mort me guette, et je la bénis, car elle m'apporte la délivrance; un prêtre m'a fait espérer, au delà de la tombe, le pardon de Dieu et celui de mon père.

« Quand il m'aura fermé les yeux, mon fils partira pour la France, cette patrie lointaine que je lui ai fait aimer; il vous cherchera, ma sœur. Vous ne m'avez pas maudit, vous; nous nous sommes beaucoup aimés, je vous aime toujours.

« Où êtes-vous? où sont Romain et Lazarine? Je l'ignore, mais Gaston vous retrouvera, et vos cœurs s'ouvriront pour lui, pour son petit enfant.

« Ma sœur, aimez-les pour l'amour de votre malheureux frère,

« Arnaud de ROSÉLIAN. »

Le commandant repousse les papiers et appuie son front sur sa main. Il sait tout maintenant; il reconstruit les faits dans leur ordre logique.

Le mort qui dort sous la croix, sans nom, dans le cimetière de Bois-l'Abbé, c'est l'héritier légitime des comtes de Rosélian. Il croyait toucher au but; il entrevoyait la richesse et le bonheur, il a trouvé la mort, une mort prompte et obscure.

Et l'enfant!

Une expression amère passa sur le visage du commandant; une sourde douleur l'envahissait malgré sa force d'âme.

Que celui qui a vu sans angoisse sombrer l'avenir de ses enfants lui jette la première pierre!

Cette défaillance fut de courte durée. Il leva la tête, imposa silence à son cœur et dit : « C'est le devoir! »

Le devoir! ce mot suprême était écrit sur sa loyale épée, rougie du sang ennemi pendant la funeste campagne de 1870, où il avait conquis le grade de capitaine sur le champ de bataille; sur sa poitrine, où brillait l'étoile de l'honneur militaire; dans sa conscience d'honnête et de vaillant.

Il était écrit surtout, en caractères indélébiles, sur cette croix d'argent qu'il reçut des mains de sa mère mourante, et dont il ne se sépara jamais; sur ce scapulaire qu'un prêtre lui mit au cou au jour de sa première communion et qu'il portait sur son cœur comme une égide tutélaire.

Le commandant était redevenu fort.

Il prit du papier, se mit à écrire, et jusqu'au jour la lumière se montra à travers ses vitres closes.

La journée du lendemain devait être prise tout entière par les exigences du service.

Le commandant repousse les papiers et appuie sa tête sur sa main.

« Je retournerai ce soir à Bois-l'Abbé, dit l'officier à Laurent; tu me tiendras Tibère prêt à six heures.

— Bien, mon commandant.

— Maintenant écoute : ta trouvaille est très importante; la sacoche et la lettre que je viens d'écrire doivent être remises entre les mains du procureur de la république à Bressuire. Je te les confie, tu les porteras demain matin; je tiens à ce que tu les donnes toi-même au magistrat.

— Ce sera fait, mon commandant. »

La nuit, dit-on, porte conseil. Après avoir confié aux rochers de Saint-Jean le dépôt qui représentait sa fortune, Simon Fauvol passa les heures en réflexions et en regrets.

Fauvette.   17

Cet endroit fréquenté n'était pas un lieu assez sûr; les enfants, grands grimpeurs, pouvaient mettre au jour ce trésor ignoré.

Les coteaux de Saint-Jean ont servi plus d'une fois de cache aux malfaiteurs; mais ils n'ont pas fidèlement gardé le secret, cent histoires connues en sont la preuve.

Plus il y songe, plus il se dit qu'il a eu tort. Un hasard peut tout découvrir.

Fauvol dit le hasard; il oublie la Providence.

La journée se traîna pour lui avec une mortelle lenteur; il erra dans les environs de Thouars sans oser s'éloigner. La nuit venue, il trouva un asile sur la paille d'un fenil; mais il y chercha vainement le sommeil.

A quatre heures il n'y tint plus. Le jour était loin encore; il aurait le temps d'aller à Saint-Jean avant que les travailleurs fussent aux champs; il se leva.

Les ténèbres étaient déjà moins opaques; une faible lueur se montrait à l'horizon. Fauvol arriva aux coteaux, haletant, la sueur au front et le frisson dans les veines, sans avoir rencontré personne; il reconnut le buisson de houx et se mit à descendre.

Voici le trou; il écarte la liane, plonge le bras, le retire et le replonge de nouveau; une peur folle s'empare de lui, on a pris la sacoche.

Mais alors on le suivait hier, on l'épiait; il ne se trompait pas en croyant entendre un pas derrière lui.

Fauvol sent la folie envahir son cerveau. Il cherche toutefois, fouille d'autres crevasses, croyant s'être mépris. Quand son dernier doute s'est évanoui, il se relève en blasphémant.

L'aurore grandit de seconde en seconde, il est temps de partir.

La tête en feu, l'hercule descend le sentier de Saint-Jean et passe à Saint-Jacques sans presque s'en apercevoir; il marche encore, il marche toujours. Si on l'a épié, on l'a peut-être reconnu; et qui sait si les gendarmes ne sont pas à sa poursuite.

Cette frayeur le torture. Il entre dans une auberge, s'assied à l'écart et demande de l'eau-de-vie.

Ses idées s'épaississent encore. Il n'échappera pas à la justice, c'est probable; mais il se vengera auparavant. Il se vengera de quoi? et sur qui?

Le nom d'Henriet vient à ses lèvres avec une malédiction.

A midi il demande du pain et du fromage, qu'il mange sans changer de place; à cinq heures il se lève, paye sa consommation et prend le chemin de Bois-l'Abbé.

Là nuit le surprend, mais n'arrête pas sa marche hâtive.

Il fait un détour au moment d'arriver, et se met à longer la rivière. Comme onze ans auparavant, elle déborde sur ses rives et roule des flots jaunâtres et torrentueux.

Tout à coup se fait entendre une voix limpide et sonore, un timbre d'une exquise pureté, dont la puissance s'accroîtra avec l'âge.

« C'est lui, » dit le misérable, chez lequel cette voix avive la haine.

Henriet revient du presbytère, repassant sa leçon.

C'est qu'il mord à belles dents au latin, notre gardeur de moutons, et l'abbé Bernard est obligé de mettre un frein à son ardeur.

Il se sentait, ce soir-là, le cœur attristé; les souvenirs de son père mort, de son enfance délaissée, lui remontaient à la mémoire.

Si le berger était joyeux, il chantait; qu'il fût triste, il chantait encore. La seule différence consistait dans le choix des chants.

Quand il entonnait à pleine voix quelque beau cantique, on savait qu'il était content. Si, au contraire, il choisissait une vieille ballade, un de ces refrains naïfs de nos campagnes qui se psalmodient plutôt qu'ils ne se chantent, on pouvait dire : Henriet a du noir dans l'âme.

Il se rapprochait, répétant cette douce complainte de la *Muette,* qu'il préférait à toutes les autres, parce qu'elle lui rappelait sa première rencontre avec les enfants du commandant.

« C'est lui, redit Fauvol, son malheur le conduit. »

Et il se cacha derrière les peupliers. Henriet disait :

> De tes agneaux, ma fille,
>   Je n'en veux point.
> Au bout de la semaine
>   Je viendrai te voir.
> Au bout de la semaine
>   La belle est morte.

Le dernier mot s'étrangla dans son gosier; une main vigoureuse l'avait saisi au passage et lui serrait la gorge.

Au même instant on entendit le galop d'un cheval. Fauvol lâcha le cou de l'enfant, et, le soulevant comme une plume, le lança dans la rivière. Un faible cri retentit.

Ce cri parvint au cavalier qui paraissait sur la rive; en même temps il distingua dans l'ombre un homme fuyant à toutes jambes.

Sauter à terre, jeter un vibrant appel et s'élancer au bord de l'eau, tout cela fut pour le cavalier l'affaire de dix secondes. L'enfant reparut à la surface, le commandant le reconnut.

« Henriet! »

Il était donc destiné à le sauver de toutes les manières.

Sans hésiter il se jeta à l'eau et nagea vers l'orphelin, qu'il atteignit.

Le courant était d'une rapidité extrême; le commandant, assez médiocre nageur, faisait des efforts multipliés pour gagner le rivage; seul il y fût parvenu; il ne le pouvait plus chargé d'Henriet, qui avait perdu connaissance. Il lui maintenait péniblement la tête au-dessus de l'eau en criant : « Au secours! au secours! »

Des voix lui répondirent : « Courage! courage! »

Il était temps, ses forces s'épuisaient.

L'approche du secours lui rendit l'espoir; il parvint à se rapprocher du bord.

Des saules laissaient tomber leurs longs rameaux jusque sur la rivière; le commandant s'accrochait à une branche au moment où Catherine Cormier arrivait en courant.

Elle poussa un cri d'angoisse : « Vite, vite, par ici! » se pencha et tira par les cheveux le jeune garçon, que l'officier soutenait encore.

Ce fut son dernier effort; ses doigts crispés se détendirent, le courant l'entraîna.

« Mon Dieu, il est perdu. Jésus, sauvez-le, disait Catherine en se tordant les mains. Jean, mon homme, le bateau, le bateau! »

Le meunier n'avait pas attendu cet appel pour détacher l'embarcation et y monter avec son fils aîné.

Catherine était tombée à genoux sur la terre, les mains jointes. Le commandant avait disparu.

« Mon doux Seigneur, ayez pitié, murmurait-elle; il ne peut pas mourir comme ça, cher Sauveur. Oh! pauvre Mme Hélène! Jean, par là, il doit être là. C'est fini, ils ne le trouveront pas. Les crocs, Jean, les crocs! »

Hélas! Jean avait beau faire, il ne trouvait rien; Antoine promenait en vain son falot sur la rivière morne et grondante.

Plusieurs personnes, attirées par les cris, se rassemblaient sur le théâtre de ce drame; d'instant en instant la foule grandissait, effarée; elle ne savait pas encore le nom de la victime.

Lorsque ce nom circula dans le groupe, ce fut un frémissement d'épouvante et de pitié. Qui donc au bourg n'était sympathique à la famille de l'officier?

D'autres bateaux s'étaient joints au premier, sillonnant en tout sens la rivière. L'un d'eux était conduit par Philibert, le jardinier de Rosélian, et son maître.

Enfin Jean Cormier s'écria : « Je le tiens! »

Le croc avait saisi les vêtements du commandant.

Deux minutes plus tard, le bateau abordait; au fond était étendu un corps sans mouvement.

Dans la foule on cherchait à se rendre utile. Tandis que les uns transportaient le petit berger au moulin, les autres couraient au bourg et en ramenaient le maire et le docteur.

Longtemps ce dernier prodigua ses soins à la victime; longtemps les spectateurs espérèrent; quand le médecin prononça douloureusement : « Tout est fini, » il y eut des sanglots autour de lui.

« Mon Dieu! mon Dieu! qui avertira Hélène? fit M. Romain en pleurant.

— Moi, » répondit une voix grave et triste, celle de l'abbé Bernard.

A l'Abbaye on avait passé une gaie journée, bien que Mlle du Frainard eût trouvé, le matin, un air soucieux à son amie.

« Les papillons noirs sont revenus? lui dit-elle.

— Oui, avoua Mme Pontjolin, j'ai fait de mauvais rêves.

— Superstitieuse, qui ajoutes foi à des fantômes!

— Je me suis raisonnée, je t'assure; mais il me semble que Marielle est pâlotte; elle a toussé hier, j'ai peur.

— Ingrate, qui manques de confiance en Dieu!

— Tu as raison. Allons, je m'abandonne à toi, distrais-moi.

— Tu fais bien de me donner carte blanche. Voici mon décret : le temps est beau aujourd'hui, nous emporterons des pliants dans la forêt et nous croquerons des sites ensemble; au retour nous nous arrêterons dans les prés, et les enfants chasseront les papillons. Les rires sont de rigueur; toute mine triste sera passible d'une amende. »

Le programme fut suivi de point en point, et, le dîner fini, on se réunit au salon. Mme Pontjolin avait repris sa sérénité; Gustave débitait mille folies dont Pauline et Marielle riaient aux larmes.

Une rumeur lointaine leur parvint tout à coup.

« Qu'est ceci? » murmura la jeune femme.

La rumeur grandissait; la porte s'ouvrit, l'abbé Bernard parut sur le seuil.

« Monsieur le curé! s'écria Mme Pontjolin, à cette heure! Qu'y
a-t-il ?

— Madame..., » fit doucement le prêtre.

Il s'arrêta, effrayé de la pâleur de la pauvre femme.

« Parlez, oh! parlez. Vous savez quelque chose. Mon Dieu! Armand...?

— De grâce, calmez-vous, Madame, je n'ai rien dit encore.

— Non, mais vous me cachez... Il est arrivé malheur à mon mari.
Écoutez..., le voici. »

Elle s'élança au dehors, tous la suivirent. A la porte de l'Abbaye,
elle se rencontra avec un cortège lugubre.

A la vue de ce corps inerte, de ce visage livide, elle frémit de tous
ses membres, et, se tournant vers Pauline :

« Ah! dit-elle d'une voix stridente, tu ne croyais pas aux pressen-
timents. Vois, mais vois donc. Je craignais pour l'enfant, et c'est le
père qui... »

Elle n'acheva pas, chancela et glissa à terre, évanouie.

XX

L'HÉROISME

L'aube se lève toute rose dans le large ciel de la campagne, l'angélus tinte, les oiseaux gazouillent; il y a des allégresses dans l'air.

Avez-vous remarqué ce contraste navrant du réveil de la nature avec le terrifiant sommeil de la mort?

Ceux-là seuls qui ont vu les splendeurs du jour naissant près du lit funèbre d'un père, d'un époux, d'un enfant, savent ce que cette heure renferme de désespoir.

Quoi! tout renaît, tout ressuscite, et vous vous dites qu'il ne s'éveillera pas, que ses paupières rigides ne se soulèveront point, que ses lèvres froides ne s'entr'ouvriront plus pour vous sourire. Rien ne bat pour vous dans cette enveloppe insensible, le cœur brûlant s'est glacé.

Toutes ces angoisses qui torturent l'âme, Mme Pontjolin les sentait passer en elle.

Oh! la douloureuse veillée!

La pauvre femme est demeurée toute la nuit au chevet de cette couche où le commandant dort son dernier sommeil. Au sortir de l'évanouissement qui l'a terrassée, elle a échappé aux mains amies qui voulaient la retenir, et, se dressant dans la majesté de sa douleur, elle a dit: « Là où il est, je dois être. »

Et Pauline du Frainard, et la dévouée Gothille, et Mlle Lazarine n'ont pas insisté davantage.

A genoux, tantôt le front posé sur les couvertures, tantôt les lèvres appuyées sur les mains du cadavre, la veuve demeura longtemps, les yeux secs, la bouche muette.

« Elle doit être brisée, murmura Pauline à l'oreille de Mlle Lazarine.

— Essayons de la faire asseoir, » dit celle-ci sur le même ton.

Et s'approchant :

« Hélène, ma pauvre enfant, mettez-vous dans ce fauteuil. »

Un hochement de tête négatif fut la réponse; Pauline dit à son tour :

« Mon amie, ma chère Hélène, assieds-toi, je t'en supplie. »

Même mouvement significatif.

Elles se regardèrent, désolées. Puis Mlle Lazarine se pencha vers Gustave et Pauline, parla bas à Marielle.

Les deux pauvres enfants étaient là, eux aussi, sans avoir voulu quitter une seconde la chambre mortuaire, ayant peine à comprendre que leur père les eût abandonnés.

Mlles de Rosélian et du Frainard avaient pensé que leur présence tirerait la mère de sa torpeur; cette attente fut trompée, elle ne les regardait même pas; et, lorsqu'ils vinrent se jeter à son cou, elle reçut leurs caresses sans s'émouvoir et les repoussa doucement.

Alors le frère et la sœur se blottirent l'un près de l'autre, au fond de la même chaise longue, pleurant et priant. Marielle faisait glisser son chapelet de ses doigts dans ceux de Gustave et récitait d'une voix entrecoupée les saintes paroles auxquelles il répondait.

A l'appel qui leur fut fait, ils se levèrent aussitôt, et enlaçant de leurs bras le cou de Mme Pontjolin :

« Chère maman, prenez ce fauteuil, vous êtes si fatiguée; ne nous refusez pas, maman chérie. »

Le son de ces voix aimées causa-t-il quelque impression à la pauvre femme, ou bien céda-t-elle par lassitude aux instances qui lui étaient faites, nous ne savons; mais elle se releva lentement et se laissa tomber sur le siège qu'on lui présentait.

Elle passa dans cette position le reste de la nuit.

Quand Mlle Lazarine retourna au château, le premier mot de sa sœur fut :

« Comment va Hélène?

— Mal, répondit tristement la cadette. Elle ne pleure pas, ne dit rien, pas même à ses enfants. Cette douleur muette m'effraye.

— Les grandes douleurs sont toujours muettes, fit observer Mlle Herminie avec un amer sourire; les chagrins bruyants se consolent vite. »

Elle reprit après un court silence :

« Il faut retourner à l'Abbaye, je me passerai de vous, Lazarine. Je sais que Mlle du Frainard est auprès d'Hélène ; mais vous n'y serez pas de trop : j'ai cru remarquer qu'elle vous aime beaucoup.

— Hélas ! la pauvre femme est incapable de sentir autre chose que son désespoir, soupira Mlle Lazarine.

— N'importe, nous lui devons ce témoignage de sympathie. Savez-vous, Lazarine, que c'est une belle mort ? » reprit-elle brusquement.

« La noblesse n'a pas d'autre origine que l'héroïsme, ma sœur ! »

Et comme sa sœur tressaillait à ce mot :

« Je dis une belle mort à cause du dévouement. Donner sa vie pour un enfant sans famille, c'est grand, c'est héroïque. Hélène a le droit d'être fière.

— Elle est surtout bien malheureuse.

— Malheureuse, oui, sans doute, elle a perdu son mari, le père de ses enfants ; mais son sublime courage sera leur titre de gloire. La noblesse n'a pas d'autre origine que l'héroïsme, ma sœur ! »

Mlle Lazarine l'écoutait avec une intime surprise. C'était la première fois que l'aînée des Rosélian s'intéressait à une douleur autre que la sienne, la première fois qu'elle laissait paraître de l'admiration.

Depuis la veille, on ne parlait à Bois-l'Abbé que du terrible événement; le nom du commandant était dans toutes les bouches. Henriet, soigné au moulin d'abord, à la ferme ensuite, n'avait pas tardé à se reprendre à l'existence; il savait tout.

Le commandant, son protecteur, son bienfaiteur, le commandant était mort, mort en le sauvant, lui, l'orphelin, dont nul n'avait besoin, que personne n'aimait au monde.

Cette pensée persistante martelait son cerveau, le brûlant comme un fer rouge. Il n'aurait pas voulu y croire; il pensait quelquefois que c'était un cauchemar épouvantable.

Mais non, il lui fallait subir les questions des hommes de la justice, prononcer le nom de Simon Fauvol, entendre dire que le vaillant officier avait bien réellement quitté ce monde.

A la fin il se leva et sortit furtivement.

Pour entrer au bourg, il fallait passer devant la rivière; il revit tout à coup le drame de la soirée et s'enfuit, pris d'un vertige d'horreur.

Glissant le long des murs comme s'il craignait d'être pour tous un objet de répulsion, il atteignit l'Abbaye et trouva le curé sur le seuil.

« Que viens-tu faire ici, mon pauvre petit? » dit-il.

Henriet joignit les mains.

« M. le curé, je veux... le voir. »

Le prêtre tressaillit, prit la main de l'enfant et dit : « Viens. »

La chambre du mort était ouverte; les habitants de Bois-l'Abbé, les officier accourus de Thouars s'y succédaient.

Les grands cierges de cire jaune répandaient une lueur sinistre dans la pièce assombrie. Au chevet, Mme Pontjolin restait dans le même fauteuil, les mains croisées sur ses genoux; au pied, Gustave et Marielle, appuyés l'un sur l'autre, reportaient leurs yeux rougis et désolés du mort à la vivante, aussi froids, aussi pâles, aussi immobiles l'un que l'autre.

Henriet les vit; il vit le commandant étendu, les paupières closes, les mains retenant son crucifix d'argent. Il tomba sur les genoux et cria dans un sanglot déchirant :

« Pardon! pardon! »

Les assistants frissonnèrent à cette voix; les mains crispées, tourné vers la veuve et les orphelins, Henriet répéta : « Pardon! oh! pardon! »

D'un mouvement spontané, les enfants du commandant vinrent à lui. Marielle lui prit les mains, Gustave l'embrassa fraternellement; mais lui, se dégageant, reprit d'une voix rauque :

« C'est moi qui suis la cause..., c'est pour moi qu'il est mort. »

Au premier cri d'Henriet, la veuve avait frémi; lentement elle se dressa sur son siège, et ses yeux éteints s'animèrent.

Son mari était mort pour sauver cet enfant; on le lui avait dit, à peine l'avait-elle entendu. Elle comprenait maintenant. Se levant avec lenteur, elle marcha vers l'orphelin toujours prosterné.

« Dieu l'a voulu, dit-elle d'un accent bas et profond. Pauvre enfant, tu n'es pas coupable, et lui... »

Elle tendit les bras au cadavre.

« Lui est un héros, acheva doucement le prêtre, un martyr de la charité.

— Oh! oui, balbutia la pauvre femme, un héros, un martyr. »

Sa poitrine se souleva tout à coup; un sanglot lui montait aux lèvres.

Marielle et Gustave se jetèrent dans ses bras; elle les y pressa convulsivement, et un flot de larmes inonda son visage.

« Dieu soit loué! dirent les assistants, elle est sauvée! »

L'abbé Bernard emmena chez lui Henriet, brisé d'émotion.

Une fièvre ardente le terrassa; il se débattait dans le délire, appelait le commandant et répétait d'un ton navrant : « C'est moi qui dois mourir. »

Il se calma à l'aube naissante et tomba dans un sommeil tranquille, dont le son des cloches le tira.

Ah! qu'elles étaient tristes, ce matin-là, Jacqueline et Raymonde! qu'elles gémissaient lugubrement!

Henriet s'habilla avec effort; le curé ne chercha pas à le retenir.

Tout Bois-l'Abbé s'acheminait vers l'église; on devait ce suprême hommage à l'héroïque victime.

Les murailles disparaissaient sous les sombres tentures; les noires draperies du catafalque tombaient sur le pavé.

Le berger se blottit dans un coin. Il crut défaillir quand le cortège pénétra dans l'église, trop petite pour le contenir, quand il entendit le bruit sourd du cercueil glissant entre les planches de chêne, lorsqu'il vit la veuve en longs vêtements de deuil, marchant courageusement au bras de Pauline du Frainard, et les orphelins, les yeux rivés sur la bière qui leur cachait les traits chéris de leur père, et il se répéta pour la millième fois : « Moi seul suis cause de ce deuil, de ces larmes. »

O mon Dieu! pourquoi n'est-ce pas moi qui dors dans ce cercueil, moi qui ne suis nécessaire à personne? »

La messe des morts déroula ses phases sublimes et cette liturgie si touchante pour qui sait l'apprécier. Le *Dies iræ* pleura ses notes poignantes; mais ce cri de la misère humaine vers le roi de la majesté redoutable était-il bien l'écho des sentiments de tous en face de la dépouille mortelle de l'homme de bien, dont le dernier acte fut l'accomplissement du précepte le plus sublime? Ah! que bien mieux il convenait d'écouter les promesses consolantes de l'Évangile : *Ego sum resurrectio et vita :* « Je suis la résurrection et la vie. Celui qui croit en moi, quand bien même il serait mort, vivra; » et ces belles paroles de la préface : « Pour vos fidèles, Seigneur, mourir n'est pas perdre la vie, mais passer à une vie meilleure; et lorsque cette maison de terre, où ils habitent, vient à se détruire, ils en acquièrent une dans le ciel qui durera éternellement. »

Il n'appartient qu'à l'Église de parler de vie en présence de la mort, de résurrection devant la tombe, de réunion et d'allégresse en face des déchirements de la séparation.

Et l'âme profondément chrétienne de la veuve se fortifiait dans cette inébranlable espérance, et cette rosée bienfaisante tombait goutte à goutte sur son cœur meurtri pour le rafraîchir. Qu'il était doux de penser que l'âme chérie jouissait dès maintenant de sa récompense!

La messe s'acheva; l'eau bénite aspergea le cercueil du croyant; les hommes défilèrent un à un; les tambours firent entendre leurs roulements funèbres; les honneurs militaires furent, pour la dernière fois, rendus au commandant.

On se dirigea vers le cimetière, où les caveaux de Rosélian s'ouvrirent pour recevoir les restes mortels de M. Pontjolin. Mᶫᶫᵉ Herminie avait pris cette décision, que M. Romain se chargea de communiquer à sa nièce, en lui demandant si elle y consentait. Elle répondit : « Oui, il sera près de mon père, » et ce fut tout.

Le colonel voulut prononcer quelques mots sur la tombe; l'émotion l'empêcha d'achever. Gustave s'avança alors, pâle, mais ferme :

« Père, dit-il en s'agenouillant, père chéri, vous m'entendez du haut du ciel, écoutez ma promesse. Je jure de marcher sur vos traces; d'être bon, vaillant, généreux comme vous. Votre fils ne dégénérera pas.

— Assez, Gustave, assez! ta mère se trouve mal, » s'écria M. Romain.

Mᵐᵉ Pontjolin avait paru chanceler, mais elle se redressa :

« Non, mon oncle, dit-elle d'une voix vibrante, il m'a fait du bien. »

Et attirant ses deux enfants :

« Bien dit, mon fils, mon Gustave. Oui, tu seras digne de lui; je le verrai revivre en vous, mes bien-aimés. »

La voiture de Rosélian ramena la veuve à l'Abbaye.

XXI

Depuis deux jours le commandant repose dans le caveau de Rosélian; le bourg commence à respirer, après les émotions qui ont bouleversé un instant sa paisible physionomie.

Mlle Herminie est assise, un livre à la main, à sa place habituelle. Si l'on conjecture d'après les apparences, sa lecture ne la captive pas ; car le volume glisse souvent de ses doigts sur ses genoux, et elle demeure songeuse, le regard perdu dans les profondeurs du jardin.

M. Romain et Mlle Lazarine entrent à la fois.

« Parlez-moi d'Hélène, dit Mlle Herminie.

— Admirable, répond son frère, sublime de courage et de résignation. A l'abattement des premières heures a succédé un calme surhumain; elle travaille, s'occupe de sa maison, de ses enfants. Ce serait à ne pas croire à son veuvage, si l'on ne voyait son deuil et ses yeux gonflés.

— Et ses cheveux blancs, ajouta Mlle Lazarine.

— C'est donc vrai, murmura l'aînée, ses cheveux ont blanchi tout d'un coup ?

— En une nuit, oui, ma sœur, et ses bandeaux argentés sur ses tempes la rendent plus touchante encore, s'il est possible. »

« Mlle du Frainard est une précieuse amie; elle m'a promis de ne point quitter l'Abbaye de tout l'automne au moins.

— Tant mieux, soupira Mlle Herminie. La pauvre Hélène aura toujours près d'elle un cœur compatissant, où elle pourra déverser le trop-plein du sien.

— Romain, êtes-vous allé à l'étude?

— J'y suis allé; Me Hélion n'y était pas.

— C'est contrariant. Je désirais signer cet acte aujourd'hui même et en faire délivrer une copie à Hélène. Qu'elle soit au moins assurée, dans son malheur, de l'avenir de ses enfants.

— Avez-vous recommandé de m'envoyer Me Hélion dès qu'il sera rentré?

— Vous ne m'avez pas laissé achever, ma sœur. Mme Hélion m'a dit que son beau-père est parti pour Bressuire; elle ne sait quand il reviendra.

— Parti, parti pour Bressuire sans m'avertir, alors qu'il devait prendre mon jour pour signer le testament! C'est un procédé singulier, — je ne veux pas dire davantage, — et qui ne sent guère la déférence dont les Hélion ont usé de tout temps dans leurs rapports avec les nôtres. Je suis très mécontente du notaire.

— Une affaire pressante, sans doute..., hasarda M. Romain.

— Ce n'était pas une raison pour agir avec ce sans-gêne. Voilà bien les mœurs actuelles! »

Au moment où elle achevait amèrement cette dernière phrase, le vieux Florentin lui apporta une large enveloppe.

« Que signifie ceci? fit Mlle Herminie. Y comprenez-vous quelque chose, Romain? Le procureur de la république, à Bressuire, me mande de me trouver à son cabinet demain à dix heures, pour y entendre une communication de la plus haute importance. »

Les deux autres vieillards se regardèrent avec le même étonnement.

« Vous êtes aussi avancés que moi, je le vois. Il faudra donc faire ce voyage. Romain, vous m'accompagnerez. »

Quand M. et Mlle de Rosélian se présentèrent, à l'heure marquée, au cabinet du procureur de la république, ils ne furent pas peu surpris d'y trouver Me Hélion.

Le magistrat les reçut avec une grave courtoisie.

« Mademoiselle, dit-il après les politesses d'usage, la communication que je dois vous faire, quoique de nature très agréable, pourra éveiller chez vous de pénibles souvenirs; je fais appel, avant de commencer, à toute votre énergie. »

Puis désignant la sacoche trouvée dans les coteaux de Saint-Jean :

« Cet objet, continua-t-il, me fut remis avant-hier par Laurent Germy, ordonnance de feu le commandant de Pontjolin.

— J'avoue que je ne comprends pas, Monsieur, dit Mlle Herminie.

— Ces papiers vous aideront à comprendre, Mademoiselle. »

Il présentait le portefeuille à la vieille fille, qui l'ouvrit d'une main fiévreuse et tomba sur la lettre portant son adresse.

Lentement elle déplia la feuille, vit les premiers mots : « Ma sœur, » et courut à la signature.

Alors ses doigts tremblèrent, elle frémit, elle si forte, et M. Romain dut la soutenir; mais elle dompta promptement cette défaillance.

Quand elle eut terminé sa lecture, elle passa la lettre à son frère, et feuilleta les papiers avec une vivacité fébrile.

« Monsieur, dit-elle au magistrat, vous avez pris avant moi connaissance de tout ceci?

— Il l'a fallu, Mademoiselle. La justice a des devoirs...

— Et des droits imprescriptibles, je le sais, acheva-t-elle. Mais, de grâce, apprenez-moi le reste. Qu'est devenu mon neveu Gaston? qu'est devenu son enfant? Savez-vous que ces choses remontent à onze années?

— Je puis vous renseigner, Mademoiselle, grâce à cette lettre explicative que le commandant Pontjolin, comme s'il avait eu le pressentiment de sa mort prochaine, m'écrivit il y a cinq jours, et qui ne m'est parvenue qu'avant-hier, par suite de ce triste drame. »

Et le procureur de la république raconta dans tous leurs détails les soupçons du commandant, ses recherches, la découverte de Laurent.

M. Romain pleurait en l'écoutant.

« Monsieur, dit à la fin Mlle Herminie, le commandant savait le vrai nom de l'enfant lorsqu'il donna sa vie pour le sauver?

— Il le savait, Mademoiselle.

— Nous lui devrons donc tout et ne pourrons jamais nous acquitter envers lui. »

Une grosse larme, la première qu'elle versât depuis le départ d'Arnaud, roula lentement sur sa joue.

« Mais le coupable, reprit-elle, le misérable auteur de tous ces maux restera-t-il impuni?

— Fauvol et son complice Davrennes sont entre les mains de la justice, répondit le magistrat. Ils ont fait des aveux complets.

« J'ai rempli ma mission, Mademoiselle, je ne vous retiens plus. »

Me Hélion retourna à Bois-l'Abbé avec les deux vieillards, auxquels il conta comment le procureur de la république l'avait mandé pour s'entendre avec lui au sujet de la meilleure manière de les avertir.

« Mademoiselle, demanda-t-il sur le seuil du château, quand vous plaira-t-il de recevoir votre neveu?

— Tout de suite, répondit-elle. J'ai hâte de le retrouver. »

Une heure ne s'était pas écoulée quand le notaire reparut, accompagné de l'abbé Bernard, qui soutenait Henriet, encore faible et pâle.

« Voici le petit-fils du comte Arnaud, » dit Me Hélion.

Me Hélion retourna à Bois-l'Abbé avec les deux vieillards, auxquels il conta...

Mlle Herminie se leva toute droite, et, écartant les boucles brunes de l'enfant, elle plongea ses yeux dans les siens.

« Henri de Rosélian, prononça-t-elle avec solennité, soyez le bienvenu sous le toit de vos pères. »

Et, l'attirant sur sa poitrine, elle l'embrassa longuement.

Interdit, il se taisait; mais quand il se sentit pressé dans les bras de M. Romain et de Mlle Lazarine, qui sanglotaient, les larmes le gagnèrent à son tour; il comprit qu'il avait une famille.

Le lendemain, Mlle Herminie s'habilla pour sortir, bien qu'on ne fût pas au dimanche. Sa sœur lui demanda s'il fallait faire atteler, elle répondit :

« C'est inutile, j'irai à pied.

Fauvette. 18

— Vous accompagnerai-je?

— Non, je tiens à être seule avec Hélène. »

A ce nom, Henri, qui jusque-là était resté à demi étendu dans un fauteuil, se leva.

« Ma tante, vous allez à l'Abbaye?

— Oui, mon enfant.

— Ma tante, emmenez-moi. »

Mlle Herminie tressaillit.

« Vous emmener, Henri? c'est impossible. Votre vue ferait mal à Hélène, peut-être.

— Emmenez-moi, répéta-t-il d'un ton suppliant, elle me chassera si elle veut... Je vous en prie, ma tante.

— Soit, dit-elle en poussant un soupir. Venez, mon enfant. »

Les habitants de Bois-l'Abbé qui virent passer Mlle de Rosélian furent ébahis. Depuis cinquante ans on s'était déshabitué de la rencontrer.

« Madame arrive du cimetière, » lui dit Gothille en l'introduisant au salon.

Mme Pontjolin remplaçait son chapeau par une fanchon de grenadine. Cette coiffure faisait ressortir l'effet saisissant des cheveux blancs qui entouraient son visage.

Mlle Herminie fut atterrée; elle ne se l'était imaginée ni si pâle ni si calme.

« Vous avez pris la peine de venir à moi? Merci, ma tante, fit doucement la veuve.

— Hélène, dit Mlle de Rosélian d'un accent bas et humble qui ne lui était pas familier, mon neveu a voulu m'accompagner; mais vous n'avez qu'un mot à dire... »

Mme Pontjolin attira vers elle l'enfant, qui tremblait, et lui donna un baiser maternel.

« Hélène, vous êtes bien généreuse, murmura Mlle Herminie. Cet enfant vous a tout pris. »

La veuve leva la main vers une belle gravure représentant le Christ en croix :

« C'est lui qui m'a tout pris, prononça-t-elle avec une expression de foi sublime; et comment me plaindre, puisqu'il m'a donné l'exemple? »

Gustave et Marielle entraient à cet instant.

« Et je suis encore ingrate, reprit-elle; Dieu ne m'a pas tout ravi en faisant un élu de mon bien-aimé. »

Mlle Herminie ne put répondre ; elle embrassa les deux enfants, les larmes aux yeux.

« Et moi ? » dit Henri.

Ils coururent à lui.

« Ce spectacle réjouit mon Armand au ciel, dit Mme Pontjolin en désignant le joli groupe formé par les enfants enlacés.

— Ma chère Hélène, fit Mlle Herminie, non sans embarras, Henri sera trop riche, vos enfants...

— Pas un mot de plus, ma tante. Nous avons peu de fortune, mais ce peu nous suffit amplement à l'Abbaye, que je ne quitterai plus.

— Mais Gustave ?

— Mon fils part la semaine prochaine ; il va travailler avec zèle, et il espère entrer l'an prochain à Saint-Cyr.

— Marielle...

— Ma fille me reste pour compagne ; elle aura la dot de sa mère, ma tante. »

Mlle Herminie s'inclina devant ce noble désintéressement.

« Laurent Germy est-il ici ? demanda-t-elle.

— Le brave garçon a obtenu l'autorisation de rester quelques jours encore près de nous.

— Voudriez-vous le faire venir au salon ? »

Ce fut Gustave qui alla chercher l'ordonnance.

« Mon ami, dit Mlle de Rosélian en faisant un pas vers lui, nous vous devons en partie, moi le bonheur de retrouver un neveu dont j'ignorais l'existence, lui un nom et une famille. Merci pour nous tous. »

Le soldat, rouge et embarrassé, essaya vainement de balbutier quelques mots.

« Vous étiez à bonne école, reprit-elle ; vous avez su en profiter.

« Approchez, Henri. Il vous appartient d'offrir à ce brave jeune homme un témoignage de notre reconnaissance. »

Henri prit des mains de sa tante un portefeuille tout neuf qu'il mit dans celles de Laurent.

Le soldat l'ouvrit machinalement ; il contenait un titre de rente sur l'État au capital de vingt mille francs. Comme il faisait un geste de refus :

« Ce n'est pas une récompense, dit la vieille demoiselle, mais un souvenir d'amitié. »

Et Henri, prenant spontanément les mains de l'ordonnance :

« Si vous ne m'en voulez pas, Laurent, embrassez-moi. »

L'honnête garçon ne se fit pas prier.

« Bien, cela, mon enfant, » fit Mlle de Rosélian.

Gustave partit huit jours après en disant à sa mère avec un accent de résolution virile :

« Soyez sans crainte, chère maman, c'est un vainqueur que vous embrasserez aux prochaines vacances. »

Et Mme Pontjolin le vit s'éloigner le cœur plein d'espoir; elle savait qu'il disait vrai.

L'Abbaye avait pris un caractère de paisible tristesse. La veuve s'occupait de Marielle. Toutes deux, quand le jour baissait, prenaient le chemin du cimetière et s'arrêtaient, dans le caveau funèbre, à la place où ces mots étaient gravés :

ICI REPOSE

EN ATTENDANT LA RÉSURRECTION GLORIEUSE

LE CORPS DU COMMANDANT

CHARLES-FRANÇOIS-ARMAND PONTJOLIN

Et au-dessous ces paroles de saint Jean :

In hoc cognovimus charitatem Dei, quoniam ille animam suam pro nobis posuit; et nos debemus pro fratribus animas ponere.

Ce qui nous fait connaître la charité de Dieu, c'est qu'il a donné sa vie pour nous; nous aussi nous devons donner notre vie pour nos frères.

Une autre place était prise : les restes de l'infortuné Gaston de Rosélian étaient venus rejoindre ceux du sauveur de son fils.

Mme Pontjolin appuyait son front sur la pierre, pleurant souvent, priant toujours. Dans son regard douloureux, mais serein, ne se lisait pas la devise désolée de Valentine de Milan :

Rien ne m'est plus,
Plus ne m'est rien.

Non, il était pour elle quelque chose en ce monde; si son âme aspirait au ciel, où l'attendaient son père et son mari, ses enfants la retenaient sur la terre.

Au lieu de s'énerver dans ce pèlerinage quotidien, elle y puisait une force nouvelle; la foi lui montrait, dans cette tombe prématurément ouverte, un berceau d'immortalité.

Pauline du Frainard l'admira de plus en plus pendant les trois mois qu'elle passa à l'Abbaye, et elle retourna à Paris rassurée sur son amie.

Le mois de novembre amena le jugement de Fauvol. M. Romain dut, à cause de son neveu, assister aux débats; il rapporta à Bois-l'Abbé la nouvelle de l'arrêt qui frappait le misérable : vingt années de déportation. Son complice, Urbain Davrennes, était condamné à une reclusion de cinq ans.

XXII

Franchissez avec moi, chers lecteurs, un intervalle de huit années, et jetons les yeux sur un lieu que nous avons souvent visité déjà : le château de Rosélian.

L'aristocratique demeure a pris un air de fête ; la large grille, ouverte à deux battants, laisse voir le perron magnifiquement orné. Sur chaque degré de marbre, des touffes de fleurs dans d'énormes potiches et des arbustes exotiques dans des caisses garnies de mousse forment une double haie multicolore et parfumée.

Nous retrouvons Mlle Herminie dans le grand salon. Son regard n'a rien perdu de son expression d'intelligence ; mais il renferme quelque chose de plus : une lueur adoucie, un rayonnement de joie intime.

Elle a quitté ses longs crêpes ; une robe de moire dessine sa taille majestueuse ; un fichu de dentelle de Chantilly est jeté négligemment sur ses cheveux ; elle veut être belle pour recevoir les jeunes époux.

Les émotions l'ont fatiguée ; elle a refusé de se rendre à l'église et les attend là, avec l'air solennel qui ne l'abandonne jamais.

Henri a grandi près d'elle, étudiant sans relâche, avide de savoir.

A vingt-trois ans, le jeune comte de Rosélian est un savant, mais un savant modeste, qui garde toutes les charmantes qualités de son âge en même temps que les chevaleresques vertus de ses ancêtres. Il est l'orgueil de ces trois vieillards qui voient s'épanouir en lui leur seconde, leur véritable jeunesse.

Ils ont eu pourtant le courage de s'en séparer. Lorsque Henri est devenu rêveur, qu'il a délaissé ses livres sérieux, sa musique chérie, Mlle Herminie lui a dit : « Henri, il faut voir le monde. »

Pendant deux ans il a daté ses lettres de toutes les contrées de l'Europe, puis l'Orient l'a attiré. Il a visité l'Inde et ses mystérieux sanctuaires, la Perse, le Céleste Empire, l'Égypte et les pyramides, Jérusalem et le tombeau sacré. Un beau jour il est tombé à Rosélian, et, en voyant ces vieux visages s'illuminer à son aspect, il a dit avec effusion : « Il n'y a rien de si beau que Bois-l'Abbé. »

Depuis son retour, Mlle Herminie était un peu soucieuse, et son regard cherchait souvent à l'horizon la majestueuse silhouette de l'Abbaye. Son neveu la surprit un jour dans cette contemplation, et, s'asseyant à ses côtés, il lui confia le rêve de son âme.

Elle l'écouta, haletante d'émotion, et, quand il eut fini, elle lui dit avec une joie débordante :

« Béni soit Dieu, mon enfant, vous comblez aujourd'hui mon plus ardent désir. »

Et elle s'habilla sur l'heure pour se rendre à l'Abbaye, et demander la main de Marielle pour le comte Henri de Rosélian.

Mme Pontjolin ne résista que sur un point : Henri voulait Marielle sans dot.

« J'appellerai votre obstination de l'orgueil, lui dit-il. Vous ne voulez pas qu'elle me doive la richesse; rassurez-vous, je vous serai toujours en reste, moi qui vous dois tout. »

La veuve fut vaincue.

Voilà pourquoi, en ce beau jour de juin, Mlle Herminie s'est parée pour attendre les nouveaux époux.

Un roulement de voitures se fait entendre, et la porte s'ouvre devant une idéale apparition.

Marielle a tenu toutes les promesses de son enfance; sa beauté resplendit sous sa parure virginale; jamais plus ravissante châtelaine n'a franchi ce seuil.

Elle a perdu ses formes un peu trop grêles; les roses de la santé fleurissent sur ses joues blanches; tout s'harmonise en elle : on la voit charmante, on la devine bonne.

Henri de Rosélian n'est plus l'enfant pâle, le petit pâtre aux yeux rêveurs; c'est un beau jeune homme dont la mâle énergie est atténuée par une exquise douceur, dont les yeux bleus rayonnent.

Tous deux s'approchent de Mlle Herminie, qui les embrasse en disant:

« Le Seigneur m'accorde aujourd'hui la plus grande joie de ma vie. Enfin, Marielle, vous êtes comtesse de Rosélian. »

Puis elle prend sur la table un lourd trousseau de clefs, et, le tendant à la jeune femme :

« Ma fille, dit-elle, voici le sceptre de la royauté domestique; il vous appartient désormais. »

Marielle pose doucement les clefs sur les genoux de la vieille fille :

« Ma tante, répond-elle, je suis trop jeune pour exercer ce pouvoir sans limites; permettez-moi de le remettre aux mains qui l'ont toujours possédé, et de me considérer seulement comme votre élève. »

Mlle Herminie se sent touchée au cœur; elle reprend les clefs, les yeux humides, puis se redresse pour saluer une femme à la figure encore jeune sous sa chevelure blanche, qui s'appuie au bras d'un lieutenant au loyal regard.

Gustave revient du Tonkin; sa mère a bien des fois tremblé pour lui, elle n'a jamais désespéré.

En le revoyant si vaillant, si noble et si bon, Mme Pontjolin a senti son âme se fondre en reconnaissance : le commandant revit tout entier dans son fils.

Il y a de la candeur dans ces yeux gris et francs. Le jeune officier, qui s'est battu comme un lion, a conservé une soumission enfantine à l'égard de sa mère, une tendresse sans bornes pour sa sœur; il a surtout gardé intacte la foi de ses parents.

Le dîner fut joyeux. L'oncle Romain se fâcha un peu contre Gustave, qui, en parlant de la dernière campagne, évitait soigneusement de faire ressortir les faits qui étaient à sa propre louange.

« C'est pécher par excès de modestie; dit-il, on n'est pas oublieux de soi-même à ce point. »

Marielle et Henri regardèrent Gustave en souriant.

« L'excès de la modestie est un défaut trop rare pour être toléré, dit le jeune comte. Prends garde, frère, on va te faire un procès.

— Bah! répliqua gaiement le lieutenant, un procès n'a rien d'effroyable pour qui vient d'affronter les balles chinoises. »

Ailleurs, Mlle Lazarine et Pauline du Frainard causaient en aparté. A l'expression également radieuse de leurs physionomies, au nom de Marielle, qui se plaçait de temps en temps sur leurs lèvres, on devinait qu'elles faisaient à l'envi l'éloge de la jeune épousée.

Au dessert, un domestique apporta un large pli cacheté à l'adresse de lieutenant Pontjolin.

« De mon colonel! dit le jeune homme avec surprise.

— Te rappellerait-on? s'écria la mère, déjà alarmée.

— Non maman, n'ayez crainte, fit Gustave en parcourant la lettre.

Cette missive n'a rien que d'agréable : mon colonel m'annonce que je suis promu au grade de capitaine, et que ma nomination paraîtra dans quelques jours à *l'Officiel.* »

Une gaie rumeur succéda à ces paroles.

Capitaine à vingt-quatre ans ! c'était magnifique, inouï.

« Pas si inouï, répliqua Gustave. Bonaparte était général à vingt-six ans, et Hoche...

Marielle a tenu toutes les promesses de son enfance.

— Pourquoi ne pas citer aussi le grand Condé ? interrompit M. Romain. Ces gens-là vivaient en des temps exceptionnels. Je souligne ce passage de la lettre du colonel :

« Cette nomination, mon cher capitaine, est la juste récompense « de votre conduite héroïque et de la science militaire que vous avez « manifestée à plusieurs reprises dans cette campagne. Je puis dès maintenant, sans être prophète, vous prédire un bel avenir. »

— Mon oncle, c'est une trahison, vous m'avez enlevé ma lettre, s'écria Gustave.

— Je vous félicite, Hélène, vous êtes une heureuse mère, dit Mlle Herminie.

— Oui, ma tante, Dieu m'a bénie dans mes enfants. »

Marielle et Henri serrèrent chaleureusement la main de leur frère.

Quand vint le soir, la petite société se dispersa dans les jardins. Le temps radieux invitait à la promenade. Mme Pontjolin se dirigeait vers la grille, lorsque la main de Gustave se posa sur son bras.

« Permettez-moi de vous accompagner, maman.

— Reste, mon fils, j'aurais peur de t'attrister en pareil jour. J'ai besoin de remercier Dieu sur la tombe de ton père.

— M'attrister, maman? y pensez-vous? Cette tombe est pour moi un lieu sacré, non pas triste. Le souvenir de mon père est demeuré l'inspirateur de tous mes actes; je lui attribue le peu de bien que je puis faire; je crois que du ciel il dirige ma vie. »

La veuve serra sans parler le bras du jeune homme.

Le cimetière, verdoyant et frais comme un jardin, parlait moins de deuil que d'espérance. En approchant du caveau, Gustave fit un geste de surprise.

« Quelqu'un nous a précédés, dit-il, la grille est ouverte. »

Deux personnes étaient agenouillées devant la tombe du commandant. L'une d'elles tourna la tête, et le manteau sombre qui l'enveloppait, glissant de dessus ses épaules, laissa voir une toilette blanche.

« Marielle, Henri, vous ici, mes enfants! murmura Mme Pontjolin.

— Oui, chère maman, répondit la jeune femme. Henri m'a dit à l'oreille : « Allons demander la bénédiction de nos pères, » et nous sommes venus.

— Ma mère, dit à son tour le jeune comte, prenant les mains de la veuve avec une filiale tendresse, celui que j'ai le droit de nommer mon père nous sourit de là-haut. En son nom, sur sa tombe, ne voulez-vous pas nous bénir ? »

Mme Pontjolin leva la main avec une lenteur attendrie.

« Mes enfants bien-aimés, dit-elle, pour lui et pour moi je vous bénis. »

Puis elle baisa tour à tour ces têtes chéries, et tous se turent; ils priaient.

Comme ils sortaient du caveau funèbre, la lune inondait le paysage de sa pleine clarté. Rosélian et l'Abbaye se dressaient face à face, l'une mélancolique et obscure, l'autre joyeux et étincelant des lustres allumés derrière les vitres colorées.

« Mère, pourquoi ne pas vivre avec nous au château? murmura tendrement le jeune comte. Pourquoi rester seule quand vos enfants vous désirent? »

Elle secoua la tête.

« Suis-je donc si éloignée? dit-elle avec un doux sourire. Rosélian est à cent pas de l'Abbaye; je jouirai de votre présence comme si nous étions sous le même toit. »

Et d'une voix plus pénétrante :

« Chers enfants, ne me demandez point d'abandonner la vieille maison où je ne suis pas seule, puisque j'y vis avec le souvenir de mes absents aimés. Nos demeures doivent être différentes comme nos vies : la mienne est un déclin; la vôtre est une aurore. Mais il est des crépuscules bien doux. »

Elle se tut, jetant un regard au ciel et un sourire à la terre. Ainsi se partageait son cœur. Ici-bas, le bonheur mêlé d'inquiétudes, les joies mouillées de larmes; là-haut, la splendeur et l'amour, la réunion et l'extase, l'allégresse infinie de la cité de Dieu.

FIN DE L'HÉRITAGE DE ROSÉLIAN

TABLE

FAUVETTE

L'HÉRITAGE DE ROSÉLIAN

20092. — Tours, impr. Mame.